ALIZÉE KORTE

Das Echo der Farben

ERZÄHLUNGEN

Juni 2018
© 2018 Alizée Korte
Covergestaltung © Traumstoff Buchdesign, traumstoff.at
Covermotive © Helen Lane und walik savitsky, shutterstock.com
Lektorat: Heidi Keller, München
Korrektorat: Mareike Giertler, Berlin
Layout und Satz: Die Buchprofis, München
Herstellung und Verlag: BoD – Books on Demand, Norderstedt
ISBN: 978-3-75282-100-0
Printed in Germany

Für Zimti
In liebevoller Erinnerung
an die gemeinsamen Jahre 1997–2004

Inhalt

Anfang und Abschluss

Erst neulich hielt ich es wieder in den Händen: das »Hochzeitsvorbereitungsbüchlein«. Mein Verlobter schenkte es mir Weihnachten 2003. Ein Büchlein aus handgeschöpftem Papier, verziert mit roten und weißen Herzen, auf einem steht mit Bleistift »N & A«. Wir würden darin unsere Ideen, Gedanken, Anekdoten im Zusammenhang mit unserer »*big, fat, greek*«-Hochzeit im folgenden Sommer festhalten, notierte mein Verlobter auf der ersten Seite. Noch wenn wir alt und grau wären, würden wir uns amüsieren, so sein Plan.

Heute erinnert mich sein Geschenk daran, dass es Bücher gibt, die nie geschrieben, Anekdoten, die nie erzählt werden. Es gab keine Vorbereitungen. Es gab keine Hochzeit. Die Seiten des Büchleins blieben leer.

Mein Verlobter starb am 28. Januar 2004. Sechseinhalb Beziehungsjahre und der Traum von einer gemeinsamen Zukunft endeten wenige Monate vor der Eheschließung. Es blieb die Erinnerung an eine ganz besondere, nicht immer leichte Zeit.

Wir lernten uns in meinem letzten Studienjahr kennen. Im Gegensatz zu den meisten anderen jungen Menschen mit Einser-Abschluss markierten das Ende meines Studiums und der Eintritt ins Berufsleben für mich nicht Aufbruch, sondern Scheitern. Ich hatte es nicht geschafft, mir in den Jahren ausgedehnten Studierens eine Basis zu schaffen, um vom Geschichtenschreiben leben zu können. Seit ich mit dreizehn meinen ersten Roman beendet hatte, war es mein erklärtes Ziel gewesen, für mein Schreiben zu leben – und mich durch mein Schreiben zu finanzieren. Doch meine Romane hatten keinen Verlag gefunden, meine Erzählungen nie das Interesse derer geweckt, die in den 90er-Jahren nach neuen Talenten suchten. Am Ende meines Studiums erwartete mich nicht die Freiheit der Selbstbestimmung, sondern die – nicht anders empfand ich es – Sklaverei eines Vollzeitjobs. Ich würde vom Schreiben leben, allerdings nicht als Schriftstellerin. Sondern als Journalistin.

Mein Verlobter war es, der mir Zeit, Raum und Kraft gab, in meiner Freizeit weiterzuschreiben. Er glaubte fest daran, dass ich eines Tages Leser finden würde. Doch das Feedback der Experten gab wenig Anlass zu dieser Hoffnung. Meine Geschichten setzten sich zu wenig mit dem aktuellen Zeitgeschehen auseinander. Es fehle ihnen an Relevanz, was nicht zuletzt darauf zurückzuführen sei, dass ich in meinem Leben zu wenig gelitten habe.

Mein Verlobter riet mir, solches Feedback als Meinung eines Einzelnen zu verstehen und, unabhängig davon, daran zu arbeiten, mein Schreiben zu verbessern. Er bestärkte mich darin, mich für ein Stipendium der Neuen Gesellschaft für Literatur (NGL) zu bewerben. Erfahrene Autoren würden über mehrere Monate hinweg ausgewählte Nachwuchstalente coachen. Unter quälenden Selbstzweifeln schrieb ich meinen Bewerbungstext. Die Handlung siedelte ich in Griechenland an, der Heimat meines Verlobten.

Ich erhielt das Stipendium.

Während ich in Berlin an dem ersten Workshop teilnahm, starb mein Verlobter.

In den Wochen nach seinem Tod entwarf ich meine neue Zukunft. Alle Pläne waren hinfällig geworden, ein kompletter Neuanfang nötig. Trotzig stand die Frage im Raum, ob ich nun, der Liebe meines Lebens beraubt, wohl genug gelitten hätte, um »relevanter« schreiben zu können. Vielleicht wäre genau dieser Schicksalsschlag das Detail, das mich reifen lassen und für den Literaturbetrieb interessant machen würde. Letztlich hätte ich sogar den Segen meines Verlobten gehabt. Er hatte sich immer als Mann an der Seite einer Schreiberin gesehen. Ich konnte förmlich seine Worte hören: Wenn sein Tod mir die Tür in die Verlagswelt öffnete, wäre er wenigstens für etwas gut gewesen.

Für mich jedoch fühlte es sich falsch an. Auch weil da das Gefühl von Schuld in mir war. Mein Verlobter war gestorben, während ich in einer anderen Stadt meinem Traum nachjagte. Natürlich hatte ich nicht ahnen können, dass er sterben würde, aber im Endeffekt lief es darauf hinaus, dass ich die Anerkennung fremder Menschen suchte, während der, der mir immer seine vorbehaltlose Anerkennung geschenkt hatte, allein starb. Meine »Story« zu Literatur zu verarbeiten und damit erneut bei Verlagen vorstellig zu werden, hätte sich angefühlt wie über Leichen zu gehen.

Damals entschied ich mich, das kreative Schreiben aufzugeben.

Wenn man mit etwas keinen Erfolg hat, sollte man es lassen und sich auf Dinge konzentrieren, die einem besser gelingen. Mein Neuanfang sah so aus, dass ich einen gemeinsamen Freund heiratete, ein Kind bekam und mich auf meine Karriere konzentrierte.

Acht Jahre später sprach ich mit meiner Tochter über Lebensziele und -träume. Ich erklärte ihr, dass mehr Menschen aufgeben als scheitern. Weil sie ein kluges Mädchen ist, hakte sie nach: Ob ich dann als Schriftstellerin gescheitert war oder ob ich aufgegeben hatte. Beide Varianten erschienen mir gleichermaßen ungeeignet als Vorbild für ein kleines Mädchen. Also antwortete ich, dass ich nur aufgehört habe zu schreiben, mein Kopf aber weiterhin voller Geschichten sei. Eines Tages, versprach ich, würde ich über eine junge Frau namens Vika und ihren Freund Etienne, einen Karatelehrer im Rollstuhl, schreiben.

Bald darauf begann ich mit den ersten Notizen zu meinem Roman »Dein Weg, meine Liebe«. Die Arbeit daran dauerte inklusive Lektorat, Korrektorat und Buchsatz so lange wie die Beziehung mit meinem Verlobten. Im Herbst 2017 veröffentlichte ich die Geschichte von Vika und Etienne über die Publishing-Plattform *Books on Demand* (BoD).

Die Reaktionen von Leserinnen und Lesern haben mir seitdem gezeigt, dass mein Verlobter recht hatte, wenn er mich ermahnte, nicht immer wieder mit dem Kopf gegen dieselbe Mauer zu rennen, sondern einen anderen Weg zu suchen. Den Blick auf ein entferntes Ziel zu richten und darauf zuzusteuern, hatte für ihn nichts mit Zielstrebigkeit zu tun. Sondern mit selbst gewählten Scheuklappen, die uns davon abhalten, Chancen links und rechts unseres Weges zu sehen, und schließlich nur dazu beitragen, dass wir gute Gelegenheiten verpassen. Diese Lebensweisheit habe ich später Etienne Jeancour, dem Protagonisten in »Dein Weg, meine Liebe«, zugeschrieben.

Am vierzehnten Todestag meines Verlobten dachte ich wieder daran, wie sehr er mein Schreiben immer unterstützt hatte. Plötzlich erschien es mir falsch, dass ausgerechnet die Texte, deren Entstehung er begleitet hatte, von niemandem gelesen werden konnten. Auf der Festplatte eines längst ausrangierten Computers starben sie den Datentod, fern jeder Kritik an ihrer mangelnden »Relevanz«, aber auch fern für alle, denen sie ein paar schöne Lektürestunden bescheren könnten. Spontan beschloss ich, die Texte zu retten.

Bei den Geschichten handelt es sich um sechs Erzählungen aus den späten 90er- und frühen 00er-Jahren. Sie sind in sich abgeschlossen und doch gibt es Verbindungen zwischen ihnen. Wer »Dein Weg, meine Liebe« bereits kennt, wird Vorarbeiten zu bestimmten Themen und Figuren entdecken. Um keine Verwirrung zu stiften, habe ich die Namen der Figuren in diesen Erzählungen nachträglich jedoch geändert.

»Der letzte Mord« schaffte es seinerzeit unter die zwölf besten Einreichungen eines Kurzgeschichtenwettbewerbs von »Journal für die Frau« und wurde Anfang 2002 in der Anthologie »Herzflattern« veröffentlicht.

»Die Umarmung des Meeres« qualifizierte mich für das Stipendium der NGL.

Die anderen Geschichten blieben weitgehend ungelesen. In ihnen geht es um Freundschaft, das emotionale Ungleichgewicht in Freundschaften und ihre Grenzen. Die jetzige Veröffentlichung ist Anfang und Abschluss zugleich.

Es gibt in meinem Leben Bücher, die geschrieben wurden. »Dein Weg, meine Liebe« erblickte sogar das Licht der Öffentlichkeit. Andere wie das »Hochzeitsvorbereitungsbüchlein« wurden nicht geschrieben. Und schließlich gibt es noch Bücher, die unvollendet geblieben sind. Von acht geplanten Erzählungen, die sich »umarmen« sollten, gibt es nur sechs. Die Lücke füllt die

Erinnerung an einen Mann, der mich lehrte, meine Konzentration und mein Herzblut nicht auf ein entferntes Ziel zu richten, sondern auf das, was ich jetzt und hier Positives schaffen kann.

Es hat vierzehn Jahre gedauert, bis ich das verstanden habe.

Alizée Korte
1. Juni 2018 in Düsseldorf

Das Privileg
Flügel zu tragen

*D*er Kerl kam direkt aus dem OP auf die Intensivstation und auf seinem Rücken prangte das Tattoo, das allein für den Platz zwischen meinen Schulterblättern geschaffen worden war. Sofort barsten die Gedanken in meinem Kopf in einer Wolke von Blau. Bruchstückhaft stiegen Erinnerungen auf: an dampfende Dattelpalmen im Regen, den Geruch von Ebbe und den Lockruf der Strandvögel gegen Ende der Nacht. An das Meer, das sein Azur mit in die Tiefe genommen hatte und sich silbrig unter dem niedrigen Himmel ausstreckte. Ich hasste Überraschungen. Ich hasste es so sehr, wenn meine Gedanken aus ihrer Bahn gerissen wurden, dass ich mich weigerte, ein Handy oder eine E-Mail-Adresse anzuschaffen, und mir meine Post stattdessen an ein Postfach schicken ließ, das ich immer donnerstags leerte. Auf diese Weise musste ich mich nur einmal in der Woche damit auseinandersetzen, was andere Menschen mich in schriftlicher Form wissen ließen.

Jetzt brachte der Tattoo-Typ meine sorgsam angelegten Strukturen durcheinander. Für alle Zeiten würde mein undiszipliniertes Hirn die ganz und gar unnötige Information abspeichern, dass es ein Donnerstag gewesen war, an dem er auftauchte, denn vor der Schicht hatte ich mein Postfach geleert. Prompt flogen meine Gedanken gen Süden. Ich stellte mir vor, ich bräuchte nur nach Granada zu reisen, um Caro in dem Restaurant unter den Orangenbäumen wiederzutreffen. Caro. Mit

Klaus-Bärbel auf der Schulter und dem umgedrehten Stadtplan auf ihren Knien …

Jeanette stieß mich in die Seite.

»Mensch, Isa, jetzt tu bloß nicht so, als hättest du noch nie 'nen schönen Mann gesehen. Sieh zu, dass Sauerstoffsättigung und Herzfrequenz auf diesem verdammten Monitor erscheinen, sonst wird die Damenwelt 'nen herben Verlust erleiden!«

Jeanette war nicht immer so roh, nur wenn ihr etwas naheging. Ihr Gesicht sah aus wie tiefgefroren, während sie die Infusionsnadel an seinem mit Schnittwunden übersäten Arm fixierte, die Stabilität seiner Seitenlage prüfte und ihm ein Stützkissen unter das Knie schob. Dann machte sie sich daran, seine Hand zu verbinden. Ich kümmerte mich um den Monitor. Kaum flossen die Herztöne in grünem Zickzack über ihn, entspannte sich Jeanette.

Ich starrte wieder auf das Tattoo. Die Flügelspitzen schienen direkt aus dem Pflaster hervorzuwachsen, das die Operationswunde bedeckte. Obwohl sich knapp die Hälfte des Gesamtkunstwerks meinem Blick entzog, war ich mir sicher, dass es mein Tattoo war. Mein Tattoo. Vor meinen Augen fingen die Flügelspitzen an zu zittern, als hätten sie erkannt, dass ihr Platz woanders war, und machten sich bereit für einen Umzug. Dann verschwammen sie.

Ich gähnte.

»Du siehst fertig aus.«

Danke für die Blumen. Jeanette zog das Laken bis über die Schultern des Patienten hoch und ließ das Tattoo verschwinden.

»Schlecht geschlafen«, murmelte ich und ging nach nebenan.

Ich warf die Handschuhe in den Mülleimer, zog den Mundschutz ab und gähnte wieder.

»Wer hat Nachtdienst?«

»Nadine. Sie spricht gerade mit Doktor Zimmermann.«

Ich nickte. »Gute Nacht.«

Auf dem Weg zur Bushaltestelle gab ich mir Mühe, nicht auf die Ritzen zwischen den Pflastersteinen zu treten. Es war lange her, seit ich das zuletzt getan hatte, und im Spiegel der Schaufensterscheiben sah ich, dass ich schwankte. Als wäre ich betrunken. Das brachte mich auf eine Idee.

Zu Hause setzte ich mich auf das Sofa und öffnete die erstbeste Flasche Rotwein aus dem Weinregal hinter meiner Küchentür. *La Rioja*, Jahrgang 2000. Zufall? Ich trank das erste Glas, dann erinnerte ich mich daran, dass ich meine Handtasche nicht ausgeräumt hatte. Ohne ein Wort zu sagen, hatte der Tattoo-Typ bereits mein Leben auf den Kopf gestellt, diesen Triumph gönnte ich weder ihm noch Caro. Hastig stand ich auf und leerte meine nachlässig an die Garderobe gehängte Handtasche. Lippenstift und Mascara brachte ich zu meinen anderen Schminksachen ins Badezimmer, den Geldbeutel legte ich in das für ihn vorgesehene Fach in der obersten Schublade der Kommode, den Beleg über zwei Postwertzeichen klebte ich in mein Haushaltsbuch. Den »Ordnungstick«, wie mein Vater es nannte, hatte ich von meiner Mutter. Da mein Vater über viele Jahre im Ausland arbeitete und nur alle drei Monate zu Besuch kam, hatte sie mich praktisch allein aufgezogen. Sie selbst war ebenfalls nur bei ihrer Mutter aufgewachsen. Aber während die jung verwitwete Omama mit Mitte vierzig dem Alkohol verfallen war und nach einem finalen Zusammenbruch von der Feuerwehr aus ihrer Messie-Wohnung geholt werden musste, hielt meine Mutter unser Zuhause so sauber, dass wir jederzeit den Badvorleger als Kopfkissenersatz hätten benutzen können, was meine Mutter selbstredend niemals zugelassen hätte. Jedenfalls hatte sie mir schon früh eingetrichtert, dass der Spruch, Ordnung sei das halbe Leben, nichts anderes bedeutete, als dass Omama doppelt so lange hätte leben können, wäre sie nur ordentlicher gewesen.

Ich schüttelte die leere Handtasche über dem Waschbecken aus, spülte nach und hängte die Tasche zurück an die Garderobe. Dann setzte ich mich wieder.

Noch mehr als Überraschungen hasste ich Zufälle. Warum trug dieser Kerl mein Tattoo? Kannte er Caro?

Wie es ihr wohl ging? Ich schuldete ihr noch einen Besuch auf der Alhambra. Unsinn, ich schuldete ihr gar nichts. Sie war ihren Weg gegangen und ich meinen. Das heißt, ich war meinen nicht gegangen, aber das war nicht Caros Schuld. Das Blau verließ die Erinnerung und legte sich auf meine Stimmung. Ich trank noch ein Glas Rioja und holte die »Erzählungen von der Alhambra« aus meinem Bücherschrank. Das Buch öffnete sich von selbst an der Stelle, wo es von den drei schönen Prinzessinnen Zaida, Zoraida und Zorahaida handelte. Die Seiten hingen zu zehnt oder zwanzigst an den brüchigen Resten des Klebeeinbands, die Hochglanzseiten mit den alten Zeichnungen hatten Eselsohren. Ich konnte mich nicht auf die Geschichte konzentrieren. Meine Gedanken wanderten zu Caro.

Manche Freundschaften ergeben sich aufgrund offensichtlicher Gemeinsamkeiten. Andere wachsen aus einer Gegensätzlichkeit, die so faszinierend ist, dass die Beteiligten auf ihrer Flucht voreinander in die gleiche Richtung laufen. Außerdem glaube ich, dass es Freundschaften gibt, die der Vorbestimmung entspringen. Anders kann ich mir nicht erklären, was mich mit Caro verband.

Zum ersten Mal sah ich sie am Strand. In mir ballte sich alles Zyan und Indigo, das der Umgebung fehlte. Mitten im Regen strich sie den Türrahmen der hölzernen Kabine, in der sie sich für den Winter einquartiert hatte, rosa. Ich sah sie und dachte, dass manchen Menschen tatsächlich jede Struktur im Leben fehlte. Noch während ich mich abwandte, wusste ich plötzlich, dass ich sie nicht würde hinter mir lassen können, ohne ihr alles zu erzählen, was ich über meine bisherige Existenz wusste. Ob ich ihr helfen könne, fragte sie mich, sie hätte auch einen zweiten Pinsel. Als ob ich aussah wie jemand, der im Regen den Türrahmen einer Strandhütte streicht, die ihr Besitzer vermutlich nicht einmal zum Wohnen freigegeben hatte! Zwei Minuten später hatte ich den Pinsel in der Hand. Caro hatte sich eine halb aufgerollte Plastiktüte wie einen Hut auf den Kopf gesetzt, ich focht mit dem Regenschirm in der Linken gegen den Wind und bemühte mich, mit der Rechten gleichmäßige Streichbewegungen auszuführen. Caros Mundwinkel zuckten, wann immer sie sich umdrehte, um mich zu mustern, aber sie sagte nichts.

Später saßen wir auf ihrer klammen Matratze, und ich widerstand der Versuchung, ihr benutztes Geschirr zu spülen und die aus ihrem riesigen Rucksack herausquellende Kleidung zu sortieren. Stattdessen saß ich mit einem heißen Kaffeebecher im Schneidersitz vor ihr und sah zu, wie sie zeichnete. Ein dicker Block lag auf ihren Knien. Auf dem obersten Blatt entstand ein kunstvoll geschuppter Drache mit hervortretenden Augen und rauchenden Nüstern, der dem Cover eines Fantasy-Romans alle Ehre gemacht hätte. Draußen rauschte der Regen in den Palmen. Drinnen kratzte Caros Bleistift über das Papier. Auf der einzigen Lampe vor der wasserfleckigen Wand hockte Klaus-Bärbel, das Chamäleon.

»Klaus-Bärbel, Isa. Isa, Klaus-Bärbel«, hatte Caro uns vorhin bekannt gemacht und entschuldigend hinzugefügt, an der Geschlechtsbestimmung des Chamäleons gescheitert zu sein. Dass es Caro gleichgültig war, ob Wesen, mit denen sie das Zimmer teilte, männlich oder weiblich waren, führte dazu, dass ich mich entspannte und schließlich anfing zu erzählen.

Ich erzählte Caro, dass ich mich vor Überraschungen fürchtete, weil sie mich zu spontanen Reaktionen zwangen. Darin war ich nicht gut. Meine Stärke war Ordnung. Alles der Reihe nach, alles an seinem Platz. Wohldurchdacht. Spontaneität machte mir Angst. War eine schnelle Entscheidung gefragt, versagte ich. Es war, als würde sich mir plötzlich die gesamte Kausalkette, die mit einer spontanen Entscheidung ihren Anfang nahm, um mich legen wie eine Würgeschlange. Wobei das, was mich würgte, in der Regel nicht die Kausalkette der Entscheidung war, die ich getroffen hatte, sondern die, gegen die ich mich entschieden hatte. All die Menschen, die ich nicht kennenlernen, all die Erfahrungen, die ich nicht machen würde – nachts verfolgten sie mich in meinen Träumen. Meine tatsächlichen Entscheidungen bereute ich oft. Sie schienen stets falsch zu sein und nur dazu beizutragen, dass mein Leben weiter seinen ordentlichen, aber langweiligen Lauf nahm.

Caro lachte mich nicht aus. Sie lächelte nur, den Kopf über ein Stück Drachenflügel gebeugt, und ihre Wimpern flatterten.

»Sogar bei dieser Reise war es so«, fuhr ich fort. »Ich musste mich zwischen zwei Angeboten entscheiden, und seit ich hier bin, denke ich, dass das andere die bessere Wahl gewesen wäre.

Wenn ich zurückblicke, kann ich mich kaum an Orte erinnern, weil da immer das Gefühl war, entweder zu früh oder zu spät dort gewesen zu sein. Es ist nur dieses Gefühl, an das ich mich noch erinnere.«

Caro sah von ihrer Zeichnung auf, und einen Moment lang fürchtete ich, ich könnte sie beleidigt haben. Schließlich gefiel ihr dieser schmutzige Strand so gut, dass sie sich in einem verlassenen Badehäuschen für den Winter einrichtete. Aber sie lächelte immer noch. Ihr Haar fiel ihr ins Gesicht und in meiner Brust spürte ich ein Ziehen. Schnell sprach ich weiter. Machte meiner Enttäuschung Luft über das schlechte Wetter, das verdreckte Meer, die anderen Touristen, die vielen Hotels, die Autos auf der Avenida und die Pizza mit zu viel Käse.

Caro schraffierte die Feuerwolke, die aus dem Maul des Drachen schoss.

»Okay«, sagte sie dann. »Stell dir vor, wie alles explodiert.«

Ich erschrak, denn ihr Gesichtsausdruck verweigerte jede Ironie.

»Du meinst, ich soll mir Krieg vorstellen? Oder einen Anschlag?«

Hatte sich Caro deshalb in diese Strandhütte zurückgezogen? Weil sie einen Terroranschlag vorbereitete?

»Quatsch. Eine Szene aus einem Endzeit-Blockbuster. Aliens in Raumschiffen, Spezialeffekte aus dem Computer, nirgendwo echtes Blut. Stell dir vor, wie alles in die Luft fliegt. Die Hotels, die Diskotheken, die Supermärkte und die anderen Badehäuschen, in denen zu dieser Jahreszeit die Liegestühle lagern. Stell dir vor, die Reklamewände an der Strandpromenade werden zerfetzt. Piz-Buin-Bräune in tausend Stücken, ein Regen schäumender Schnipsel, gefolgt von den Splittern des Gestänges. Eine

Feuerfontäne steigt aus dem Keller eines Hotels empor, die Blumentöpfe von der Dachterrasse stürzen hinab, ebenso die Wäscheleine, an der noch ein vergessenes Handtuch flattert. Stell dir vor, wie es sich in der Hitze dreht und kräuselt, wie es schließlich anfängt zu qualmen, bis die ersten Flammen über seine ausgefransten Ränder lecken. Und dann, wenn du alles platt gemacht hast, stell dir vor, wie du es neu erschaffen würdest. Was du besser machen würdest und was einfach nur anders.«

Ich spürte meinen Herzschlag in den Fingerspitzen. Der Kaffeebecher in meiner Hand zitterte. Zaghaft begann ich zu beschreiben, wie ich den neuen Strand befestigen und das Hinterland bebauen würde.

Caro lächelte und zeichnete Flammen, die zu einem Schriftzug wurden: *Díos*. Gott.

»Also wirst du dich erinnern«, sagte sie schließlich. »Du wirst dich erinnern, weil du hier warst, als dieser Ort ausgelöscht wurde und wieder neu entstand. Du wirst deine Entscheidung nicht bereuen.«

Sie schlug das Deckblatt über den Zeichenblock und legte ihn auf den Campingtisch. Unter ihrem zerzausten Pony gingen ihre Augen auf wie Monde. Draußen hatte es aufgehört zu regnen, aber die Luft war noch feucht und der Wind sprühte Tropfen von den Blättern der Palmen.

Später an jenem Oktoberabend an der *Costa del Sol* küsste Caro mich zwischen zwei Löffeln Schokoladeneis, bis mir meine Tränen den Atem nahmen.

Nach dem dritten Glas Wein schlief ich auf meinem Sofa ein, was noch nie passiert war, seitdem ich hier wohnte. Im Traum sah ich das Tattoo auf dem Rücken des Patienten. Ich sah es vollständig, mit allen Details, und je länger ich es ansah, desto lebendiger wurde es. Die Flügelspitzen zitterten, als streiche der Seewind hindurch, und dann sah ich, wie es sich langsam von seinem Platz löste, sich in die Luft erhob und auf mich zuschwebte. Ich sah, wie es sich mir näherte, wie es über mir kreiste und sich dann zwischen meinen Schulterblättern niederließ. Ich spürte den Schmerz wie hundert Nadelstiche, als es sich dort einbrannte. Vor Angst wand ich mich, aber gleichzeitig empfand ich Freude über die zweite Chance. Ich wollte lachen, aber stattdessen schrie ich, und von meinem Schrei wachte ich auf. Einen Moment erwartete ich, Caro neben mir zu sehen, Caro mit ihrem schwarzen Lederetui. Benommen taumelte ich ins Bad, zog mich aus, putzte die Zähne, betrachtete im Spiegel die Stelle zwischen meinen Schulterblättern. Zwei rote Streifen waren dort zu sehen, wo ich auf den »Erzählungen von der Alhambra« gelegen hatte. Ich seufzte, ging ins Wohnzimmer zurück, nahm die Weinflasche und das Glas und brachte beides in die Küche. Es gab keine zweite Chance, dachte ich, während ich das Glas spülte.

Zaida, Zoraida und Zorahaida lebten, von ihrem Vater Mohammed, dem Linkshänder, eingesperrt, im Turm der Infantinnen auf der Alhambra. Sie waren traurig und einsam, und ihre Herzen schlugen für drei spanische Ritter, die in den *Torres Bermejas* zu Sklavenarbeit verurteilt worden waren. Eines Nachts kamen die Ritter und reichten den Mädchen Leitern hinauf, damit sie aus ihrem Gefängnis klettern und mit ihnen fliehen konnten …

Am nächsten Tag hätte ich frei gehabt, aber ich sprang kurzfristig für eine verzweifelte Kollegin ein, die ihren Sohn in eine Lehrersprechstunde begleiten musste.

»Was ist denn mit dir los?«, schnauzte mich Jeanette an, als ich ihr im Schwesternzimmer über den Weg lief.

»Schicht getauscht«, erwiderte ich knapp, während ich meinen Kittel überzog.

Ich wollte das Tattoo sehen. Mich davon überzeugen, dass ich es mir nicht bloß eingebildet hatte. Dass es eine Spur gab, was auch immer ich mit ihr anfangen würde.

Dem Patienten ging es sehr schlecht. Er war auf den Rücken gedreht und an das Beatmungsgerät angeschlossen worden. Seit der Operation hatten wir ihn in der Narkose gelassen, denn es gab jede Menge Komplikationen mit seinen verletzten Organen. Als ich einen Blick in die Patientenakte warf, war ich überrascht, dass er überhaupt noch lebte.

Jeanette hatte hektische Flecken am Hals. Alle paar Minuten fühlte sie die Stirn des Bewusstlosen.

»Ist jemand von seiner Familie gekommen?« Ich zog den Mundschutz über.

»Nein.«

»Nein?«

»Es waren drei Frauen da. Jede behauptete, seine Freundin zu sein. Ich habe sie weggeschickt.«

Ich hob den Blick, aber Jeanette starrte auf den Monitor.

»Bei dem Infarkt drüben muss der Tropf gewechselt werden«, murmelte sie tonlos.

Am Nachmittag bekam ich Angst. Es war möglich, dass der Patient starb. Vielleicht war sein Bett leer, wenn ich morgen wiederkam. Ich wusste, ich sollte mich darauf einstellen, dass

Jeanette oder eine andere Kollegin mich über sein Ableben informierte. *Er hat es leider nicht geschafft* war unsere Formulierung in solchen Fällen. Wir waren professionell genug, um uns nicht aus der Spur bringen zu lassen, wenn es jemand *nicht schaffte*. Heute allerdings verursachte mir die Vorstellung, dass der Leichnam des Patienten morgen Mittag bereits in den Keller gebracht worden und das Tattoo somit für immer meinem Blick entzogen wäre, inneres Zittern. Es begleitete mich den ganzen Tag und sogar bis nach Hause, wo ich meine Handtasche ausräumte und früh zu Bett ging.

In der Nacht träumte ich von den kühlen Kellern der Pathologie. Ich folgte der Wolke meines Atems durch ein Labyrinth aufgebahrter, bleicher Körper. Jeder von ihnen trug ein Tattoo, und jeden von ihnen drehte ich vom Rücken auf den Bauch, um mich zu vergewissern, dass es nicht das Tattoo war, das ich suchte. Gewicht und Kälte der leblosen Leiber ließen mich ächzen. Manche waren weiblich, manche männlich. Als mir bewusst wurde, dass diese Menschen an ihren Tattoos gestorben waren, wachte ich auf.

Meine Suche war vergeblich gewesen. Das nahm ich als gutes Omen.

Als ich im Krankenhaus ankam, war der Patient noch am Leben, und das Gefühl, wieder einmal zu spät zu sein, ließ langsam nach.

Caro. Die Freundschaft zu ihr zog ich mir an wie ein kostbares Armband. Ich war bereit, sie stolz herumzuzeigen und sie gleichzeitig an meiner Stelle glänzen zu lassen.

Es war wieder so ein kobaltblauer Abend am Strand. Die

letzten Nächte hatte ich mit Caro auf ihrer Matratze verbracht. Mein Hotelzimmer, zu dem ich Vollpension gebucht hatte, beherbergte nur noch meine Wechselwäsche und den Bücherstapel, durch den ich mich in diesem Urlaub hatte lesen wollen. Meine Mutter würde wissen wollen, welche Lektüre ich empfehlen konnte. Es war mir egal. Was ich mit Caro erlebte, war besser als jeder Roman. Langsam überwand ich den Zwang, alles aufräumen zu müssen. Es gelang mir, die schmutzigen Tassen vom Frühstück zu ignorieren und mich im Klappstuhl an den Strand zu setzen.

An diesem Abend war ich so sorglos wie nie zuvor. Ich fragte mich nicht, ob es verboten war, Feuer zu machen. Ob uns jemand beobachtete. Ob der Fisch giftig war. Ob wir womöglich eine Gräte verschluckten, wenn wir ihn im Feuerschein aßen. Ich rollte Caros Isomatte aus und beschwerte sie an den Ecken mit Steinen.

Caro warf Treibholz in die Flammen. Das Feuer zeichnete rostrote Lichtblüten in ihr Haar. Sie rollte den Fisch aus dem Zeitungspapier, schuppte ihn und nahm ihn aus. Dann bestreute sie ihn mit Salz, träufelte Olivenöl darüber und legte ihn, mit einem Zweig Rosmarin in Alufolie gewickelt, auf die Glut. Ich drückte mit dem Griff einer Gabel den Korken in die Weinflasche, verdrängte die Erinnerung an Omamas trauriges Schicksal und nahm den ersten Schluck aus der Flasche.

Über uns gingen die Sterne auf. Hinter dem Zaun zog die Gruppe schwatzender Italiener, die im gleichen Hotel wohnte wie ich, auf dem Weg zur Pizzeria vorbei.

Wir redeten. Das heißt, ich redete. Caro brauchte mich nur auf diese Art anzusehen, schon kippte ich ihr mein Innerstes vor die Füße. Ich sprach von dieser Sehnsucht, eines Tages berühmt zu sein. Manchmal stellte ich mir vor, wie ich von Fernsehreportern interviewt wurde oder auf der Straße Autogramme gab. Menschen, die mich von früher kannten, wären beeindruckt. *Wir haben sie unterschätzt, die Isa*, würden sie sich eingestehen müssen. Hinterher schämte ich mich für diese Gedanken. Was bildete ich mir ein? Glaubte ich wirklich, ein ruhmvolleres Leben verdient zu haben als die anderen in meinem Bekanntenkreis? War das diese krankhafte Egozentrik, unter der heutzutage alle litten? Jeder wollte im Rampenlicht stehen, niemand auf dem billigen Stehplatz hinten an der Wand. Mit welcher Leistung gedachte ich überhaupt hervorzustechen?

Noch nie hatte ich mit jemandem über diese Berühmtheitsfantasien gesprochen. In der Schule hatte ich keine Freundin, der ich genug vertraut hätte, mein Vater hätte mir lediglich den Kopf getätschelt und meine Mutter ernsthaft an meinem Charakter gezweifelt. Sie hatte mich zu einem bescheidenen Mädchen erzogen, nicht zu einer Prinzessin, die selbstverständlich davon ausging, es stünde ihr alles zu.

»Ich kann mir dich gut als Schriftstellerin vorstellen«, sagte Caro. »Aber das verträgt sich nicht mit den Fernsehinterviews und den Autogrammen auf der Straße.«

»Ich habe noch nie etwas geschrieben.« Außer ein Tagebuch in meiner Teenagerzeit, aber das war von der ersten bis zur letzten Seite so langweilig wie mein Leben.

»Probier es aus. Vielleicht gibt es dir was. Klarheit. Freude. Muss ja nicht der Nobelpreis sein.«

Ich nickte und sah Caro dabei zu, wie sie den Fisch wendete und danach ebenfalls einen Schluck aus der Weinflasche nahm. Als sie mich über die Glut hinweg musterte, versuchte ich, in den Bernsteinsee ihrer Augen einzutauchen, kam aber nicht weiter als bis zur Oberfläche, die mir mein eigenes Spiegelbild entgegenhielt. Mir wurde plötzlich bewusst, wie wenig ich von Caro wusste.

Ihre Eltern hatten sich scheiden lassen, als sie sechzehn war. Caro beschrieb es so, dass sie immer weiter auseinandergedriftet waren und sie, die Tochter, in den Graben zwischen ihnen geriet. Eine Weile noch hatte sie sich mal an der einen, mal an der anderen Kante festgehalten. Aber schließlich hatte sie es aufgegeben. Ihre Eltern waren zu beschäftigt, sich eine neue Zukunft mit neuen Partnern aufzubauen, und zufrieden in der Annahme, Caro sei beim jeweils anderen. Caro ließ sie in dem Glauben. Für sie war der Sturz in den Graben ihre zweite Geburt. Sie konnte machen, was sie wollte.

Also hatte sie die Schule mit Ach und Krach zu Ende gebracht und war auf Reisen gegangen.

»Warum lebst du hier? An diesem Strand?«, fragte ich.

Caro stocherte in der Glut. Der Wind löste eine braune Haarsträhne aus ihrem Pferdeschwanz, und bald würde der Rest folgen. Ihre Haare waren noch zu kurz für einen Zopf, er stand wie ein Pinsel von ihrem Nacken ab.

»Warum sollte ich nicht? Ich kann überall leben«, antwortete sie.

»Man braucht einen Beruf für das Geld zum Leben.« Ich klang wie meine Mutter.

»Oder eine Berufung und niedrigere Ansprüche.« Caro lachte und nahm noch einen Schluck Wein. Ich fragte mich plötzlich, ob es bei Omama auch so angefangen hatte. Mit einer Berufung und niedrigeren Ansprüchen. Meine Mutter hatte beim Ausräumen ihrer Wohnung einen ganzen Stapel Notizbücher voller Gedichte gefunden. Ich erinnerte mich an ihre Empörung:

Dafür hatte sie Zeit! Aber die Vorhänge …! Vielleicht war es ein Akt der Rache, dass meine Mutter die Bücher noch am selben Abend in den Kamin geworfen hatte.

»Aber hast du denn keine Wünsche?«, fragte ich Caro.

»Doch, klar.«

»Und was tust du, damit sie sich erfüllen?«

»Ich gebe ihnen Zeit. Wenn man ihnen Zeit gibt und an sie glaubt, erfüllen sie sich von selbst.«

Caro ging nach drinnen, um Teller zu holen, und ich dachte über ihre Worte nach. »Bei mir nicht«, sagte ich dann.

»Vielleicht hast du nur Angst davor, dass sie sich erfüllen.«

Später war der Fisch gegessen und der Wein getrunken. Die Sterne standen immer noch am Himmel, der Mond auch, und ich lag mit dem Kopf auf Caros Bauch und sah zu ihnen hinauf. Caro kicherte, weil sie das Sternbild des Schwans nicht fand, und ich lauschte dem Gluckern in ihrem Bauch. Dann wurde sie still. Ich spürte ihre Finger in meinem Haar. Die Berührung ließ meine Kopfhaut kribbeln.

»Was ist es, was du dir am meisten wünschst?« Ihre Stimme war nicht mehr als ein Flüstern, und plötzlich fühlte ich mich wieder am Scheideweg. Was wollte sie hören? Dass ich mir eine Familie wünschte? Einen Mann, zwei Kinder, ein Haus im Grünen? Oder wollte sie genau das *nicht* hören? Mir wurde bewusst, dass mindestens eine mögliche Antwort darauf hinauslaufen konnte, Caro nie wiederzusehen. Meine Zähne gruben sich in meine Unterlippe.

»Ich würde gern eines Tages die Alhambra sehen«, sagte ich schließlich.

Das war nicht gelogen. Ich träumte von der Roten Burg, seit

mein Onkel mir als kleines Mädchen die »Erzählungen von der Alhambra« geschenkt hatte. Mein Onkel und meine Tante flogen jedes Jahr im Sommer nach Spanien, während wir, kaum war mein Vater einmal für zwei Wochen am Stück zu Hause, an die Nordsee reisten. *Man muss das Glück nicht in der Ferne suchen. Deutschland ist auch schön*, pflegte meine Mutter zu sagen, wenn ich mich darüber beschwerte, dass die anderen Kinder in meiner Klasse im Süden Urlaub machten und lachsfarbene, transparente Muscheln mitbrachten, die ich an der Nordsee niemals fand. *Außerdem hat dein Vater Sehnsucht nach seiner Heimat.* Mein Vater stammte aus einem Dorf in der Nähe von Emden, und manchmal, wenn ich durch den Regen zum Deich hinübersah, dachte ich, dass es Omama nicht an Ordnung gefehlt hatte, sondern an Abenteuer. Ich dagegen entwickelte eine Sehnsucht nach dem Süden. In meiner Fantasie wurde die Alhambra zur Burg meiner Träume. Ich las von den Menschen, die in ihr gelebt hatten, und fühlte mich ihnen so nah, dass ich insgeheim glaubte, in einem früheren Dasein selbst als Prinzessin auf der Alhambra gelebt zu haben. Eines Tages hinzufahren, durch Räume und Gärten zu wandeln und vielleicht zu spüren, wie uralte Erinnerungen in mir aufstiegen, war einer meiner häufig wiederkehrenden Nachtträume.

»Okay«, sagte Caro. Ihre Stimme klang leicht, ich hörte das Lächeln darin, ohne sie ansehen zu müssen. »Dann fahren wir hin. Morgen.«

Ich spürte, wie ich mich verkrampfte. Ich hatte die falsche Antwort gegeben. Angst ergriff mich. Ich konnte nicht mit Caro auf die Alhambra.

»Das ist eine dumme Idee«, presste ich schließlich hervor. »Wir haben es doch schön hier und ich … habe mein Hotel schon bezahlt.«

Das Hotel, in dem ich mich ohnehin nicht aufhielt. Meine Argumentation war so dünn wie der Ölfilm, den das Essen auf meinen Lippen hinterlassen hatte. Caro zog die Beine an und zwang mich, mich aufzusetzen und sie anzusehen. Klaus-Bärbel klammerte sich giftgrün an den Kragen ihrer gelben Regenjacke, den Schwanz sorgfältig um die Kapuzenschnur geringelt.

»Warum sollte es eine dumme Idee sein? Wir sind zwei Autostunden von Granada entfernt. Du sagst, du wünschst es dir. Es ist ein Klacks, diesen Wunsch zu erfüllen.«

»Wir haben kein Auto. Und kaum Geld. Meine Reise hierher habe ich pauschal gebucht und bezahlt.«

»Du hast Angst. Angst vor deinen eigenen Wünschen.«

Ich widersprach nicht. Auch als Caro mich umarmte, sagte ich nichts. Ich hoffte nur, ihre Gedanken würden weiterziehen, weg von der Alhambra.

»Ich besorge Geld und ein Auto.«

Unter ihrem Blick fühlte ich mich schrumpfen. Wie viel hätte ich gegeben, sie einfach ebenfalls zu umarmen. Ja, lass uns hinfahren. Lass uns den Turm anschauen, in dem Zaida, Zoraida, Zorahaida eingesperrt waren. Lass uns sehen, ob um diese Zeit noch Rosen blühen in den Gärten und ob die Sonne die alten Mauern rot entzündet. Aber ich saß nur da, starr vor Angst, und brachte am Ende nur ein einziges Wort hervor:

»Okay.«

Der Patient überlebte. Eines Vormittags kam ich aus dem Vorraum der Intensivstation, wo ich mir die Hände gewaschen hatte, und sah, dass die Beatmungsmaschine nicht mehr neben ihm stand. Er lag auf der Seite, durch mehrere ergonomische

Kissen gestützt. Das EKG gab ruhige Herztöne wieder, auf den Schnittwunden an seinen Armen bildete sich Schorf. Ich trat neben ihn, betrachtete erst die gleichmäßige, grüne Linie auf dem Monitor, dann das leichte Auf und Ab seiner Schultern. Er musste trainiert gewesen sein vor seinem Unfall, aber nach zwei Wochen ohne Bewegung wirkten seine Oberarme weich. Abgesehen vom Piepsen der Geräte war es still. Durch die geöffnete Tür hörte ich Stimmen aus dem Nachbarzimmer: »*Beatmen, sofort. Herzmassage.*« Niemand würde so bald hereinkommen.

Langsam schob ich das Bettlaken nach unten. Ich ahnte, was ich sehen würde, dennoch hielt ich die Luft an. Das Pflaster war verschwunden. Entlang der Wirbelsäule verlief die Naht mit sechs Stichen. Der Faden war schwarz. Er fügte sich überraschend gut in mein Tattoo. Die äußere Linie der beiden Flügel war stark und hätte die Basis für ein Geweih bilden können. Die innere, violett gestochene, war zarter. Sie ähnelte einer Reihe gepunkteter Fragezeichen. Ich beugte mich vor und bewunderte Caros Werk. Wie exakt sie gearbeitet hatte! Aus dem Adergeflecht, das die Flügel durchzog, formten sich eine Rose, eine Leiter und – meine Initialen. Obwohl. Als ich genau hinsah, erkannte ich, dass das I zu einem L geworden war. Ich streckte die Hand aus und berührte die Buchstaben auf der warmen Haut. Eine Welle der Zärtlichkeit erfasste mich. Seit Jahren war ich Caro nicht mehr so nah gewesen. Sanft legte ich meine Hand auf diese Flügel und ließ mich von meinen Gedanken forttragen.

»Haben Sie mich bald lang genug betatscht?« Das Tattoo bebte unter meinen Fingern. Ich spürte die Wut seines Trägers und zog meine Hand zurück, als hätte das Tattoo mich verbrannt. Im nächsten Moment stand Jeanette neben mir.

»Was tust du da?«

»Nichts.« Ich konnte nicht verhindern, dass ich so rot wurde wie die Signallampe über der Tür. Er musste den Alarmknopf betätigt haben. »Ich habe nur geschaut, ob man die Fäden wohl schon ziehen kann.«

»Doktor Zimmermann wird wissen, wann man sie ziehen kann«, zischte Jeanette.

Ich rauschte hinaus, tief beschämt und entschlossen, mich mit Arbeit zu betäuben. Wie hatte ich bloß annehmen können, der Patient wäre ohne Bewusstsein!

In der Pause trank ich meinen Kaffee in der Cafeteria. Um mich im Schwesternzimmer den Blicken der Kolleginnen zu stellen, schämte ich mich zu sehr. *Da ist Isa, sie tut immer so, als würden Männer sie nicht interessieren, aber heimlich hat sie den schönen Patienten angefasst.*

Am Tisch gegenüber saß die neue Stationsschwester der Neurologie. Angela. Kurze rote Haare, graue, klare Augen und Lippen wie Mona Lisa. Sie war mir schon vor einigen Wochen aufgefallen. Die personifizierte Kompetenz. Jemand wie Schwester Angela würde gewiss nie die Hand auf den Rücken eines Mannes legen, um den alle hier herumschwänzelten und der längst nicht mehr bewusstlos war. Ich kam mir so dumm vor. Als sich unsere Blicke über die Ränder der weißen Plastikbecher begegneten, sah ich weg. *Betatschen.* Er hatte *betatschen* gesagt. Und den Notknopf gedrückt. Ich fragte mich, ob ich noch Zeit haben würde, meine fristgerechte Kündigung per Post zu schicken, oder ob man mir mit einem Personalgespräch zuvorkommen würde.

Ich dachte an die Prinzessinnen im Turm der Infantinnen.

Zaida und Zoraida hatten die Leiter ergriffen und waren hinuntergeklettert zu ihren spanischen Verehrern. Doch die Jüngste, Zorahaida, warf die Leiter wieder in den Garten und blieb zurück, während ihre Schwestern mit den Rittern flohen. Fortan bewachte ihr Vater sie noch strenger als zuvor. Zorahaida starb jung an Trauer und Einsamkeit. Das Leben hatte ihr eine einzige Chance gegeben, und sie war zu ängstlich gewesen, um sie zu ergreifen. Ich fühlte mich ihr verbunden. Bloß hatte es in meinem Leben mehr als eine Chance gegeben. Und ich hatte sie alle verpasst.

Caro hatte einen Plan. Sie sagte, ich solle es ihr überlassen, Geld und Auto für die Fahrt nach Granada zu organisieren, und ich gestehe, in diesem Moment traute ich ihr sogar einen bewaffneten Banküberfall zu.

Caro machte sich in ihrer Hütte fertig. Aus ihrem Rucksack zog sie ein reichlich zerknittertes Sommerkleid, weiß mit blauen Blumen und mit am Rücken gekreuzten Trägern. Der Stoff war zu dünn für die Jahreszeit, aber Caro bestand darauf, es anzuziehen. Durch die Falten schien eine Seite des Kleides kürzer zu sein als die andere. Caro zog und zerrte an dem Textil, aber schließlich hörte sie auf mich und folgte mir in mein Hotel. Am Waschbecken befeuchteten wir die zerknitterten Stellen, und ich hielt den Fön, während Caro die Falten auseinanderzog. Wir kicherten wie beschwipst. Vor meinem Spiegel zog sie ihre Augenbrauen nach und malte sich einen Lidstrich, der meinen Atem stocken ließ. Ihre wenigen Sommersprossen verschwanden unter dem Abdeckstift. Schließlich schöpfte sie mit beiden Händen Gel aus meinem Tiegel und schmierte es in die Haare, bevor sie sich ihren Pinselzopf band. Sie sah mich an.

Ich hätte gern gelacht, weil sie so anders wirkte, gar nicht wie Caro, aber die fremde Frau vor mir strahlte nur so vor Eleganz und Ernsthaftigkeit. Es fehlte nicht viel und ich hätte ihr das Sie angeboten. Bevor wir das Licht ausknipsten und das seit Tagen unbenutzte Hotelzimmer verließen, schnappte Caro Klaus-Bärbel von der Garderobenstange und platzierte sie oder ihn auf ihrer nackten Schulter.

In den nächsten Minuten, in denen wir auf der Suche nach einem Taxi frierend durch die Straßen liefen, beobachtete ich, wie das Chamäleon die Farbskala von Orange bis Violett durchprobierte, um schließlich die Farbe einer Wasserleiche zu behalten.

Der Teint des Engländers, dem wir eine halbe Stunde später gegenübersaßen, war ähnlich fahl – und auch ihm verging das Lachen. Ich sah, wie er an Caros Honigblick klebte, der immer süßer, immer weicher wurde. Seine Einwände zappelten in sinnloser Anstrengung, versanken schließlich in bernsteinfarbener Gewissheit. Caro erhob sich, nahm seinen Arm und bedeutete mir, ihnen zu folgen. Ich schlich hinter ihnen her wie ein Hündchen. Aus der Bar über die Straße, in ein anderes Hotel, billiger als meines. Wieder befielen mich beschämende Gedanken, zu was Caro fähig sein mochte. Sie hielten vor einer Zimmertür. Caro drehte sich plötzlich zu mir um und stellte mich vor. Der Engländer sah mich an und gleichzeitig durch mich hindurch. »Nice to meet you«, brachte er hervor. Ich suchte Caros Blick, aber ihre gesamte Konzentration war auf den Engländer gerichtet. Sie sprach zu ihm mit einer Stimme, die ich weder kannte noch verstand. Aber der Angesprochene nickte und schloss die Tür auf.

Drinnen erwartete uns das Chaos eines einzelnen Menschen, der seit Wochen in einem einzigen Zimmer lebt. Zwischen den geöffneten Fenstern war eine Wäscheleine gespannt, auf der Socken und Unterhosen trockneten. Auf dem Tisch davor stapelten sich Bücher voller Lesezeichen und von Hand beschriebene Papiere. Dazwischen lagen eine Lesebrille und eine Tube medizinischer Hautcreme. Ich spürte, wie der Herzschlag in meiner Brust flatterte, und ertappte mich dabei, die Möglichkeit zur Flucht ungenutzt verstreichen zu lassen, um nicht das womöglich einzige Abenteuer meines Lebens zu verpassen. War der Mann ein echter Schriftsteller?

Minuten später jedenfalls lag er reglos auf einem ungemachten Bett, sein entblößter Rücken schimmerte marmorn im gelblichen Licht der Deckenlampe.

»Was hast du …?«

»Schscht.«

Caro sah mich immer noch nicht an. Sie öffnete eine Tasche, von der ich erst jetzt bemerkte, dass sie diese bei sich trug, und zog ein schwarzes Etui hervor, dem sie ein Gerät entnahm, das entfernt aussah wie eine Spritze. Es folgten Desinfektionsspray und Einweghandschuhe. Ein ganzer Schwall Worte steckte mir in der Kehle. Ich wollte … Sie durfte nicht …! Ich sagte nichts. Mit dem Rücken zu mir traf sie ihre Vorbereitungen. Dann beugte sie sich über den bleichen Rücken des Mannes.

Ich hielt die Luft an. Bei jedem Stich erwartete ich den Schrei des Mannes. Doch er blieb stumm. Er zuckte nicht einmal, während sich auf seinem Rücken Punkte zu haarfeinen Linien vereinten, sich schließlich zu einer Darstellung verdichteten, die ich erst nach einer Stunde erkannte.

Caro war versunken. Sie kauerte auf dem zerwühlten Laken, über den fremden, stummen Mann gebeugt. Mit dem Gesicht einer Prophetin lauschte sie der Botschaft, die sie schrieb. Ich glaubte, winzige Funken auf ihren Fingernägeln wahrzunehmen. Ihre Seele schien sich zu verflüssigen, sie floss aus ihrem Gesicht, durch ihre Hand, in die Spitze der silbernen Nadel. Sie malte nicht mit Tinte, sondern mit ihrer Seele. Ich erschauderte und konnte meine Augen doch nicht von Caro abwenden.

Stunden später hatte sie den Engländer zum Engel gemacht. Zwischen seinen Schultern entfalteten sich zwei Flügel, groß genug, um ihn von einem Kontinent zum anderen zu tragen. Caro verstaute ihre Sachen. Bevor sie sich erhob, sprach sie wieder mit dieser Stimme, die ich nicht von ihr kannte, auf den Engländer ein. Er richtete sich auf, stieg aus dem Bett und zog seinen Geldbeutel aus der Tasche seines nachlässig über die offene Schranktür gehängten Jacketts. Er zählte Caro ein halbes Dutzend Scheine in die Hand und ließ sich von ihr auf die Wange küssen. Sein Blick war seltsam leer und suchte den ihren.

»You may sleep now«, sagte sie. Ihre Stimme schlug von weit her an die Tore meines Bewusstseins. Der Engländer nickte wie ferngesteuert.

»Gehen wir«, sagte sie dann zu mir, noch immer, ohne mich anzusehen. Und auch ich nickte wie ferngesteuert, während Caro das Geld verstaute und uns aus dem Hotel brachte.

Das Personalgespräch blieb aus. Doktor Zimmermann fragte mich eines Nachmittags beim Händewaschen, ob ich »ein Problem« mit dem Unfallpatienten hätte. Dabei sah sie mich streng durch den oberen Teil ihrer Gleitsichtbrille an. Ich verneinte hastig und fügte hinzu, er habe eine außergewöhnliche Tätowierung, die mich kurzfristig an jemanden erinnert habe. Die Ähnlichkeit hätte mich kurz aus der Spur gebracht, aber im Endeffekt sei mir bewusst, dass es sich um eine Verwechslung handeln müsse. Doktor Zimmermann nickte zufrieden, und ich war überrascht, dass ich es geschafft hatte, spontan zu antworten, ohne die Anzahl möglicher Gabelungen auf meinem Weg offenkundig zu dezimieren.

Um den Patienten kümmerte ich mich vorzugsweise, wenn anderes Pflegepersonal in der Nähe war. Im Gegensatz zu Jeanette hatte ich kein Interesse an einem Gespräch mit ihm. Wenn ich an seinem Bett vorbeiging, während er auf dem Bauch lag, sah ich mir das Tattoo an. Aber wenn er auf dem Rücken lag und düster vor sich hinstarrte, vermied ich jeden Blick in sein Gesicht.

Jeanette dagegen sprach oft mit ihm, und je besser es ihm ging, desto öfter sprach auch er. Eines Tages sagte er dann »Tschüss« und »Danke« und zu Jeanette gewandt »Wir sehen uns« und wurde von der Intensivstation auf ein normales Zimmer geschoben. Jeanette verbarg ihr Gefühlschaos aus Erleichterung, dass es ihm besser ging, und Enttäuschung, weil sie ihn nicht mehr ständig anschwärmen durfte, hinter einem für sie untypischen »Alles wird gut«. Schon wenige Tage danach witzelte Nadine, dass Jeanette ihren Feierabend auf der Neurologie verbrachte. Ich versuchte wegzuhören, während sich Jeanette und Nadine stritten.

Wir bekamen einen jungen Versicherungsvertreter auf die Station, der an einem seltenen Herzvirus erkrankt war und jede Aufregung meiden sollte. Schon nach der ersten Nacht lag er mir in den Ohren, weil er fürchtete, nicht richtig versichert zu sein. Es kostete mich eine Stunde nach Dienstschluss, in der ich mit seiner Freundin telefonierte, um schließlich zu erfahren, dass er auf der Jagd nach dem besten Tarif und nach einer Verkettung unglücklicher Umstände tatsächlich in eine Krankenversicherungslücke geraten war, und eine weitere Stunde, um seine Eltern davon zu überzeugen, dass es das Beste war, sich juristisch beraten zu lassen.

An einem der nächsten Tage gab es mittags Komplikationen bei einer Nierentransplantation. Gleichzeitig fuhr der Rettungswagen mit einem Schlaganfall vor. Nadine rief vergeblich nach Jeanette, damit sie ihre Pause abbrach. Ich ahnte, dass sie nicht im Pausenraum der Intensivstation war, und rannte los in die Neurologie.

Ich hatte keine Ahnung, in welches Zimmer der Patient gebracht worden war. Ein wenig atemlos fragte ich Schwester Angela, die mir auf dem Gang entgegenkam. Sie verzog ihre Miene, als wollte ich einen Schwerkranken um ein Autogramm bitten, deutete dann aber mit einer ruckartigen Kopfbewegung auf die nächste Tür.

»Als wenn ihr es dadurch besser machen würdet«, hörte ich sie noch hinter mir schimpfen. Doch wer da am Bett des Patienten saß und seine Hand hielt, war nicht Jeanette, sondern eine junge Frau, deren schmales Gesicht von einem Kranz unordentlicher Locken noch mehr zusammengepresst wurde. Sie hatte ihre Lippenkonturen braun nachgezogen, was das Zittern ihrer Mundwinkel jetzt betonte. Von meinem Eintreten aufgeschreckt, sah sie mich unter trauerschweren Lidern an, als hoffte sie, ich sei gekommen, ihren Platz einzunehmen, sie zu erlösen von der Hilflosigkeit ihres Freundes. Ich drehte auf dem Absatz um und rauschte ohne ein Wort wieder hinaus. Auf dem Gang stieß ich mit Jeanette zusammen, die eine Tafel Schokolade in der Hand hielt.

»Du musst schnell mitkommen. Ein Notfall«, keuchte ich und hoffte inständig, dass sie keine Schwierigkeiten machte.

»Habe ich nicht noch kurz Zeit ...?«

Sie hielt die Schokolade hoch.

Ich schüttelte den Kopf. »Wie gesagt. Ein Notfall.«

Jeanette verdrehte die Augen und steckte die Schokolade in ihre Kitteltasche. Gemeinsam rannten wir zurück.

Nach der Arbeit aß ich in der Cafeteria. Ich fühlte mich matt und ausgelaugt. Obwohl ich frische Zutaten für ein Ratatouille eingekauft hatte, war der Gedanke, nach diesem Tag zu Hause noch zu kochen, so belastend, dass ich Kartoffelbrei und zerkochte Möhrchen vorzog. In der Cafeteria war nicht mehr viel los, aber die wenigen Gruppen, die um einzelne Tische saßen, waren lebhaft und gaben sich keine Mühe, leise zu sein. Ich suchte mir mit meinem Tablett einen Tisch in größtmöglicher Entfernung zu einer Gruppe von Kolleginnen anderer Stationen. Aber kaum hatte ich die Gabel zum zweiten Mal in meinen Kartoffelbrei gesenkt, kam ich nicht umhin, Gesprächsfetzen aufzuschnappen.

»Es ist lange her, dass wir so einen attraktiven Patienten auf der Station hatten«, sagte eine.

»Ja, er ist echt süß«, pflichtete eine Kollegin ihr bei.

Es war klar, um wen es ging. Ich hatte das Gefühl, vor einer defekten Jukebox zu sitzen und immer wieder den gleichen Song hören zu müssen, egal, wer eine Münze einwarf.

»Aber weißt du, er tut mir auch echt leid«, unterbrach sie eine andere. Und dann erörterten sie die Details seiner Diagnose zwischen Instant-Tiramisu und Espresso-Verschnitt. Ich verdrehte die Augen und presste die Stirn in die Hand. Als ich wieder hochguckte, bemerkte ich Angela. Sie saß nur wenige Meter von mir entfernt bei dem Rollwagen, in den nach dem

Essen die Tabletts geschoben wurden. Neben einem Teebecher von der Station lag ein Buch vor ihr auf dem Tisch. Sie sah mir mitten ins Gesicht, und ich fragte mich, wie ich sie hatte übersehen können. Ihre Präsenz erfüllte den Raum.

Ich schluckte, versuchte zu lächeln und gegen das Flattern in meiner Brust anzuatmen. Meine Wangen glühten, und ich ahnte, dass ich rot anlief. Ich wollte wegsehen, aber mein Blick ließ Angela nicht los. Schließlich war sie es, die ihre Augen senkte und sich wieder in ihr Buch vertiefte.

Caro hatte mich erst Stunden später wieder angesehen. Wir waren zurückgekehrt an unseren Strand, hatten uns umgezogen, dann aber, statt endlich zu schlafen, einen Spaziergang gemacht. Wir setzten uns an den steinernen Deich, auf dem die Verlängerung der Promenade zum Pier hinausführte. Es war Ebbe. Ein müder Dreiviertelmond warf seinen Schein auf den Schlick zu unseren Füßen. Es roch nach Algen und sich öffnenden Muscheln. Die Mole war voller Möwen und anderer langbeiniger Seevögel. Wenn wir schwiegen, hörten wir das leise Plitsch-Plitsch ihrer Füße im seichten Wasser. Es war kühl, und Caro hatte sich Klaus-Bärbel in den Rollkragen gesteckt. Von der Seite sah ich, wie das Tier sich regte, während Caro den Kopf in den Nacken legte und der Wind ihr die braunen Strähnen aus dem Pferdeschwanz wehte.

»Was, wenn er das Tattoo bereut?«, fragte ich.

Caro sah mich ungläubig an. »Warum sollte er?«

»Du hast ihn hypnotisiert.«

Sie stritt es nicht ab. »Es ist einfacher so.«

»Aber ... wenn er es nicht wollte? Du hast seinen Willen einfach ignoriert. Weil ... weil wir das Geld brauchen.«

»Er wollte es. Er hat nicht widersprochen. Hypnose macht nicht bewusstlos.«

Sie schüttelte den Kopf gegen den Wind, dann hob sie einen kleinen Stein auf und warf ihn in das niedrige Wasser. »Der Engländer brauchte mich, und ich brauchte ihn. Manche Menschen sind auserwählt, Flügel zu tragen, um ihre eigenen Grenzen zu überwinden. Das sage ich ihnen vorher.«

»Und dann hypnotisierst du sie und gibst ihnen Flügel, die sie nie wieder loswerden.«

»Es ist ein Privileg, meine Flügel zu tragen. Bei jedem sehen sie anders aus. Ich mache niemals welche doppelt. Es würde Unglück bringen, wenn jemand mit den Flügeln eines anderen leben müsste.«

»Du fragst nicht.«

»Menschen werden nicht gefragt, bevor das Schicksal sie prägt. Ich folge nur der Bestimmung.«

»Du glaubst, dass alles im Leben vorbestimmt ist?«

»Gewissermaßen.«

»Und die Freiheit des Willens?«

»Ist das, was durch die Landkarte scheint, wenn du sie mit der Rückseite zu dir gegen das Licht hältst.«

Darüber dachte ich einige Minuten lang nach. Wenn alles ohnehin vorbestimmt war, müsste ich mir nie wieder wegen verpasster Gelegenheiten Sorgen machen. Aber wenn mein Wille nur ein spiegelverkehrter Schimmer war, welchen Sinn hatte es dann, Unsicherheit zu überwinden? Caro legte den Arm um mich. Ich lehnte mich an ihre Schulter und schaute nach oben. Das Firmament breitete sich über uns aus wie ein seidiges Laken. Die Sterne schienen so nahe, dass ich meinte, sie pflücken zu können. Ich hatte das Gefühl, bloß die Decke hochschieben zu müssen, um die Wahrheit zu erkennen. Die Wahrheit hinter Caros Worten. Die Wahrheit meiner Existenz. Aber ich hatte Angst vor dieser Wahrheit, weil ich ahnte, sie würde mich von Caro trennen, und so saß ich still, ganz still und wackelte nicht mal mit dem Zeh.

Jeanette war sauer. Seit ein paar Tagen war das ihr Normalzustand. Sie schob mit zusammengepressten Lippen und verhakten Augenbrauen durch die Station. Wir anderen waren jeden Moment darauf gefasst, dass ihren wütenden, abgehackten Bewegungen ein Scheppern oder Türenschlagen folgte. Der Grund wurde zum Gesprächsthema Nummer eins auf der Neurologie: Hatte »ihr« Patient was mit seiner Physiotherapeutin? Jeanette war sich beinahe sicher. Dabei hatte der Patient dieser Tage andere Sorgen. Er hatte erfahren, dass er nie mehr würde laufen können, und wollte niemanden mehr sehen. Schwestern und Besucherinnen schickte er gleichermaßen weg, und seit Neustem verweigerte er sogar das Essen. Jeanette war beleidigt. Sie schimpfte ihn undankbar, stellte ihre Besuche bei ihm ein und wollte eine Woche später gar nichts mehr von ihm hören. Meine Hoffnung, eines Tages von ihr etwas über sein Tattoo zu erfahren, starb mit ihrem Interesse an dem Patienten. Ich war auf mich allein gestellt.

Eines Abends aß ich wieder in der Cafeteria. Von Weitem erspähte ich Angela und steuerte auf sie zu.

»Noch frei?« Meine Kehle war plötzlich so trocken, dass ich keinen vollständigen Satz hervorbrachte. Angela klappte ihr Buch zu und ließ es so schnell in ihrer Kitteltasche verschwinden, dass ich den Titel nicht erkennen konnte.

»Zumindest nicht in festen Händen«, antwortete sie schroff. Ihre Worte brachten mein Gesicht zum Glühen. »Kein Grund, Werbung für Osram zu machen«, fügte Angela milder hinzu und lächelte. Dabei veränderte sich ihr Gesicht so drastisch, als wären Mund und Augen ausgewechselt worden. Auf einmal wirkte ihr Ausdruck einladend, geradezu spitzbübisch.

»Du schienst verheiratet mit deinem Buch. Die plötzliche Scheidung, unmittelbar vor meinen Augen, beschämte mein keusches Herz. Wie könnte ich *nicht* erröten?«

Meine eigenen Worte überraschten mich. Angelas Lächeln wurde noch breiter, während ich mich setzte.

»Das war nur ein Urlaubsflirt. Irgendwie muss man die Tage ja durchstehen. Ich stelle mir vor, wohin ich als Nächstes in den Urlaub fahre, und hoffe, den Wahnsinn bis dahin auszuhalten.«

Ich tauchte den Löffel in mein Chili. »Ordnung und klare Strukturen bewirken bisweilen Wunder.«

Angela fing plötzlich an, laut zu lachen.

»Hast du den Spruch von deiner Mutter?«

Ich spürte wieder die Hitze in den Wangen. »Kann sein. Jedenfalls helfen Strukturen gegen Wahnsinn. Du hast den Patienten bei dir, über den hier alle reden, oder?«

Schon wollte ich mich zu meinem Themenwechsel beglückwünschen, da verdüsterte sich Angelas Blick.

»Hey, fang bloß nicht auch noch an, mich wegen dem Querschnitt vollzulabern.« Als ich hastig den Kopf schüttelte, fuhr sie fort: »Der glaubt doch, er sei was Besonderes, so Wunder was wie Einzigartiges. Dabei benimmt er sich genauso wie die anderen Idioten. Die gleichen Komplexe, die gleichen Allüren. Natürlich ist er zu cool für den Rollstuhl. Natürlich glaubt er, er schafft es doch noch, seine Stiefel anzuziehen und zur Tür rauszugehen. Natürlich heult er nachts und schweigt tagsüber die Psychologin an. Als Nächstes wird er über Selbstmord nachdenken, weil er sich als halber Mann und ach-so-einsam fühlt, nachdem er alle Mädels fortgeschickt hat.«

Ich holte tief Luft und sah ihr direkt ins Gesicht.

»Meinst du, ich könnte zu ihm gehen und ihn was fragen?«

Angela starrte mich einen Moment so reglos an, dass ich erwog, sie ans Luftholen zu erinnern. Dann sprang sie auf. Ihr Stuhl ließ das Linoleum wimmern.

»Du bist schlimmer als die anderen«, stieß sie voller Verachtung hervor. »Die geben wenigstens zu, dass sie ihn anhimmeln.«

Ich blieb zurück, als wäre ein Steinschlag neben mir niedergegangen. Mein Herz schlug wie verrückt, und ich hatte das Bedürfnis, mir den Staub abzuklopfen.

Die Straßen nach Granada waren staubig. Caro saß am Steuer des VW Jetta, den sie irgendwo geliehen hatte. Die ohnehin schon kurzen Shorts über den bunt gemusterten Leggins hatte sie nochmals hochgekrempelt. Während sie redete, wanderte der Stil eines kirschroten Lollis von einem Mundwinkel in den anderen. Am Rückspiegel zwischen uns baumelte Klaus-Bärbel.

Wir hatten immer noch nicht darüber geredet, wo sie das Auto herhatte. Von der Autovermietung konnte es nicht sein. Im Handschuhfach hatten Kassetten von Whitney Houston gelegen, die sie gleich zu Beginn der Fahrt aus dem Fenster warf. Ich fühlte mich betäubt, als hätte jemand die Glasglocke gelupft, unter der ich bisher gelebt hatte.

»Im Nachhinein sagen die Leute immer, wenn sie nicht genau in diesem Moment *da-und-da* gewesen wären, dann hätten sie *den-und-den* nie kennengelernt, und wenn sie *den-und-den* nicht kennengelernt hätten, hätten sie *dieses-und-jenes* nie gemacht, was dazu geführt hat, dass sie jetzt hier sind und nicht in Mexiko. Verstehst du, später sieht es so aus, als hätte alles unweigerlich so und nicht anders passieren müssen. Du kennst dieses Gefühl, die Zufälle reihen sich aneinander, und wenn du am Ziel angekommen bist, scheinen es keine Zufälle gewesen zu sein. Stell dir jetzt vor, du wählst ein x-beliebiges Ziel. Dann wäre es doch nur logisch, dass es eine Kombination von Ereignissen, Begebenheiten und sogenannten Zufällen gibt, die genau auf dieses Ziel hinauslaufen.«

»Ja und?«

»Dann brauchst du praktisch nichts anderes mehr machen, als in jedem Moment deines Lebens gerade das zu tun, was dich deinem Ziel näher bringt.«

»Scherzkeks, in meinem Leben kriege ich bis jetzt schon nur Nieten zu fassen. Wie soll es mir da gelingen, jedes Mal den Hauptgewinn zu ziehen?«

»Nicht den Hauptgewinn! Das, was dich ihm näher bringt.«

»Und woher soll ich wissen, was mich ihm näher bringt?«

»Das weißt du, das ist in dir drin. Bei dir ist es zum Beispiel die Alhambra. Wenn du sie einmal besucht hast, dann geht dein Leben in der richtigen Richtung weiter.«

»Ich weiß nicht.«

»Doch! Es kommt dir nur so kompliziert vor, weil du keine Ahnung hast, wie der Hauptgewinn für dich aussehen könnte.«

»Aber du, du hast die Ahnung, oder was?«

»Für mich selbst. Klar.« Sie schob den Lolli von links nach rechts. »Ein Tattoo-Studio auf Sylt. Das ist mein Hauptgewinn.«

»Warum gerade auf Sylt?« Ich hielt meinen eigenen Lolli fest am Stiel.

»Viel Strand. Viele reiche Leute, die sich Tattoos leisten können und sich danach sehnen, ihre Grenzen zu überwinden.«

»Hm. Und angenommen, du hast irgendwann dein Tattoo-Studio auf Sylt. Was ist dann das nächste Ziel?«

Caro kurbelte das Fenster in der Fahrertür herunter und warf ihren Lolli-Stiel hinaus. Ich machte es ihr nach. Einen Moment zog es durch, und Klaus-Bärbel schnappte sich eine Fliege, die sich hereinverirrte.

»Danach gibt es keins mehr. Ich tätowiere Menschen Flügel, bis ich eines schönen Tages ganz überraschend sterbe.«

Granada im Winter war nicht halb so orange, wie ich es mir vorgestellt hatte. Aber die Abwesenheit von Blau erreichte sogar mein Inneres. Ich folgte Caro durch die Straßen und verdrehte mir fast den Kopf auf der Suche nach der Alhambra. Ich wusste, dass sie irgendwo oben, auf einem Berg, sein musste. Aber die umliegenden Häuser nahmen mir die Sicht.

Caro lachte. »Sei nicht so ungeduldig! Morgen gehen wir hinauf.«

Sie hatte Schweißperlen auf der Stirn, weil sie meine Tasche trug und der Parkplatz doch nicht so nah beim Hotel war, wie man uns gesagt hatte. Vor ihrer Brust schaukelte an einem Band ihre Sonnenbrille. Klaus-Bärbel klammerte sich an die Gläser.

An diesem Abend sah ich die Alhambra schließlich doch noch. Caro und ich hatten einen ausgedehnten Spaziergang durch das arabische Viertel gemacht und vergeblich die in unserem Stadtplan eingezeichnete Aussichtsterrasse gesucht. Irgendwann waren wir von den zahlreichen Treppen und Steigungen so erschöpft, dass wir aufgaben und uns in ein Restaurant unter Orangenbäumen setzten. Wir aßen viel und gut und bezahlten mit Scheinen, die Caro von dem Engländer bekommen hatte. Nach dem Essen schlug ich vor, noch einmal nach der Aussichtsplattform zu suchen, aber Caro sagte, sie hätte noch etwas zu tun, wofür sie den Stadtplan benötigte, sodass ich sie auf dem Platz unter den Orangenbäumen zurückließ und auf eigene Faust loszog. Ich hatte Glück, denn ich stieß auf eine Gruppe französischer Touristen, die das Wort *Mirador* wiederholten, das ich auch auf den sporadischen Wegweisern zur Aussichtsplattform gelesen hatte. Ich folgte ihnen und fühlte mich dabei mutig wie eine Schlafwandlerin, die zu träumen glaubt, während sie über Dächer balanciert. Aus den Fenstern im Erdgeschoss drangen Musik und Bruchstücke verschiedener Fernsehsendungen. Weiter oben unterhielten sich Frauen von Fenster zu Fenster quer über die schmale Straße. Auf den uralten Stufen lungerten bunt gescheckte Katzen. Dann öffnete sich unvermittelt die Gasse zu einem Platz. Die Häuser wichen zurück und gaben Raum für eine Terrasse, von der aus der Blick über die Dächer der arabischen Altstadt glitt. Dort, auf der anderen Seite der Stadt, lag die Alhambra. Die Abendsonne ließ sie rot erglühen, und plötzlich fühlte ich mich so dermaßen glücklich, dass ich bereit war, Caro zu glauben. Fortan würde mein Leben in die richtige Richtung laufen.

Auf dem Platz stand eine Telefonzelle. Ich hatte Lust, jemanden anzurufen, aber mir fiel niemand ein. Also stand ich neben ihr, starrte zur Alhambra hinüber und sah, wie das Sonnenlicht weniger wurde und die Scheinwerfer zu Füßen der Festung angingen.

Später ging ich zurück zu Caro. Sie saß immer noch an ihrem Platz unter den Orangenbäumen und beugte sich über die Rückseite unseres Stadtplans. Obwohl ich von hinten kam, sah ich sie lächeln. Sie lächelte mit ihrem ganzen Körper. Vor allem mit ihrer Hand.

»Was zeichnest du da?«, fragte ich. Von der Rückseite schimmerten die Straßen Granadas durch das Papier. Sie sahen aus wie Adern. Adern in meinen Flügeln.

»Dein Tattoo«, sagte Caro.

Angelas Abgang verletzte mich. Sie war einfach so davongeprescht und hatte mich mit meinem Chili sitzen lassen. Es erinnerte mich daran, wie ich Caro sitzen gelassen hatte. An jenem letzten Abend in Granada schlenderten wir Arm in Arm zurück in unser Hotel. Caro hatte das Tattoo nicht mehr erwähnt. Der Stadtplan mit dem Entwurf steckte in ihrem Rucksack. Sie sprach von der Alhambra, aber ich hörte kaum zu.

Im Hotel ließ ich sie zuerst duschen und versprach, das Bett vorzubereiten. Kaum hörte ich das Wasser laufen, nahm ich mein Gepäck, das ich glücklicherweise noch nicht ausgepackt hatte, strich Klaus-Bärbel einmal sacht über den Zackenkamm und zog leise die Zimmertür hinter mir zu. Ich bereute es in derselben Sekunde, aber es gab kein Zurück mehr. War es meine Bestimmung, Caros Tattoo zu tragen? Hatte ich einen Willen, mich zu widersetzen?

Ich erklärte dem Mann an der Rezeption, ich müsste leider dringend abreisen, ließ mir einen neuen Stadtplan geben und die Stelle markieren, wo ich einen Taxistand finden würde. Die Nacht verbrachte ich in einem seelenlosen Hotel am Flughafen, dessen Rechnung meine Mutter sich bereit erklärte zu begleichen, und am nächsten Morgen saß ich bereits im ersten Flugzeug zurück nach Deutschland.

Ich hatte nie wieder von Caro gehört. Hatte meine Abreise sie verletzt? Hatte sie über meine Beweggründe nachgedacht? Glaubte sie immer noch an Schicksal und Vorbestimmung? Mit bleischweren Gliedern erhob ich mich von meinem Stuhl, rückte ihn an den Tisch und schob auch den von Angela wieder heran.

Ich musste mit dem Patienten sprechen.

Als ich sein Zimmer betrat, war er gerade dabei, sich die Nadel einer aufgezogenen Spritze in den Arm zu stecken. Ich nahm sie ihm ab, ließ die fünfundzwanzig Milliliter Luft durch die Kanüle entweichen und warf das Besteck in den Eimer unter dem Waschbecken.

»Wir müssen reden«, sagte ich.

Er wandte ruckartig den Kopf und starrte aus dem Fenster.

»Ich hab's satt, mit euch zu reden«, sagte er. Seine Augen glänzten. Drei Stockwerke unter uns lag die Notaufnahme, das Blaulicht eines Krankenwagens flackerte auf seinem Gesicht.

»Alle naslang kommen hier irgendwelche Frauen rein, die reden wollen, die mich berühren, wenn ich schlafe, die sich für mich interessieren und glauben, dass sie mich verstehen, aber in Wahrheit haben sie keinen Schimmer, was es bedeutet, wenn man ...«

»Woher haben Sie Ihr Tattoo?«, unterbrach ich ihn. »*Das* interessiert mich.«

Es war zu dunkel, um zu erkennen, welche Augenfarbe er hatte. Ich sah auch nicht viel von seinen maskulinen Zügen, von denen Jeanette so geschwärmt hatte. Ich sah bloß sein Lächeln. Sein Baby-ich-glaub-dir-kein-Wort-Lächeln.

»Glaubst du, ich kenne diese Masche nicht? Erzähl mir, woher du dein Tattoo hast, und ich sage dir, warum wir füreinander bestimmt sind? Ich kenne dich. Du hattest nichts Besseres zu tun, als mich oben auf der Intensiv zu begrapschen. Du dachtest, ich merke das nicht.«

»Da habe ich mich offenbar getäuscht. So wie Sie sich täuschen, wenn Sie glauben, dass ich mich für mehr interessiere als für Ihr Tattoo.«

Unsere Blicke stießen irgendwo über seinem Bett zusammen, und ich hatte fast den Eindruck, es knirschen zu hören, aber ich wich nicht aus.

»Aus einem Tattoo-Studio«, sagte er schließlich, ohne die Augen auch nur einen Millimeter zu senken. »Eine Frau hat es gestochen. Das C steht für ihren Namen. Wir verbrachten mehrere Abende miteinander. Sie versprach, mir etwas zu dem Motiv zu sagen, aber am Tag nach der letzten Sitzung brach sie plötzlich tot in der Fußgängerzone zusammen. Herzversagen.«

»Wo war das?«

»Auf Sylt.«

Ich spürte, wie mir die Luft aus den Lungenflügeln wich, als hätte jemand einen Stöpsel gezogen. Einen Augenblick musste ich mich auf meine Knie konzentrieren, deren Konsistenz sich zu verändern schien. Ich zählte langsam bis fünfzehn, bevor ich sicher sein konnte, dass meine Stimme nicht ganz entfremdet klingen würde.

»Danke. Sie haben mir sehr geholfen.«

Ich wandte mich zum Gehen. Als ich schon fast an der Tür war, fielen mir noch einmal Caros Worte ein.

»Manche Menschen sind auserwählt, Flügel zu tragen, um

ihre eigenen Grenzen zu überwinden. Sehen Sie das als Ihre Bestimmung.«

Ich hörte, dass er hinter mir den Versuch unternahm, sich im
Bett aufzurichten.

»Wir sollten tatsächlich reden.«

»Nein«, sagte ich. »Ich glaube nicht.«

Auf dem Flur war bereits die Nachtbeleuchtung eingeschaltet.
Ich schlich von einem gelben Lämpchen zum nächsten, wie ein
Bergarbeiter auf dem Weg zum Förderkorb. Ich hatte geglaubt,
im Zentrum des Tattoos hätten meine Initialen gestanden. Aber
das C hatte nie für Cöster gestanden. Irgendwo am Ende des
Ganges leuchtete grün das Schild NOTAUSGANG, und ich
wusste, wenn ich es bis dahin schaffte, würde es auch danach
weitergehen. Caro war dem gefolgt, was sie für ihren vorbe-
stimmten Lebensweg gehalten hatte. Es war frappierend, wie
präzise sich ihr Schicksal erfüllt hatte. Ich dagegen war weiter
auf der Suche. Mein Wille war frei, mein Leben in eine neue
Richtung zu lenken. Ich durfte mich nur nicht scheuen, ihm
Ausdruck zu geben.

Aus dem Schwesternzimmer löste sich ein Schatten, und im
nächsten Moment stand Angela vor mir. Ihre Wut von vorhin
war verraucht.

»Liebeskummer?«, fragte sie und lotste mich in den kleinen
Raum. Auf dem Tisch lag zwischen Zeitschriften ein Spani-
en-Reiseführer mit der Alhambra auf dem Titel. In der Spüle
stapelte sich Geschirr.

»Vielleicht.« Sie schob mir einen Stuhl hin und goss mir Kaffee in eine frische Tasse. Ich umschloss sie mit beiden Händen
und hielt mein Gesicht in den Dampf.

»Hattest du mal was mit ihm?«, fragte sie.

Ich schüttelte den Kopf.

»Ich schon.«

Der Kaffee war brühend heiß. Ich verbrannte mir die Lippen.

»Es war nichts Ernstes, nur eine Nacht. Er erinnert sich nicht mal. Es war bevor ... bevor klar war, dass es mit mir und Männern nichts mehr wird.«

Ich nahm noch einen Schluck, verbrannte mir die Zunge und schob mir ein Stück Würfelzucker in den Mund. Mein Körper fühlte sich an, als hätte ich glühende Kohlen verschluckt. Die Hitze stieg mir aus allen Poren.

»Dein nächster Urlaub?«, fragte ich heiser und deutete auf den Reiseführer.

»Vielleicht. Eigentlich möchte ich nicht allein verreisen. Aber ich würde schon gern mal nach Spanien. Mir die Alhambra anschauen. Muss beeindruckend sein.«

Ich nickte.

»Warst du mal dort?«, fragte sie.

»Fast«, antwortete ich. »Leider habe ich sie nur von Weitem gesehen. Ich würde gern noch einmal hin.«

ISA

Das Echo der Farben

*D*as Bett stand mit dem Kopfende an der Wand und ragte so weit in den Raum hinein, dass Besucherinnen an der Tür geneigt waren, die Luft anzuhalten, um sich schlanker zu machen. Die mächtigen Pfosten des Baldachins reichten fast bis an die Decke der Neubauwohnung, und der von Räucherkerzen und aufspritzendem Fruchtschaumwein verfärbte Seidenstoff des Himmels wehte schwermütig im durch das offene Fenster hereinstreichenden Spätsommerwind.

Das Bett hatte für mich schon immer etwas Monströses gehabt. Es war dunkel, schwer und strahlte eine muffige Dekadenz aus. Mit asiatischem Minimalismus hatte es nichts zu tun. Es war das Gegenteil: üppig und unbescheiden. Es war das Bett, in dem Kim gezeugt worden war.

Wenn ich mit ihm hinter dem zugezogenen Himmel auf der weichen Matratze gelegen hatte, die alt war und uns immer zur Mitte rollen ließ, und hochblickte in den riesigen Spiegel auf der Innenseite des Baldachins, umrahmt von tannengrünen Lichterketten, dann hatte ich manches Mal eine Ahnung davon bekommen, wie Kims Vater gewesen sein mochte.

Jetzt hingegen dachte ich nicht an den Alten, sondern nur an den Sohn und daran, was er letzte Nacht in diesem Bett getrieben haben mochte. Das schwarze Spannbettlaken gab an seinem unteren Ende den Blick auf den fleckigen Drillich frei. Die beiden Daunendecken, bezogen mit hellgrauem Satin, vereinigten sich in einem unförmigen Knäuel, die Kopfkissen waren nach oben gerutscht. In der Mitte hing das Bett durch. Wie verwundet wölbte sich die Matratze über dem zerbrochenen

Lattenrost, die beiden mit barocken Schnitzereien verzierten Pfosten am Fußende, die stets den Baldachin gestützt hatten, neigten sich einander traurig zu. Dort, wo sie zerbrochen waren, reckten sich die unter dem dunklen Lack hellen Fasern wie Ausrufezeichen. Links hatte sich ein Stück des Himmels in den Splittern verfangen. Der dünne Stoff war zerrissen.

Fast andächtig betrachtete ich das verunglückte Möbel. Ich wusste immer noch nicht, ob ich wütend oder froh sein sollte, dass mein Entschluss, Kim nie wiederzusehen, nur zwei Tage gehalten hatte, aber langsam fand ich Gefallen an der Situation.

Kim kaute auf seiner Unterlippe. Er trug die Stonewashed-Jeans von 1995, die er über dem Knie aufgeschnitten hatte, und das gelbe T-Shirt, auf das ich das Foto einer südchilenischen Bergkette hatte drucken lassen, die sich aber vom vielen Waschen fast vollständig abgelöst hatte. Er wirkte klein und fremd in dieser Haltung des besorgten Angehörigen, der auf die Worte des Arztes wartet.

»Besuch von Natascha«, diagnostizierte ich.

Er nickte ernst. »Wir haben der Nacht das Echo der Farben geschenkt«, sagte er, und als ich den Kopf schüttelte, fügte er hinzu: »Um es mit deinen Worten auszudrücken.«

Ich hatte Lust zu lachen. Natürlich, es gab nur eine, mit der man Möbel zerstörte, so wie es eine andere gab, mit der man um die Welt reiste, und wieder eine andere, die man heiraten konnte, aber wie genau die beiden es geschafft hatten, das alte Bett in diesen Zustand zu versetzen, wollte ich lieber nicht wissen.

Wenn Leona das sieht, gibt es heute Abend koreanisches Filet, dachte ich.

»Wenn Leona das sieht, macht sie Filet aus mir«, sagte Kim.

Ich grinste. Die Gabe, das Gleiche zu denken, war uns offenbar trotz allem nicht verloren gegangen.

Soweit ich wusste, besaßen wir sie seit sieben Jahren. Damals besuchten wir im Wintersemester eine dieser Vorlesungen, die man für die Zulassung zur Zwischenprüfung braucht. Der Dozent sprach von tautologischen Schlüssen und vom Satz des unzureichenden Grundes. Vorn saßen die Streber, hinten die Schwätzer, wie im Reisebus, wenn es auf Klassenfahrt geht. Kim und ich gehörten zu denen in der Mitte. Vier Monate saß er mal drei Reihen vor, mal hinter mir, ich hörte seinen Füller über das Papier kratzen, manchmal sah ich, wie er die Stirn runzelte oder gedankenverloren nickte, und ich dachte, er sitzt zwar nicht in der ersten Reihe, aber er ist doch ein Streber. Eins von diesen chinesischen Wunderkindern, intelligent, zum Verrücktwerden fleißig und ewig dankbar für ein Stipendium im schönen Europa. Ich vermutete, dass er nur deshalb so selten zum Friseur ging, weil er seine Segelohren verstecken wollte. Ich fand ihn weder attraktiv noch wirkte er auf mich sonderlich sympathisch. Dennoch schossen mir gegen Ende des Semesters immer häufiger Gedanken durch den Kopf, die mit ihm zu tun hatten und deren Ursprung mir unbegreiflich war. So fragte ich mich zum Beispiel, ob Kim es komisch finden würde, dass ich mich der Wahrheit am nächsten fühlte, wenn ich nähte. Vor, unter und neben mir Fluten von Stoff, dann das Surren der Maschine, das Zickzack des Fadens, die Bahnen fanden zusammen, das Chaos ordnete sich, zum Schluss kam der Saum, und etwas war fertig. Etwas, dem es nichts mehr hinzuzufügen gab.

Wie sich später herausstellte, fand er es tatsächlich komisch. Er lachte schallend und meinte, es sei nicht Wahrheit, der ich mich da nahe fühlte, sondern die Wohltat der Banalität, eine Art Kur für den Verstand. Aber da waren wir schon befreundet, und das gab uns wohl das Recht, uns zu verletzen, ohne darüber auseinanderzudriften.

In diesen letzten Wochen des Wintersemesters dachte ich auch, dass es womöglich etwas gab, was wir uns zu sagen hätten. In diesen Momenten stellte ich mir mein Leben als Bühne vor, auf der Freunde, Bekannte, Kommilitonen auftraten, agierten und wieder abtraten. Und ich stellte mir Kim vor, wie er auftrat und blieb und blieb und blieb.

Am letzten Vorlesungstag verließ Kim nicht wie üblich als einer der Ersten den Saal. Er stand zwar auf, kaum dass der Professor aus dem Saal verschwunden war, ließ aber seine Sachen auf dem Tisch liegen und blieb in der Nähe der Seitentür stehen, durch die sich unsere Kommilitonen bereits drängten.

Die Ahnung, dass er dort auf mich wartete, ließ etwas zwischen meinen Rippen flattern. In Zeitlupe packte ich meine Mappe, atmete tief durch, fixierte den Rucksack einer Studentin vor mir und folgte ihr zum Ausgang. Kim studierte das Poster einer Aphrodite-Statue an der Wand. Fast war ich enttäuscht. Doch als ich ansetzte, durch die Tür zu gehen, stand er plötzlich neben mir und hielt mir einen zusammengefalteten Zettel vor die Nase.

»Das ist für dich«, sagte er mit einem Lächeln, das mir zugleich süß und hochmütig erschien. Unsere Blicke trafen sich über dem Papier. Seine Augen waren blank wie Apfelkerne und hatten die gleiche Farbe. Ich hatte das Gefühl, schon viele Jahre hineingeblickt zu haben. Es war dieses Gefühl, das mich verwirrte. Nicht sein Blick.

Was war das für ein Zettel? Eine Einladung? Ein Scherz? Eine Liebeserklärung? Das Flugblatt einer Diskussionsgruppe? Erwartete er, dass ich den Text sofort las?

»Danke«, sagte ich, nahm den Zettel und ließ mich vom Strom der nachfolgenden Studenten aus dem Saal spülen, weg von Kim und seinen fremden, vertrauten Augen.

Den Zettel hielt ich fest in der Hand. Ich las ihn erst im Bus auf dem Weg nach Hause: *Womöglich gibt es etwas, was wir uns zu sagen haben. Ist auf der Bühne Deines Lebens noch eine Rolle für mich frei? Wenn ja, ruf mich an.*

Es war das erste Mal, dass ich diesen inneren Wind spürte. Ein Wind wie der, der die Zweige verschiedener Bäume ineinanderweht und ihren Blättern für einen Augenblick den Anschein gibt, aus demselben Stamm, denselben Wurzeln gewachsen zu sein. In diesem Moment ahnte ich zum ersten Mal, dass es etwas geben könnte, das mich mit Kim enger verband als mit irgendeinem anderen Menschen.

Abgesehen davon fand ich seinen Brief nicht besonders originell. Eine Anmache, wie sie romantisch veranlagte junge Menschen eben schreiben. War Kim romantisch veranlagt? Sei's drum. Faszinierend an seinem Brief war lediglich, dass er die gleichen Worte verwendete, mit denen ich zuvor an ihn gedacht hatte. Doch das änderte nichts daran, dass ich ihn nicht anrufen würde.

»Wie viel Zeit haben wir?«, fragte ich, nachdem ich mehrmals vor dem Bett auf und ab gegangen war und sachte an den Pfosten gerüttelt hatte.

»Zwei Stunden«, sagte Kim. »Ich habe mir die Stichsäge von den Nachbarn geliehen.«

Ich sah ihn an und konnte mir ein breites Grinsen nicht verkneifen. Außer Kim kannte ich niemanden, der in eine solche Situation geraten konnte. Und niemanden, dem ich lieber herausgeholfen hätte. Zumindest wäre das bis vorgestern so gewesen. Heute war ich mir nicht so sicher, ob ich ihm gern half oder ob ich es nur tat, weil ich etwas zu Ende bringen wollte.

Die meisten seiner persönlichen Sachen hatte Kim schon in den an der Wand gestapelten Kisten verstaut. Die Regale und der Schreibtisch waren leer. Nur auf dem Boden lagen noch Aktenordner mit dem Material der letzten sechzehn Semester, Kabel, Badmintonschläger, Wanderstiefel, Werkzeug, fünfundsiebzig Ausgaben von »National Geographic« und drei zerfledderte Isomatten, auf denen der ewig rastlose, immer neugierige Kim in Gott-weiß-wie-vielen Ländern selten allein geschlafen hatte. Ich schluckte. Der alte Ghettoblaster, an dem nur noch das rechte Kassettenfach funktionierte, spielte Jean-Michel Jarre, und Kim sah aus wie der koreanische Bruder von Antonio Banderas. Es wäre mir lieber gewesen, die Sache zu Ende zu bringen, ohne das alles hier noch einmal zu sehen.

Unser erstes Date hatten wir an einem Dienstag in den Ferien, ziemlich genau um dreizehn Uhr zwanzig. Es war nicht gerade die typische Uhrzeit für ein Date, aber es war auch kein typisches Date. Als ich das Haus um zwölf Uhr fünfundfünfzig zum Einkaufen verließ, hatte ich noch keine Ahnung von meiner Verabredung. Wahrscheinlich ebenso wenig wie Kim, der sich auf den Weg in die Bibliothek machte. Aber als ich um dreizehn Uhr zwanzig am Universitätsplatz aus dem Bus stieg und Kim dort an der Haltestelle traf, wussten wir beide, dass es eine Verabredung war.

Wir sparten uns das übliche »Was für ein Zufall!« und »Was machst *du* denn hier?«. Stattdessen küssten wir uns zur Begrüßung und gingen gemeinsam Richtung Altstadt.

»Wohin gehen wir?«, fragte ich.

»Irgendwohin, wo man Tee trinken kann.«

Wir liefen etwa eine Viertelstunde. Die Sonne schien durch Kims abstehende Ohrmuscheln und ließ sie ganz rosa aussehen. Schließlich stoppte er vor einem kleinen afghanischen Antiquitätenladen und hielt mir die Tür auf. Ich sah ihn fragend an, aber er lotste mich hinein, an Wandbehängen und Holzfiguren vorbei, in ein mit einem Vorhang abgeteiltes Hinterzimmer, von dem aus man in einen sonnenbeschienenen Garten blickte. Auf einer hölzernen Empore saß auf dicken, rot gemusterten Teppichen etwa ein Dutzend junger Leute mit dampfenden Teeschalen in den Händen. Wir zogen unsere Schuhe aus und hockten uns ebenfalls vor die niedrigen Tische mit den schimmernden Perlmuttintarsien. Kim sah mich mit seinen Apfelkernaugen an, und ich hatte das Bedürfnis, etwas zu sagen, um die mögliche Bedeutung seines Blickes abzuschwächen.

»Es ist schön hier«, sagte ich also. Und dummerweise auch: »Bist du aus Afghanistan?«

Kim sah zu dem dunkelhäutigen, bärtigen Mann mit dem Turban hinüber, der den Tee servierte, und fing an zu lachen. Ein scharfes Stakkato-Lachen, das mich verletzte und das ich später noch oft aus ganz anderen Gründen hören sollte.

»Okay, sorry«, entschuldigte ich mich. »Das war eine dumme Frage.«

Ich stellte mir Kim mit einem Turban vor und musste plötzlich ebenfalls lachen. »Eine *sehr* dumme Frage.«

Wir bekamen uns beide kaum noch ein. Erst als Kim keuchend nach Luft schnappte, sagte ich: »Okay, du bist nicht aus Afghanistan, weil du nicht so aussiehst, sondern aus Korea, weil du Kim heißt und alle Männer in Korea so heißen.«

Kim wischte sich die Lachtränen aus den Augen.

»Ich komme aus Nürnberg«, sagte er. Aber als ich enttäuscht die Schultern hängen ließ, fügte er hinzu: »Meine Mutter ist Koreanerin.«

Immerhin lächelte er. Hinter dem aufsteigenden Dampf aus unseren Teeschalen hing sein Lächeln wie an einer Schnur, die an seinen Ohren befestigt war. Ich konnte förmlich sehen, wie es schaukelte.

»Was wohl entsteht, wenn etwas derartig verkorkst anfängt?«, sinnierte ich. Im gleichen Moment kannte ich die Antwort.

»Eine Freundschaft«, sagte er.

Draußen trieb der Wind die Zweige benachbarter Bäume ineinander, und ich hörte es in mir rauschen.

»Eine Freundschaft«, wiederholte ich.

Die Sache mit der Freundschaft präzisierten wir einige Wochen später in meinem Bett. Es kam mir nicht sonderbar vor. Gewöhnliche Beziehungen waren nicht mein Ding. Wenn ich miterlebte, wie Freundinnen sich verliebten und fortan nur noch im Doppelpack auftraten und im Plural über ihre Zukunftspläne sprachen, schreckte mich das eher ab, als dass es Sehnsüchte weckte. Wonach ich mich sehnte, war echte Magie zwischen Menschen. Meine Vermutung war, dass die wenigsten sie tatsächlich erlebten. Sie verliebten sich in Äußerlichkeiten und planten ihre Zukunft auf der Basis von austauschbaren Gemeinsamkeiten. Die großen Gefühle lebte kaum jemand. Aber ich, das schwor ich mir, ich würde es tun.

»Wir sollten uns darauf einigen, dass dies eine Freundschaft ist«, sagte Kim, nachdem er das Kondom verknotet und entsorgt hatte und wieder zu mir ins Bett kam.

»Okay«, stimmte ich zu. Es klang nur logisch, schließlich hatte er zu diesem Zeitpunkt eine Freundin in München, und ich versuchte, meinen Exfreund zurückzuerobern, der sich vor drei Monaten von mir getrennt hatte. »Und was genau ist für dich Freundschaft?«

Er rollte sich an meine Seite, stützte die Ellbogen auf und spielte mit einer meiner Haarsträhnen.

»Freundschaft nimmt nicht in Besitz«, erklärte er.

»Mmh.«

»Freunde sind nicht verliebt ineinander.«

»Mmh.«

»Aber Freundschaft kann erotisch sein.«

»Klar.«

Ich sah an seinem Gesicht vorbei zum Dachfenster meines Studentenzimmers. Draußen dämmerte es, und vor dem blassroten Sommersonnenuntergangshimmel spiegelten sich unsere Körper in der schrägen Scheibe. Ein Vogel malte einen Bogen in die Wolken.

»Aber wenn sie damit gegen das Treueversprechen von zwei Liebenden verstößt?«, fragte ich.

Kim seufzte. »Liebe sollte mehr sein als das Versprechen zu verzichten.«

»Aber Liebe wird nur dauerhaft durch die Versprechen, die man sich gibt. Diesen Fehler sollten wir nicht machen.«

»Wir sollten nicht den Fehler machen, eine Liebesbeziehung führen zu wollen.«

Kims Stimme klang plötzlich besorgt. Er ließ meine Haarsträhne los und sah mir in die Augen.

»Verlieb dich nicht in mich. Bitte.«

Ich betrachtete das Spiel von Schatten und schwindendem Sonnenlicht auf seinem schmalen, aber muskulösen Rücken. Neben seiner Schulter, dort, wo am Himmel die Wolke noch einmal aufriss und einen Schimmer Abendsonne durchließ, zeichnete sich der feine Umriss meiner nackten Brust ab. Ich ließ meinen Blick einige Zentimeter nach links wandern und sah Kim wieder ins Gesicht.

»Du wirst es sein, der sich verliebt.«

Kim hob eine Augenbraue. Wartete auf eine Erklärung. Als keine kam, lächelte er. »Täusche dich nicht.«

Dann versperrte mir seine Stirn den Blick zum Fenster und seine Lippen aßen meinen Protest.

»Und ich dachte, Natascha wäre lesbisch«, stöhnte ich, als wir erst den Spiegel aus dem Inneren des Baldachins und dann die Matratze aus den Trümmern des Bettgestells bargen. Kim sagte nichts. Er sprach über andere Frauen, aber nie über ihre sexuellen Gepflogenheiten. Ich hatte diese Angewohnheit ungefähr genauso oft gepriesen, wie ich sie verflucht hatte. Er machte sich daran, die Einzelteile des Lattenrostes einzusammeln, während ich die Pfosten festhielt.

»Wenn du es nicht so verdammt eilig hättest, könntest du es reparieren lassen«, sagte ich und freute mich insgeheim, als er zusammenzuckte.

»Leona hat es eilig«, murmelte er und warf zwei Bretter aufeinander, dass es nur so polterte. Ich hatte schon fast den Eindruck, dass es ein guter Zeitpunkt war, Kim das eine oder andere über Leona zu erzählen und meinem Erscheinen hier in seinem alten Appartement einen neuen Sinn zu geben. Doch da fand Kim den halb verbrannten Seidenschal.

Er musste schon Jahre unter dem Bett gelegen haben. Er war zerknüllt und verstaubt, aber am meisten wunderte mich, dass es ihn überhaupt noch gab.

»Sieh mal«, sagte Kim und schüttelte den Stoff. Die auffliegenden Staubflocken schimmerten im schrägen Licht, das durch die offene Terrassentür hereinfiel. Sie erinnerten mich an Silvester 1995.

Damals waren Kim und ich etwa ein halbes Jahr befreundet gewesen. Ich hatte ihm den Schal zu Weihnachten genäht. Es war der erste von vielen Versuchen, mir Kim näherzubringen, indem ich ihn einkleidete. Kim trug den Schal, als wir nach Hamburg fuhren, weil ich ihm die Stadt zeigen wollte, in der ich aufgewachsen war. Für Kim schien der Schal das Geschenk zu sein. Für mich war es das Erlebnis, ihm eines der schönsten Ereignisse meiner Kindheit zu präsentieren: Silvester am Hamburger Hafen. Und ich wollte dabei sein, wenn er dieses Geschenk entgegennahm. Ich erinnerte mich noch genau an jene Nacht.

Der Himmel über den Landungsbrücken vibrierte von hinaufschnellenden Feuerwerkskörpern, die verschwenderische Blüten von Licht und Glitzer gebaren. Die Luft war kalt und rauchig. Überall Menschen. Sie strömten aus der U-Bahn-Station über die Fußgängerbrücke und warfen Böller, Knallfrösche, Wilde Hummeln oder auch Flaschen und Getränkedosen über das Geländer. Die Blaulichter der Rettungswagen flitzten über die Mauern des Alten Elbtunnels, während die Sirenen im lautstarken Abschied des Jahres 1995 erstickten. Ich hielt Kims Hand und stellte mir vor, ein Blutkörperchen zu sein, das mit Millionen anderen Blutkörperchen durch die Adern dieses Abends pulsierte.

Wir fanden einen Platz am Treppengeländer des Pontons zur Landungsbrücke fünf, von dem man direkt rüber zum Containerhafen sehen konnte. Wir holten Wunderkerzen, Feuerzeug und eine Flasche Sekt aus der Tasche. Auf der Elbe war fast so viel los wie am Ufer. Schlepper, Dampfer, Yachten, zwei oder drei Motorboote der Wasserschutzpolizei und ein feuerrotes Löschboot dümpelten mit abgeschaltetem Motor vor den Anlegestellen. Manche waren mit Lichterketten geschmückt, an manchen Masten waren noch Weihnachtsbäume befestigt. Von den Dampfern wehten Fetzen von Akkordeon und Pensionärschor herüber. Von den großen Containerfrachtern, die drüben auf der anderen Seite angetäut waren, hörte man nichts – noch nicht.

Kim legte den Arm um mich.

»Wahnsinn!«, schrie er mir ins Ohr. »Lässt sich das noch steigern?«

Ich nickte und drückte seine Hand. In meinem Hals sprang mein Herz auf und ab. Ich beobachtete Kim, der begeistert von links nach rechts schaute, nach vorn, nach hinten und immer wieder nach oben. Ich genoss die Gänsehaut, die mir in den Kragen kroch. Kim staunte, und dieses Staunen hatte ich ihm geschenkt. Ich war stolz und satt vor Glück.

Als die alte Uhr am Landungsbrückenturm Mitternacht zeigte, gingen die Schiffssirenen los. Dunkel und schwer erklangen die Nebelhörner der Überseefrachter, schrill dagegen die der

Yachten und der Polizeiboote. Schlepper und Dampfer fielen ein, die Luft schwang von Tosen und Beben. Das Löschboot spritzte Wasserfontänen in die Höhe. Von den geisterhaft riesigen Frachtern stiegen Leuchtkugeln in den Himmel. Gleichzeitig schossen Hunderte Raketen in die Luft. Flammend und glitzernd schufen sie ein neues Firmament, einen Himmel, der rot, grün und violett leuchtete, als gelte es, den Weg nach Utopia zu weisen. Ich sah zu Kim hinüber. Der ewig rastlose Weltenbummler stand hinter mir, Sterne und Goldregen in seinen Augen und wortloses Staunen auf seinen Lippen. Mit einem Lächeln so breit wie die Gummipuffer der auf der Elbe dümpelnden Bugsierschlepper machte ich mich daran, die Sektflasche zu öffnen. Um mich herum blitzte und donnerte das künstliche Gewitter. Dann wurde es plötzlich heller, ein warmes, oranges Licht fiel auf das Etikett der Sektflasche, sogar die klein gedruckte Angabe »0,75 l« konnte ich ohne Schwierigkeiten lesen, und als ich aufsah, blickten Kims Augen panisch, sein Gesicht leuchtete golden im Schein der Flammen, die aus seinem Schal emporschossen. Irgendein Feuerwerkskörper musste ihn getroffen haben, aber statt sich den Schal abzureißen oder mit den lederbehandschuhten Händen nach dem Feuer zu schlagen, stand Kim da wie erstarrt. Verwirrt und erschrocken sah er mich an, für den Bruchteil einer Sekunde hilfesuchend, und in genau diesem kurzen Moment wurde mir vielleicht zum ersten Mal, seit ich ihn kannte, bewusst, wie schön er war.

Im nächsten Augenblick goss ich ihm den Sekt über den Kopf.

Die Flammen starben in einem Zischen. Kim kniff die Augen zusammen, schüttelte sich wie ein Hund und strich sich die nassen Haare aus dem Gesicht. Irgendwo hinter mir lachte jemand. Kim fuhr sich mit der Zunge über die Lippen und grinste.

»Frohes neues Jahr, Luna.«

»Frohes Neues, Kim.«

Ich hob die Flasche und fing an zu lachen, erleichtert und verlegen, weil noch ein Hauch von diesem goldenen Schimmer in Kims Blick zurückgeblieben war und ich mich durch ihn auf einmal ganz anders betrachtet fühlte als sonst. Ich wich ihm aus, sah zum Himmel hinauf, hinein in silbrige Rauchwolken, die sich langsam senkten, während weiterhin Böller krachten und Raketen heulend aufstiegen.

»Du hast toll ausgesehen, als du mir den Sekt übergegossen hast«, sagte Kim und küsste mein Ohr. Trotz des tosenden Lärms um uns herum hörte ich das Zittern in seiner Stimme.

»War das gerade buddhistische Selbstbeherrschung oder warst du vor Schreck gelähmt?«, flüsterte ich und drückte seine Hand noch ein bisschen fester.

»Ich habe einfach darauf vertraut, dass du mich rettest«, sagte er leise. Dann nahm er mich in den Arm, und wir küssten uns lange.

Als wäre es das erste Mal.

»Es ist, als hätte ich dich noch nie zuvor geküsst«, sagte Kim.

Am nächsten Tag begleitete ich ihn zum Bahnhof. Der gemeinsame Teil unserer Reise war beendet. Sein Zug fuhr nach Amsterdam, ein Freund würde ihn dort treffen. Vielleicht auch eine Freundin.

»Es wird bestimmt toll«, sagte ich und hoffte, der Bus zum Bahnhof würde wegen Glatteis ausgesetzt. Aber er kam. Er kam nur zu spät, und von der Haltestelle mussten wir rennen, mit dem Gepäck auf den Armen. Die Lust auf einen Kuss ließ meine Zunge kribbeln, während meine Lippen ein weißes Dampfwölkchen vor sich herschoben. Wir erreichten den Zug, und Kim sprang auf die Stufen.

»Warum kann ich nicht einfach mit dir kommen?«, fragte ich atemlos, und weil es sich so schrecklich pathetisch anhörte, fügte ich hinzu: »Wäre doch eine verrückte Idee.«

Er sah mich an, und sein Blick verriet mir nicht, ob er den ersten oder den zweiten Satz verstanden hatte.

»Du bist hier so verwurzelt«, sagte er. »Ich will dir nicht wehtun.«

Als der Schaffner pfiff, küsste er mich auf die Stirn.

»Vielleicht bin ich an deinem Geburtstag zurück«, sagte er, und ich wünschte, ich würde es mir nicht wünschen.

Der Zug schloss die Türen. Ich unterdrückte das Verlangen zu winken, drehte mich um und ging schnell davon. Das weiße Wölkchen sprang vor meinen Lippen auf und ab, und ich gab mir alle Mühe, mir einzureden, dass es ein Privileg war, Gefühle zu haben, die ich nicht verstand.

Später am Tag besuchte ich einen Freund aus früheren Zeiten und umarmte ihn sehr fest. Bloß um zu sehen, ob es noch ging.

»Aber was hat er denn gesagt?«, rief ich Kim über den Lärm der Stichsäge hinweg zu.

Ich hielt die Längsseite des Bettrahmens, während Kim ihn in handliche Blöcke zersägte. Über sein Gesicht perlte Schweiß.

»Er sagte, wenn das Bett kaputt ist, will er das Zimmer nicht. Er fand das Bett bemerkenswert. Wenn schon ein möbliertes Zimmer zur Untermiete, dann eins mit einem bemerkenswerten Bett.«

Ich kicherte.

»Aber du musstest ja heute Nacht, zwei Tage, nachdem du Leona …«

»Hör auf. Solche Gedanken führen zu nichts.«

Ich dachte an Leona in ihrem Kleid. Es hatte fast die gleiche Farbe wie die Späne, die jetzt überall auf dem Boden und in der Luft herumflogen. Cremefarben und duftend. Als ich sie darin gesehen hatte, duftete es noch nach den Geschichten, die sie mir erzählt hatte, während ich es ihr anpasste.

Von dem Holzstaub bekamen wir einen trockenen Hals. In den Pausen, wenn Kim die Stichsäge absetzte und sich mit der Hand über das Gesicht und dann durch die Haare fuhr, fegte ich sie mit dem Fuß zusammen. Ich versuchte, mir Natascha vorzustellen. Eine leidenschaftliche Natascha, die sich auf dem Bett wand, sich aufbäumte – um sich trat? Meine Fantasie reichte nicht aus, mir ein Liebesspiel mit diesen Folgen auszumalen.

»Du musst unbedingt einen anderen Untermieter finden«, sagte Kim. »Sonst bin ich erledigt.«

Wenn Leona wüsste, was wir hier machen, wärst du auch erledigt, dachte ich, aber ich sprach den Gedanken nicht aus, und wenn Kim ihn dennoch mitbekommen hatte, dann verbarg er es dieses Mal verdammt gut.

In den Frühjahrssemesterferien 1996 bewies ich Kim, dass ich gar nicht so verwurzelt war, sondern dass auch in mir eine Weltenbummlerin schlummerte. Wir reisten nach Nepal. Das heißt, eigentlich hatte ich die Reise mit meinem neuen Freund Tobi geplant. Tobi war schon mal in Indien gewesen. Er war Bergsteiger, er kannte sich aus mit den Bergen, mit den Einheimischen und wusste, was man essen konnte, ohne Durchfall zu bekommen. Er würde mich in Katmandu treffen und wir würden wandern gehen. Es war meine Idee gewesen, zwei Wochen früher zu fliegen. Zwei Wochen, um mich an die Höhe zu gewöhnen und ein paar Tempel zu sehen, an denen Tobi kein Interesse hatte. Kim war Feuer und Flamme. Er wollte schon immer mal auf einen Siebentausender, also kaufte er sich ein Flugticket und ein paar Landkarten. Einige Wochen später waren wir da, auf dem Dach der Welt.

»Stell dir vor, das ganze Leben auf diesem Planeten spielt sich jetzt unter uns ab«, sagte Kim, während er mir den Eimer hielt, in den ich mich erbrach.

Er war nicht Tobi, er wusste nicht, was man gefahrlos essen konnte, wenn man gerade erst seit drei Tagen im Land war. Er stellte bloß das Zelt auf der Wiese in der Nähe eines Klosters auf und hielt mir den Eimer, den ihm die Mönche gegeben hatten, als er sie fragte, was in meinem Fall zu tun sei. Ein dunkelgrüner Eimer mit abgerissenem Griff. Über seinen Rand hinweg sah ich die rostrot gewandeten Mönche bei der Arbeit auf ihren terrassenförmigen Reisfeldern und dahinter, im Widerschein der späten Nachmittagssonne, die schneebedeckten Berge mit ihren violett schimmernden Gletscherspalten. Durch Tränen der Anstrengung hindurch sah ich, wie Wolken die Gipfel umarmten, über Gebirgskämmen schmolzen und über die Hänge hinabflossen. Mein Magen verkrampfte sich erneut. Ich konnte mich nicht erinnern, mich jemals so elend und gleichzeitig so glücklich gefühlt zu haben.

Als es mir besser ging, begannen Kim und ich mit dem Höhentraining. Es bestand darin, dass wir uns bis zur Atemlosigkeit liebten und dann langsam weitermachten, bis sich unser Pulsschlag wieder normalisierte. An den folgenden Tagen fühlten wir uns fit genug, um auf fünftausend Meter aufzusteigen. Wir besuchten die Mönche zweier Klöster, wanderten stundenlang im Schatten der immer gleichen Gipfel, übernachteten bei einer Nomadenfamilie, die unseretwegen ein Schaf schlachtete, und Kim wusch sich im eisigen Wasser eines Wildbachs. Hinterher kokelte ich ihm mit dem Feuerzeug die Blutegel von den Waden.

Bei Sonnenuntergang schlugen wir unser Zelt auf und breiteten Isomatten und Schlafsäcke vor dem Eingang aus. Kim machte Feuer und erwärmte eine Dose Reis-Eintopf. Genau hinter seinem Profil erhob sich der Mond. Ich fragte mich, wer von den beiden weiter von mir entfernt war.

»Alles scheint hier so nah beieinander zu sein«, sagte Kim. »Die Berge, der Himmel, du. Aber oft ist es das, was wir nah glauben, was wir niemals erreichen werden.«

Ich schloss die Augen. Diese Augenblicke, in denen wir das Gleiche dachten, kamen unvermittelt. Ich hatte versucht, ein Muster ausfindig zu machen. Vergeblich. Manchmal löste ein langer Blick den Wind aus, der die Zweige unserer beider Gedankenbäume ineinanderwehte. Manchmal spürten wir sein Wehen, wenn wir in die gleiche Richtung sahen und die gleichen Bilder, Ideen, Erinnerungen in uns aufstiegen. Oder wir saßen einfach nur da, am gleichen Ort, aber jeder in sich versunken, und plötzlich war er da, der eine Gedanke, und flüsterte uns zu, dass es etwas Gemeinsames tief in uns gab.

»Ist dir mal aufgefallen, dass sich unsere Gedanken bisweilen umarmen?«, fragte ich Kim an diesem Abend im Himalaya. Wir lagen nebeneinander in den Schlafsäcken. Von vorn wärmte uns die restliche Glut, von innen der Reis-Eintopf, den wir abwechselnd löffelten.

»Ja, wie eben zum Beispiel«, antwortete Kim. »Sie umarmen sich und lassen sich wieder los. Genau wie unsere Körper.«

»Glaubst du nicht, dass es etwas zu bedeuten hat?«

»Es bedeutet, dass wir Gemeinsamkeiten haben. Eine ähnliche Wahrnehmung unserer Umwelt, ähnliche Interpretationen von Ereignissen, ähnliche Vorlieben. Wir verstehen uns eben. Deshalb sind wir ja befreundet.«

Er drückte mir die Dose mit dem restlichen Reis in die Hand und drehte sich auf den Rücken. Der Mond stand jetzt hoch am Himmel. Er goss seine Milch über die steilen Hänge und erweckte Schatten auf Kims Gesicht zum Leben, die ich zuvor nicht wahrgenommen hatte.

»Du redest so sachlich. Aber ist es wirklich so einfach? Ich meine, es ist ein Privileg, nicht alle Menschen empfinden so was.«

»Ich glaube, dass jeder so etwas empfinden kann, wenn er gefühlsmäßig nicht völlig abgestumpft ist.«

»Genauso wie wir? Das glaube ich nicht. Ich glaube, es bedeutet, dass wir ein gemeinsames Schicksal haben. Ein besonderes gemeinsames Schicksal.«

Kim fuhr hoch und sah mich an, als hätte ich ihm Reißzwecken in den Schlafsack gelegt.

»Bist du verliebt?«

Plötzlich musste ich lachen. Ich lachte und lachte, während Kim mich erwartungsvoll ansah.

»Natürlich bin ich verliebt. In Tobi. Deshalb sind wir doch überhaupt nur hier. Hast du das vergessen?«

Er legte sich wieder hin und seufzte. »Ach ja, dein Tobi.«

Ich kam mir vor wie eine Spielverderberin.

Als die zwei Wochen sich dem Ende neigten, brachte mich Kim ins nächste Dorf, von dem ein Bus nach Katmandu fuhr. Er selbst hatte sich eine Route ausgesucht, über die er zurückwandern wollte. Ich war mir nicht sicher, ob für ihn der schönste Teil der Reise zu Ende ging oder gerade erst begann.

»Hoffentlich bleibt das Wetter gut«, sagte er, als der Busfahrer meinen Rucksack im Gepäckraum verschwinden ließ. »Ich kann da oben keinen Schneesturm brauchen.«

Ich zwinkerte ihm zu. »Wird schon gut gehen.«

Plötzlich zog mich Kim in seine Arme und küsste mich so leidenschaftlich, dass ich gegen einen Hühnerkäfig stolperte, den einer der wartenden Fahrgäste mit sich führte. Aufgeregtes Gackern, Flattern und wehende Federn beeindruckten Kim nicht im Geringsten. Erst als der Busfahrer hupte, ließ er mich los.

»Tschüss«, sagte er und drehte sich um. Als der Bus abfuhr, entdeckte ich ihn in der spiegelnden Scheibe des Fahrkartenschalters. Er saß neben seinem Rucksack an eine Hauswand gelehnt, das Gesicht in den Händen verborgen.

Fast auf den Tag genau ein Jahr später, im März 1997, verabschiedeten wir uns am Busbahnhof von Río Gallegos, Argentinien, nachdem wir in Feuerland unterwegs gewesen waren. Der Abschied war endgültig wie jedes Mal. Wir wussten nicht, ob und wo wir uns wiedersehen würden. Ob wir uns jemals wieder so nah sein würden wie zuvor. Wir versprachen uns nichts, verabredeten uns nicht, trennten uns nur, wie wir uns schon so oft getrennt hatten. Kim fuhr nach Bahía Blanca zu einer Frau, die er womöglich geschwängert hatte, und ich kehrte zurück zu Fabián, einem Theaterchoreografen in Buenos Aires, für den ich

Kostüme entwarf und Lebenspläne an meiner Seite. Die Kostüme gefielen ihm. Die Lebenspläne nicht.

Mit Kim hatte ich drei Wochen am südlichsten Ende der zivilisierten Welt verbracht. Er war der Einzige, mit dem ich mir vorstellen konnte, bis zu den Grenzen vorzudringen. Er zeigte mir Wege, die mich aus mir selbst hinausführten, gleichzeitig gab er mir das Gefühl, ihm nichts beweisen zu müssen. Im Gegenteil, er reagierte bereits schroff, wenn er hinter einem Satz, einer Geste, einer Körperhaltung von mir die Absicht vermutete, ihn damit zu beeindrucken. »Sei du«, zischte er mich dann an, bevor er das Thema wechselte. Ich-sein war eine Aufgabe, von der ich nicht wusste, ob mein Leben ausreichen würde, um sie zu erfüllen.

Wir fuhren nach Feuerland, um es zu üben und diese ganzen absichtsvollen Sätze, Gesten und Haltungen hinter uns zu lassen. Es war Sommer in Buenos Aires, aber im Süden war es frisch. Die Berge hatten weiße Kapuzen übergezogen, und über dem Beagle-Kanal umarmten sich die Winde der Atlantik- und der Pazifikküste. Meist hing der Himmel über Ushuaia tief. Das Städtchen schien sich unter den grauen Wolkenmassen zu verkriechen. Der ständige Wind zwang die wenigen Bäume in geduckte, verkrüppelte Haltungen. Sie sahen aus, als wären sie inmitten einer hastigen Flucht erstarrt. Die Häuser dagegen strahlten eine heitere Gelassenheit aus. Ihre roten Dächer grüßten jeden verirrten Sonnenstrahl mit dem gleichen Überschwang wie die mit farbigem Bootslack gestrichenen Fassaden. Auch die Menschen wirkten gelassen. Sie zogen die Reißverschlüsse ihrer Anoraks hoch, schoben das Kinn tief in den Kragen und neigten die Stirn gegen Sturm und Regen. Es war ungemütlich. Aber was hätte man vom Ende der Welt anderes erwarten sollen? Auch Kim und ich gruben die Nasen in unsere Schals, und Kim steckte seine und meine Hand in seine Jackentasche. Wir liefen stundenlang. Jeden Tag. Wir begannen im Osten bei den Baracken des ehemaligen Gefängnisses, umrundeten die Bucht und wanderten weiter Richtung Nationalpark. Wir liefen über feuchte Wiesen, überquerten kleine Bäche, sahen den Falken beim Jagen zu und den Bibern beim Dämmebauen. Der Regen tropfte uns von Nasen und Augenbrauen, die Socken wurden erst feucht, dann nass. Auf dem Rückweg konnten wir es in den Schuhen quietschen hören. Es störte uns nicht. Wir redeten.

»Es ist nicht so, wie ihre Eltern glauben«, sagte Kim. »Ich würde Diana nicht hängen lassen. Ich habe nicht aus Liebe mit ihr geschlafen, sondern zum Spaß. Und sie wusste das. Aber wenn sie jetzt schwanger von mir wäre, würde ich zu ihr halten. Ich würde mir einen Job und eine Wohnung suchen und würde ihr helfen, unser Kind aufzuziehen, als Freund, nicht als Ehemann.«

»Aber vielleicht möchte sie keinen Freund, sondern einen Ehemann.«

»Dann könnte sie ja einem der anderen sagen, er sei der Vater, ihn heiraten und fertig. Aber sie versteift sich darauf, dass sie nicht weiß, wer es ist. Sie will nicht mal nach der Geburt einen Vaterschaftstest machen lassen.«

Er keuchte, eine plötzliche Böe verschlug ihm den Atem, dennoch hörte ich einen verbitterten Unterton in seiner Stimme.

»Du würdest für Diana nach Argentinien ziehen, obwohl du sie nicht liebst.« Es war eher eine Feststellung als ein Frage, aber Kim antwortete, ohne zu zögern: »Ja, das würde ich.«

»Komisch. Ich glaube, selbst wenn Fabián mich lieben würde, würde ich nicht immer hier leben wollen.«

»Du bist halt so verwurzelt in Hamburg.«

Auf dem Rückweg verliefen wir uns. Die Sonne neigte sich, und wir suchten nach einer Abkürzung zwischen umgestürzten Kiefern und üppigem Farnkraut. Hier unten im Süden dauerte der Sonnenuntergang zwei Stunden. Der Himmel färbte sich goldgelb, dann rosa, dann violett. Wolken zogen in immer neuen Formationen vorbei, fingen die tiefen Strahlen auf und schickten sie in einem Fächer auf die Bergspitzen hinab. Der Regen hatte aufgehört. Zwei Stunden liefen wir im Licht der untergehenden Sonne, bis wir endlich die Bucht erreichten. Über den Häusern lagen bereits Schatten, und der Wind trug das Schwert der Nacht. Von der Mole aus blickten wir über die Bucht. Das Wrack eines russischen Transportschiffs lag hier. Es lag hier schon ein halbes Jahrhundert, und inzwischen hatten sich Möwen und Kormorane darauf eingerichtet. Die Masten schaukelten im Wind, und wenn wir lauschten, konnten wir die alten Planken ächzen hören. Plötzlich legte sich das Geräusch näher kommender Motoren über den Laut, und wir drehten uns um. Über den Bergen erschien ein Flugzeug und hielt direkt auf die Stadt zu, wobei es immer schneller an Höhe verlor. Über der Stadt drehte es bei und dröhnte über unseren Köpfen über die Bucht. Es war so niedrig, dass ein Mensch auf einem der roten Dächer mit ausgestreckter Hand das Fahrwerk hätte erreichen können. Mein Rücken versteifte sich, meine Finger krallten sich in Kims Hand. Der Jet flog über die Bucht. Kurz bevor er auf der gegenüberliegenden Seite am äußersten Ende der Rollbahn aufsetzte, streiften seine Räder das Wasser. Weißer Schaum spritzte auf, ich hörte mich aufschreien. Das Flugzeug kam auf der Rollbahn zum Stehen. Die Lichter an den Tragflächen blinkten in regelmäßigen Abständen, zwei Busse rollten heran. Eine ganz normale Landung.

»Beruhige dich«, sagte Kim. »Das ist das Flugzeug aus Buenos Aires. Es kommt jeden Tag um diese Zeit und muss tief fliegen, weil die Landebahn kürzer ist als auf anderen Flugplätzen.«

Sein Gesicht sah verschwommen aus. Als ich antworten wollte, merkte ich, dass ich zitterte.

»Ich dachte … Ich habe mir plötzlich vorgestellt, es würde explodieren. Ich habe es vor mir gesehen, wie es da am Ufer aufschlägt und ein Feuerball aus seinem Inneren schießt. Und ich habe gedacht, oh Gott, ich will nicht Zeugin einer Katastrophe sein.«

Kim nahm mich in den Arm und rieb mir den Rücken. »Lieber Zeuge als Opfer. Augenzeugen sind wichtig für die journalistische Berichterstattung. Unsere Namen wären überall in den Medien.«

Ich schüttelte den Kopf. »Zu hoher Preis.«

Kim lachte, und irgendwann lachte ich auch. Inzwischen war es ganz dunkel geworden. Schwarze Wolken jagten über den Himmel und ließen das Licht des halbvollen Mondes flackern. Wir gingen zurück zu dem umgebauten VW, den sich Kim für die Reise geliehen hatte. Drinnen hängten wir die nassen Kleidungsstücke an improvisierten Wäscheleinen auf und bemühten uns nach Kräften, die Temperatur in unserem Miniatur-Heim um ein paar Grad steigen zu lassen.

Später lagen wir zu zweit in Kims Schlafsack, umgeben von warmem Nebel und erfüllt von Gedankenfragmenten.

Kim sah mich an. Seine Apfelkernaugen schimmerten ruhig. Fast hatte ich das Gefühl, dass sie aufgehört hatten zu suchen, satt und zufrieden.

»Oh, Freundin«, seufzte er.

»Glaubst du immer noch, dass es Freundschaft ist, was uns verbindet?«

»Was sollte es sonst sein?«

»Ich weiß es nicht. Unsere Körper umarmen sich, unsere Gedanken umarmen sich. Wenn wir miteinander schlafen, schenken wir der Nacht das Echo der Farben. Wir vertrauen uns, wir teilen Eindrücke von Orten, die nur wenige Menschen je besuchen, und wir empfinden dabei das Gleiche. Die meisten Menschen würden es Liebe nennen – so viele Gemeinsamkeiten.«
Ich klang, wie ich nie hatte klingen wollen.

»Die Gemeinsamkeiten sind nicht alles. Wir sind nicht verliebt ineinander.«

Ich schwieg lange Sekunden. »So wie wir uns verstehen, verstehen sich nur selten zwei Menschen.«

»Sicher. Aber wenn man nicht verliebt ist, ist man nicht verliebt. Ich glaube, es gibt da keine Begründung. Ich hatte nie Schmetterlinge im Bauch, wenn ich dich irgendwo getroffen habe. Ich habe mich gefreut. Aber es war mehr so eine Da-ist-Luna-und-das-ist-gut-so-Freude, kein wirklich leidenschaftliches Gefühl.«

Ich schluckte.

»Verletzt dich das?«

Ich beeilte mich, den Kopf zu schütteln. »Nein, nein. Ich habe auch nicht diese stürmische Verliebtheit erlebt. Aber ich frage mich, ob es nicht möglich wäre, dass wir diese Phase übersprungen haben und dass Freundschaft daher nicht das richtige Wort ist, um unsere Beziehung zu beschreiben.«

»Welches wäre besser geeignet?«

Ich zuckte die Achseln. Kim sah ernst aus. Sein Blick hing an unseren vom Autodach baumelnden Socken.

»Das hast du dich nie gefragt, als du noch mit Tobi zusammen warst.«

»Ich glaube, damals habe ich den Unterschied an den Personen festgemacht.«

»Die Antwort ist: Man kann immer nur eine Person wirklich lieben. Befreundet sein kann man gleichzeitig mit mehreren.«

Ich versuchte, meine Beine von Kim zu lösen. Ein hoffnungsloses Unterfangen, wenn man zu zweit in einem Ein-Personen-Schlafsack steckt. »Es überrascht mich, dass ausgerechnet du das sagst.« Es störte mich nicht, dass ich beleidigt klang. »Als ob du jemals wirklich geliebt hättest.«

»Mich überrascht es, dass du daran Zweifel hast. Und es verletzt mich. Natürlich habe ich geliebt.«

»Und mich verletzt, dass du mich in einen Topf wirfst mit deinen anderen Freundinnen. So als wäre das, was wir erleben, nichts Besonderes.«

»Quatsch. Natürlich ist es auf eine Art einzigartig. Aber es ist eben nicht Liebe.«

»Wie definierst du Liebe, dass du mit Sicherheit ausschließen kannst, dass es nicht eine besondere, dir bisher unbekannte Art der Liebe ist?«

»Zum Beispiel so: Wenn ich jemanden liebe, wünsche ich mir, bis ans Ende aller Tage mit dieser Person zusammen zu sein. Jeden Tag und jede Nacht.«

»Und bei mir?«

»Da wünsche ich mir, dir bis ans Ende aller Tage immer wieder zu begegnen.«

Ich fühlte plötzlich, wie mir Tränen in die Augen stiegen, und drückte mich an Kims Seite. Zeit verstrich. Minuten, vielleicht Stunden. Wir verharrten reglos, während der Regen monoton auf das Autodach prasselte und sich die würzige Wärme unserer vorherigen Umarmung durch den offenen Spalt des Beifahrerfensters davonschlich. Es wurde wieder kalt.

»Es hat mich verletzt«, sagte ich schließlich. Ich war mir nicht sicher, ob ich eine Antwort erhalten würde. Vielleicht war Kim schon eingeschlafen. Doch seine Stimme klang sanft, als er antwortete:

»Es ist leicht, sich verletzt zu fühlen, wenn man eine einfache Antwort auf eine schwierige Frage verlangt. Ich habe dich nie gefragt, warum du das Wissen und die Entscheidungen von Tobi nie angezweifelt hast, während du nicht müde wirst, stundenlang über meine Fehler zu diskutieren. Und ich will auch nicht wissen, warum du in ein paar Tagen in einen Bus steigst, um zu diesem Choreografen zu eilen, der dir nicht gewachsen ist. Weißt du, wer den Stachel des Skorpions berühren will, muss sich nicht wundern, wenn er gestochen wird.«

Ich rührte mich nicht, während mir die Tränen über die Wangen liefen. Dennoch wusste Kim, dass ich weinte. Und er wusste, dass ich wusste, dass er es wusste.

»Du wirst das einzige trockene Stück Stoff durchnässen, das wir noch haben«, sagte er. Ich hörte das Lächeln in seiner Stimme, und in diesem Moment hätte ich mir niemand anderen an meiner Seite gewünscht.

»Fertig?«, fragte ich.

Wir waren bestimmt zehn Mal mit den Teilen des Bettes und der Matratze zu meinem Auto gelaufen und hatten mindestens zwanzig Mal den Staubsauger angeworfen, um die letzten verdächtigen Holzspäne aus den Ecken zu saugen.

»Ich denke, ja«, seufzte Kim.

Ich ging, um meinen Renault, der wie ein gemästetes Karnickel am Bordstein kauerte, ein paar Straßen weiter zu parken. Als ich zurückkam, hatte Kim Teewasser aufgesetzt. Als würde alles irgendwie zur Normalität zurückfinden, wenn man erst einen Tee zubereitete.

»Du solltest eine Anzeige in der Samstagszeitung schalten und an der Uni einen Aushang machen«, riet er mir. »Ohne Bett wird das Zimmer weniger wert sein, aber vielleicht findest du irgendeinen Zahnarztsohn, dem es egal ist.«

Er lachte. Ich blieb ernst, sah zu, wie er zwei Löffel dunkle Teeblätter in seine blaue Kanne mit dem aus drei Scherben zusammengeklebten Deckel tat.

»Es gefällt mir nicht, dass du so überstürzt abreist.«

»Es gefällt dir nicht, dass ich überhaupt abreise.«

Das Wasser kochte, und ich hatte keine Lust zu widersprechen. Kim goss das Wasser in die Kanne. Für einen kurzen Moment richtete sich sein Blick nach innen.

»Machst du das noch, dass du an etwas Besonderes denkst, wenn du Tee aufgießt?«

»Ja.«

»Und was dachtest du?«

»Dass ich mich freue auf das, was kommt.«

Ich wich seinem strahlenden Blick aus. »Du kannst kein Griechisch.«

»Ich kann es lernen.«

»Und deine Dissertation?«

»Ich werde so viel Zeit haben wie noch nie, um daran zu schreiben.«

Ich nickte. »Ihr hättet euch mehr Zeit lassen können.«

Kim schüttelte den Kopf. »Nein. Leona will weg. Sie wollte schon weg, als ihr Bruder diesen Unfall hatte. Sie hat monatelang gehofft, die Querschnittlähmung wäre nur vorübergehend. Und jetzt ist er wieder zu Hause, und sein Vater kann überhaupt nicht damit umgehen, dass sein Sohn seine Hilfe braucht. Er macht ihm Vorwürfe. Sie streiten sich ständig. Für Leona ist es schrecklich. Sie ist so sensibel.«

»Oh. Ich kann mir vorstellen, wie sie leidet.«

Kim überhörte den Zynismus in meiner Stimme. Er hatte sein Thema gefunden und redete weiter, während der Tee zog und auch noch, als wir ihn aus zwei der drei noch nicht verpackten Teeschalen tranken. Die dritte stand – noch leer – zwischen uns auf dem Teppich.

Kim redete von Griechenland, zwischendurch sah er auf die Uhr und dann zur Tür. Ich dachte, dass es wenig Sinn hatte, ihm Fragen zu stellen. Ob Natascha ihm Fragen gestellt hatte?

Plötzlich erinnerte ich mich sehr genau an diesen frischen Sonntagmorgen vor einem Jahr in Danzig, als ich mich nicht zurückhalten konnte, ihm die Frage zu stellen, die alles zwischen uns verändert hatte. Damals hatte ich schon mein Studium aufgegeben und den Job als Kostümschneiderin am Theater. Privat hatte ich mich gerade in eine Affäre mit zwei Männern verstrickt und rang nach Klarheit. Kim war mit dieser Jurastudentin zusammen gewesen, die er mit Nicole, Diana (die am Ende doch nicht schwanger gewesen war, aber mit einem Auslandsstipendium nach Deutschland kam), Natascha und mir betrog. Ich glaube, ich war die Einzige, die von allen wusste. Aber vielleicht vermittelte er auch den anderen dieses Gefühl, bevorzugt zu werden.

Im September wurde er von einer Forschungsgruppe der Universität in Sankt Petersburg als Referent eingeladen. Er wollte, dass ich ihn begleitete, aber ich bekam so spontan kein Visum. Also nahmen wir schon Ende August den Zug und machten Stopps in Berlin, Stettin, Krakau und Danzig. Von Danzig wollte Kim den Nachtzug über Warschau nach Russland nehmen, während ich vor meinem Rückflug von Warschau dort noch Kollegen vom Theater treffen wollte.

Wir verbrachten die letzte Nacht in Danzig in einem kleinen Hotel am Rathausplatz. Das Zimmer war einfach. Vor dem Fenster hingen gewaltige sandfarbene Samtvorhänge, die Licht und Zugluft gleichermaßen schluckten. Es roch nach Mottenpulver, und in dem Obstkorb auf dem Tisch lag eine verschrumpelte Birne. Aber die weißen Laken auf dem Bett waren sauber und frisch gestärkt. Wir blieben also und verbrachten die Nacht, wie wir gemeinsame Nächte nun mal verbrachten. Es war das fünfte Jahr unserer Freundschaft, und wir feierten es gebührend. Wir liebkosten unsere Körper und beobachteten danach, wie sich unsere Gedanken streichelten, wenn wir über dieses und jenes sprachen.

Am Morgen nach der Nacht in Danzig fiel das Licht in schrägen Strahlen ins Zimmer. Staub hing in der Luft wie Nebel, der dem Licht erst Form gibt. Es sah aus, als würden Wege sichtbar, die in eine andere Welt führten. Auf dem Teppich tanzten Lichtfische. Ich lag in Kims Armen, umgeben von seiner Wärme und seinem Duft, und plötzlich fragte ich mich, wie die anderen Frauen in seinen Armen aufwachten – zu anderen Zeiten, in anderen Betten, in einem anderen Licht. Hatte der Mond Lichtfische geboren, als sich Natascha in Kims Bett legte? Und ich fragte mich, wie er das alles für sich auseinanderhielt. Ob er sich wohl auch noch in zehn Jahren daran erinnerte, dass ich es war, mit der er in Danzig erwacht war, während morgendliche Lichtfische über das schmuddelige Dunkelblau des Teppichs sprangen?

»Warum schlafen wir eigentlich miteinander, wenn wir uns nicht trauen, von Liebe zu sprechen?«, fragte ich.

Kim öffnete die Augen. Er hatte diese Art aufzuwachen: ohne Blinzeln, ohne Gähnen. Er öffnete einfach die Augen und war wach.

»Wir sprechen nicht von Liebe, weil es keine ist«, sagte er im Tonfall eines Dozenten, der einen bestimmten Sachverhalt zum hundertsten Mal wiederholt.

Ich erwiderte seinen Blick. In seinen Apfelkernaugen verebbte der Traum, den meine Frage beendet hatte. Er setzte sich auf und fuhr fort, als wäre dies nicht der Anfang eines Gesprächs, sondern die Fortsetzung einer Unterhaltung, die schon seit Jahrhunderten geführt wurde.

»Wir schlafen miteinander, weil es ein Weg ist, um Nähe und Vertrautheit zu schaffen. Unter Männern trinkt man gemeinsam. Mit alten Jugendfreunden raucht man eine Tüte und erinnert sich an früher. Und du und ich, wir haben eben Sex.«

»Aber wozu braucht man diese Vertrautheit, diese Nähe, wenn nicht als Fundament für etwas Größeres?«

Er stand auf und sah aus dem Fenster. Ich fuhr fort, ohne Rücksicht. Ich glaubte, Kim da zu haben, wo ich ihn schon vor

Jahren hätte haben wollen. Und ich wollte um keinen Preis loslassen.

»Gibt es unter Freunden kein Versprechen, keine Sicherheit, dass man beim nächsten Wiedersehen dort anknüpft, wo man beim vorigen aufgehört hat?«

Kim fuhr sich mit den Händen durch die Haare. Dann zog er den Bademantel an und ging zur Toilette. Er musste dazu das Zimmer verlassen und bis zum Ende des Flurs gehen. Er blieb fünf Minuten weg. Ich hatte das Gefühl, die falschen Fragen gestellt zu haben. Zehn. Ich hatte den Verdacht, dass es generell falsch gewesen war, Fragen zu stellen. Fünfzehn. Ich war mir sicher, dass ich alles an diesem Morgen falsch gemacht hatte. Als er nach zwanzig Minuten wiederkam, fehlte etwas von dem, was er mit hinausgenommen hatte.

»Wo warst du so lange?«, fragte ich und biss mir sofort auf die Lippen.

Aber Kim lächelte. »Ich habe mich kurz mit der russischen Prostituierten drei Zimmer weiter vergnügt.«

»Haha, sehr witzig.«

Kim lächelte immer noch. Er setzte sich auf die Bettkante, nahm mein Gesicht und bedeckte es mit kleinen Küssen.

»Verzeih mir«, murmelte er. Seine Apfelkernaugen blickten ins Leere, seine Gedanken waren meilenweit von meinen entfernt. Dennoch schmolz ich in seinen Armen.

»Was soll ich dir versprechen, liebste Freundin?«

Und bebend vor Überraschung flüsterte ich: »Versprich mir, dass wir immer die wichtigsten Entscheidungen in unserem Leben miteinander teilen.«

Er vergrub sein Gesicht an meinem Hals. Ich spürte seine Lippen auf meinem Schlüsselbein, seine Stirn drückte an meinen

Kehlkopf, aber ich wagte nicht, mich zu bewegen. Mit angehaltenem Atem wartete ich.

»Lass uns nach Warschau fahren«, sagte er. »Ich verspreche dir, ich werde dir erzählen, wann immer große Entscheidungen für mich anstehen, und ich hoffe, dass du mir nah genug sein wirst, um sie zu verstehen.«

Ich merkte, wie ein Kribbeln in mir aufstieg, während wir uns so fest wir konnten umarmten. Das Kribbeln kam aus meinem Bauch und kroch langsam in die Brust. Erst als es dort ankam, merkte ich, dass es kein angenehmes Gefühl war.

Das gleiche Kribbeln hatte ich auch jetzt wieder, und ich verstand langsam, dass es letzte Nacht keine lustvolle Natascha gegeben hatte. Eher eine verzweifelte Natascha. Eine, die Fragen stellte und keine Antworten bekam. Eine, die noch in seinen Armen liegend spürte, wie er sie vergaß. Und die in einem sehnsuchtsvollen Aufbäumen etwas von ihm zerstörte, damit wenigstens die Lücke in seiner Erinnerung blieb.

Ich fing Kims Blick über den Rand seiner Teeschale auf und wusste, dass er meine Gedanken las. Ich fühlte mich ihm nah, wie so oft, und spürte doch, dass er ein Fremder war. Wir teilten unsere Gedanken, aber wir verstanden sie nicht. Die Vertrautheit zwischen uns war über die Jahre gewachsen und mit ihr das Befremden darüber, dass wir den gemeinsamen Stamm unserer Gedanken nicht fanden.

Kims wichtigste Entscheidungen hatte ich nie beeinflusst, noch war ich je Grund für eine gewesen. Was auch immer uns verbunden hatte und immer noch verband, vor zwei Tagen hatte sich gezeigt, dass es keine Zukunft mehr hatte.

»Ich muss dir etwas sagen«, sagte ich und stellte die Teeschale vor meinen Knien ab.

Kim sah mich an. Der Wind ging durch die Kastanie vor der Terrasse, und die Blätter streiften und liebkosten sich. Ich fragte mich, wie gut er Leona kannte. Ob ihn überraschen würde, was ich ihm über sie sagen könnte. Oder ob er es bereits wusste.

Ich setzte zu sprechen an, da hörten wir Schritte im Treppenhaus. Im nächsten Augenblick knackte Leonas Schlüssel im Türschloss.

»Ist schon gut«, sagte Kim leise und lächelte in seine Teetasse.

Schattenballett

In dem Schlafzimmer ohne Bett wirkte Leona wie ein Fremdkörper. Sie saß im Schneidersitz auf dem Teppich, der noch die Eindrücke der hölzernen Füße aufwies, und hielt das Gesicht über ihre Teetasse geneigt. Zweifellos wusste sie, dass sie in dieser Haltung mit gesenktem Kopf, den am wenigsten irritierenden Anblick bot. Kim und ich saßen schräg vor ihr. Ich hatte mich ursprünglich ein wenig näher zu Kim gesetzt, sodass ich ihm gegenübersaß und Leona links von uns. Aber Kim war beim Einschenken des Tees weiter nach außen gerutscht, sodass unsere Positionen nun den Eckpunkten eines gleichseitigen Dreiecks glichen. Die perfekte Sitzordnung für unser Beziehungsverhältnis.

Leona hatte die Pulloverärmel über ihre Hände gezogen und hielt die Tasse in den so behandschuhten Handflächen wie eine Kristallkugel. Unwillkürlich machte ich mich darauf gefasst, eine Prophezeiung zu hören. Oder Zeugin eines Blitzeinschlags zu werden.

»Wo ist das Bett?«, fragte sie.

»Verkauft«, antwortete Kim. Er schaffte es tatsächlich, neutral zu klingen.

»Wie, ›verkauft‹?«

»Der Nachmieter will sein eigenes Bett mitbringen«, sagte ich, selbst überrascht darüber, wie leicht es ging. Früher hatten Kim und ich uns auf der Suche nach der Wahrheit vereint. Jetzt wurden wir eins in der Lüge.

»Schade«, sagte Leona.

Vor ihrem Gesicht stieg der Dampf aus der Teetasse auf und

zeichnete ihre perfekten Gesichtszüge noch weicher. Allein das Beben ihrer dichten, schwarzen Wimpern verriet, dass Leona vor Anspannung vibrierte wie eine Schnur, die Kim und ich zwischen unseren zusammengepressten Zähnen hielten.

Meine Gedanken kehrten zu jenem Tag vor drei Monaten zurück, als ich Leona zum ersten Mal begegnet war. Es war ein Abend im Frühjahr. Draußen wurde es langsam dunkel, und drinnen, in der Kostümwerkstatt des Städtischen Theaters, knipste ich die schwarze Metallschirmlampe meines Nähtisches an. Dass ich mein Studium an den Nagel gehängt hatte, um Kostümschneiderin zu werden, hatte Kim belächelt, so wie er alle meine Entscheidungen belächelte, bei denen er keine Rolle spielte. Aber das machte mir nichts aus. Als meinem engsten Freund gestattete ich ihm dieses Spötteln, weil ich an die gegenseitige Zuneigung glaubte, die uns wieder zusammenführte.

Ich liebte meine Arbeit. Ich las Shakespeare, Brecht, Jelinek, und wenn ich schließlich in der ersten Probe die Schauspieler ihre Texte sprechen hörte, spürte ich, wer diese Figuren tief in ihrem Inneren waren. Aus diesem Verständnis heraus fiel es mir leicht, Kleider zu entwerfen, in denen sie auch nach außen ganz sie selbst sein konnten.

Der Regisseur lobte meine Entwürfe. Anfangs ließ er mich die Kleider der Nebendarsteller fertigen, später die der Stars unserer Kleinstadtbühne. Ich nähte, und die Welt um mich herum fügte sich zusammen. Sie nahm Gestalt an. Mein eigenes Leben nahm Gestalt an. Möglicherweise qualifizierte sich Paul, einer unserer Schauspieler, für die zweite Hauptrolle.

An jenem Frühlingsabend waren wir eigentlich zum Abendessen verabredet gewesen, aber Paul hatte kurzfristig absagen müssen, und so beschloss ich, die Handschuhe für Amalia aus Schillers »Räubern« fertigzustellen. Der Stoff war heute Morgen eingetroffen, und er fühlte sich großartig an.

Ich hatte den Stoff vor mir ausgebreitet und machte mich gerade daran, die Umrisse aufzuzeichnen, als plötzlich Leona auftauchte. Ich sah sie nicht gleich, denn ich saß mit dem Rücken zur Tür, aber ich spürte ihre Präsenz, diese flirrende Anspannung und Unruhe, die von ihr ausging.

Ich drehte mich um.

Noch nie hatte ich ein schöneres Wrack gesehen, einen Menschen, der mit größerer Anmut an den Klippen des Lebens zerschellt war.

Leona war groß und schlank. Hätte sie sich aufrecht gehalten und weniger tapsig bewegt, hätte ich sie für ein Model gehalten. Ihr von glattem, dunklem Haar eingefasstes Gesicht war so schön, dass der Neid in meiner Brust schmerzte. Sie trug kein Make-up, nur kaffeebraunen Lippenstift. Was ihr Gesicht dominierte, waren die extrem dichten, langen Wimpern. Sie waren schwarz, perfekt geschwungen, und die Frage, ob sie echt waren, beschäftigte mich so sehr, dass ich erst später zu ihren Augen vordrang, die tiefbraun waren und ruhelos, was daran liegen mochte, dass sie in zwei gänzlich verschiedene Richtungen blickten.

Erschrocken sah ich weg. Noch immer hatte keine von uns etwas gesagt, und jetzt fiel mir erst recht nichts ein. Ich starrte auf die Hände der Besucherin. Ihre Fingernägel waren heruntergekaut, und die Haut darum herum sah rot und schuppig aus, als hätte sie den gesamten Kostümbestand unseres Theaters in heißer Lauge ausgewaschen.

Als sie meinen Blick bemerkte, stieß sie genervt die Luft aus und vergrub beide Hände in den Manteltaschen.

»Macht es dir eigentlich Spaß, Klamotten zu machen für irgendwelche Charaktere, die es gar nicht gibt?«, fragte sie. Kein *Entschuldige-die-Störung*, kein *Hallo-ich-heiße* ... Ihre Stimme klang rau und nach Ärger.

Mir wurde heiß.

»Was willst du?«, fragte ich.

Sie trat ein und wanderte durch die Kostümwerkstatt wie jemand, der sich mit einem Ort vertraut macht, den er in Zukunft häufiger zu besuchen gedenkt.

»Ein Kleid«, sagte sie.

Mir fiel auf, dass sie im Gehen leicht schwankte. Ich runzelte die Stirn.

»Für welches Stück?«, fragte ich, während sie weiter zwischen den Ankleidepuppen umhertapste. Vielleicht war sie neu im Ensemble oder ein Mitglied einer Gastspieltruppe, dessen Kostüm ramponiert oder verloren gegangen war. Ich glaubte alle Schauspieler hier zu kennen, aber ich konnte mich täuschen.

»Leben«, antwortete sie und trat für einen kurzen Moment in den Lichtkreis meiner Lampe. »Ich spiele die Hauptrolle und viele, viele Nebenrollen.«

Unweigerlich musste ich an Kims erste Worte an mich denken: *Ist auf der Bühne Deines Lebens noch eine Rolle für mich frei?* Diese Worte, notiert auf einem Zettel, den er mir nach einer Vorlesung in die Hand drückte, hatten das eingeleitet, was sich über die Dauer von fast sechs Jahren zu meiner engsten Freundschaft entwickelte. Die Ähnlichkeit mit dem Intro meiner abendlichen Besucherin war frappierend. Ich seufzte.

»Das Leben ist nicht halb so theatralisch, wie es dir vorkommt.

Und dies hier ist keine Schneiderei, in die man hineinspaziert und Garderobe in Auftrag gibt. Wenn du dir was Schönes gönnen willst, sieh dich in der Fußgängerzone um.«

Mir wurde noch eine Spur heißer, als ich sie lachen hörte.

»Willst du damit sagen, dass es dir genügt, fiktive Figuren einzukleiden? Dass du zufrieden damit bist, die Sklavin von etwas zu sein, was nicht einmal existiert? Und dass es dir nichts bedeuten würde, wenigstens einmal in deinem Leben ein Kleid zu schaffen, das einem Menschen aus Fleisch und Blut wirklich entspricht?«

Ihre Augen funkelten ohne Fokus, und ich versuchte, mich wieder auf ihre langen, schwarzen Wimpern zu konzentrieren, die noch viel längere und schwärzere Schatten auf ihre Wangen warfen. Ich hatte Lust, ihr zu sagen, dass sie sich zum Teufel scheren sollte. Dass ich keine Zeit hätte, ihre modischen Sonderwünsche zu erfüllen. Dass ich sie anzeigen würde, wegen Hausfriedensbruch oder wie das heißt, wenn jemand uneingeladen irgendwo erscheint. Stattdessen hörte ich mich sagen:

»Was bekomme ich für das Kleid?«

Sie blieb stehen, schien nachzudenken. Nur ihre Wimpern fächelten über ihre glänzenden Augen, als versuchte sie, das Bild davor klarer zu wischen.

»Mein Vertrauen. Meine Freundschaft.«

Ich hatte Lust zu lachen. Vertrauen und Freundschaft waren die beiden Dinge, die mir im Leben am wichtigsten waren. Von beidem hatte ich geglaubt, es in Kim gefunden zu haben. Und jetzt tauchte diese Frau hier auf und nannte nicht einmal ihren Namen, bevor sie zur Sache kam.

»Und du glaubst, das ist etwas, was ich brauchen könnte?«

Sie zuckte die Achseln. Einen Moment tat sie mir wirklich

leid, wie sie da so links und rechts an mir vorbeisah und die Hände in den Taschen ihres Vintage-Mantels offenbar zu Fäusten ballte.

»Okay«, lenkte ich ein. »Komm Dienstag wieder. Um acht.«

Am Dienstag um acht hatte ich die skurrile Verabredung längst vergessen. Paul hatte einen freien Tag, und wir gingen ins Kino. Mittwoch um acht bereute ich mein Versäumnis. Meine neue »Freundin« tauchte in der Kostümwerkstatt auf, und während sie mit fliegenden Mantelschößen an mir vorbeirauschte, glaubte ich, die Wut in ihr brodeln zu hören.

»Du hast unsere Verabredung vergessen«, fauchte sie und fuchtelte mit ihren aufgekratzten Fäusten durch die Luft.

Ich hatte bisher immer geglaubt, eine gewisse Intimität sei nötig, bevor ein Mensch sich mit solcher Inbrunst über einen anderen aufregen konnte. Aber ich kannte nicht einmal ihren Namen.

»Wir hatten etwas ausgemacht. Wenn dir alles so egal ist, dann können wir die Sache gleich vergessen!«

Genau das wäre wohl das Beste, schoss es mir durch den Kopf. Die Aussicht auf zusätzliche Abende an der Nähmaschine schien nicht eben verlockend. Doch dann wieder war da mein Faible für ungewöhnliche Freundschaften. Mit einer anderen Kostümschneiderin würde ich über das Theater reden, mit der Freundin von Pauls Freund über Beziehungen zu Schauspielern. Das alles war vorhersagbar. Aber welche Ähnlichkeiten würde ich womöglich noch zwischen dieser schrägen Person und meinem besten Freund entdecken? Nachdem sie sich schon bei der ersten Begegnung fast derselben Worte wie Kim damals bedient hatte?

»Wir können jetzt anfangen, wenn du willst«, sagte ich.

Mein Vorschlag besänftigte sie sofort. Ihre Schultern sackten nach unten, ihre Fäuste gaben stumpfe, rote Fingerkuppen frei. Ihr Blick irrlichterte noch eine Weile durch den Raum, bevor er sich auf meiner Nähmaschine sammelte.

»Gut«, sagte sie. »Ich heiße übrigens Leona.«

»Luna.«

Ich fragte mich, ob ein Händedruck ihren wunden Fingern wehtun würde und ob sie sich so aufgeweicht anfühlen würden, wie sie aussahen, aber Leona hatte sich schon wieder abgewandt und bemerkte gar nicht, dass ich ihr die Hand hinstreckte. Mit einem Seufzen zog ich mein Skizzenheft unter einem Berg von Stoffschnipseln hervor. Vielleicht würde ich sie ja verstehen, wenn ich für sie nähte.

»Also, was für ein Kleid willst du?«, fragte ich.

»Eins, das zu mir passt.«

Ich nickte. War es eine besondere Begabung oder nur Zufall, dass sie so treffsicher genau die Antworten gab, die mich weiter in diese Sache hineinziehen würden?

»Gut«, sagte ich und schlug mein Skizzenbuch auf. »Geh einfach umher und erzähl mir von dir.«

Zum ersten Mal lächelte sie.

»Du bist sehr freundlich«, sagte sie. Sie zog ihren Mantel aus. Darunter trug sie einen geraden, langen Jeansrock mit Schlitz und einen dunklen Oversize-Pullover, dessen Ärmel sie tief über ihre Handrücken zog. Die Finger schob sie in die engen Vordertaschen ihres Rocks. Zögernd hob sie die Schultern. Jetzt, wo ich sie erwartungsvoll ansah, schien sie plötzlich unsicher.

»Tja, wie gesagt … ich heiße Leona«, sagte sie schließlich. »Ich bin dreiundzwanzig und, wie du siehst, passe ich hier nicht hin.

Das ist nichts Besonderes. Ich passe nirgends hin. Nicht in eine Kostümwerkstatt, nicht in ein Haus mit Menschen, die sich morgens umarmen, nicht in eine Unterrichtsklasse voll eifriger Schüler, die ihre Köpfe über Büchern zusammenstecken, und nicht in eine Clique lauter Freundinnen, die zusammen ins Schwimmbad gehen oder zum Shopping. Ich passe nicht mal in meinen eigenen Körper. Kein Wunder, dass meine Haut überall aufreißt.«

Sie hielt kurz inne. Vielleicht, um sich von der Wirkung ihrer Worte zu überzeugen, aber sie sah mich nicht einmal an, vielleicht spürte sie auch nur ihrem Echo nach.

»Geh umher, Leona, während du redest«, sagte ich, und sie setzte sich mit diesen leicht schwankenden Schritten wieder in Bewegung.

»Eigentlich bin ich in meinem Leben deplatziert. Es passt nicht zu mir und ich nicht zu ihm.«

Sie lachte auf, ohne in meine Richtung zu sehen. Ich stellte meine Füße auf den Rand des Mülleimers und balancierte auf den Hinterfüßen des Stuhls. Auf meinen Oberschenkeln lag das Skizzenbuch. *Knöchellang*, notierte ich. *Lange Ärmel. Hochgeschlossen.*

Leona sprach weiter. Bereits vor der Einschulung musste sie eine Brille tragen. Darunter wurde mal das eine, mal das andere Auge mit Pflaster abgeklebt, in der Hoffnung, ihren Sehfehler so zu korrigieren. Außerdem hatte sie schon damals eine schwere Neurodermitis entwickelt. Die Mitschüler behandelten sie wie eine Aussätzige, sie selbst begann, sich Geschichten auszudenken, in denen sie schön war und beliebt.

Ich fragte mich, warum sie mir das so ausführlich erzählte. Wollte sie Mitleid? Glaubte sie, mir ihre gesamte Lebensgeschichte schuldig zu sein, weil ich eingewilligt hatte, ihr ein Kleid zu nähen?

Als sie zwölf war, stürzte ihr Vater zusammen mit seiner Geliebten beim Segelfliegen ab. Ihre Mutter ertränkte ihre Depressionen im Alkohol, Leonas älterer Bruder wurde zur einzigen Bezugsperson. Wann immer sie konnte, schrieb sie. Sie füllte Chinakladde um Chinakladde mit Theaterstücken, zeigte sie aber niemandem.

Mein Blick folgte ihren Schritten durch unsere Werkstatt. Langsam wich das Taumeln aus ihrem Gang. Ihre Fersen klangen sicherer auf dem alten Linoleum, ihr Rücken streckte sich. Sie erzählte von ihrer Konfirmation. Alle anderen Konfirmanden waren nach dem Gottesdienst mit ihren Familien nach Hause gegangen, aber ihr Vater war schon tot, und ihre Mutter schlief ihren Rausch aus, und der Einzige, der den Tag nicht vergessen hatte, war der Bruder, der schon groß war und Mofa fuhr. Er war mit ein paar Freunden vor der Kirche vorgefahren und hatte gesagt: »Steig auf, Kleine«, und sie hatte zwei Stunden hinter ihm gesessen und gefroren, weil der März kalt war und ihr weißes Konfirmationskleid dünn.

Weicher Stoff (innen), schrieb ich. *Beige. Lindgrün.*

»Geh langsamer«, unterbrach ich sie, als sie anfing, von irgendwelchen Problemen ihres Bruders zu sprechen, die mich aber nicht interessierten. Sie schwieg einen Moment, bevor sie sich auf dem Absatz umdrehte, wieder in die Richtung lief, aus der sie gekommen war, und weiterredete. Einmal, an Weihnachten, hatte ihre Mutter sie umarmt, und Leona hatte daraufhin so geschrien, dass man sie geohrfeigt hatte, aus Furcht, sie würde sonst überschnappen.

Betreten sah ich auf meine Notizen und fühlte, wie meine

Wangen heiß wurden. Ich schämte mich für Leona. Was sollte ich mit diesen Informationen anfangen? Warum gab sie sich keine Mühe, sich glanzvoller oder wenigstens angenehmer zu präsentieren?

Figurbetont? Evtl. Blattmuster.

Wollte ich mir das hier tatsächlich antun? Unbezahlt für eine Frau arbeiten, die keinen Wert darauf legte, mir sympathisch zu sein, und ihren Lebensmüll bei mir ablud?

Reißverschluss, keine Knöpfe.

Vielleicht war ihre Weigerung, sich von der Schokoladenseite zu zeigen, auch ein spezieller Ausdruck von Mut. Vielleicht würde ich hinter dem misslungenen ersten Eindruck etwas entdecken, das mich für meine Fremdscham entschädigte? Vielleicht würde ich aber auch einfach nur meine Zeit verschwenden.

»Halt an«, sagte ich. »Ich muss dich messen, und dann schreibe ich dir auf, was du einkaufen musst.«

Ich nahm ihre Maße und schrieb sie in mein Skizzenbuch. Dann riss ich eine Seite heraus und notierte alles, was ich für das Kleid brauchen würde. Inklusive der Sachen, von denen ich wusste, dass es fast unmöglich war, sie in einer Kleinstadt wie unserer zu besorgen. Ich drückte ihr den Zettel in die Hand und half ihr in den Mantel. Ich hatte das Gefühl, das sei nur angemessen. Schließlich hatte ich gerade alles getan, um unsere »Freundschaft« an der Beschaffung einiger exquisiter Stoffe scheitern zu lassen.

Ich sagte Leona, sie solle an einem Montag wiederkommen, wenn sie alles besorgt hätte. Als sie ging, hoffte ein Teil von mir, sie nie wiederzusehen und meine freien Abende in Zukunft mit

Paul verbringen zu können. Ein anderer Teil wünschte Leona viel Glück beim Shopping.

Natürlich rechnete ich nicht damit, Leona bereits am nächsten Montag wiederzusehen. Aber sie hatte sich offenbar in den Kopf gesetzt, das Ding durchzuziehen. Mit mehreren prall gefüllten Plastiktüten in der Hand tauchte sie im Theater auf.

»Du hast alles bekommen«, stellte ich fest, während ich die unterschiedlichen Stoffe auf dem Tisch ausbreitete. Dann wollte ich sie verabschieden. Ich hatte die Stoffe, ich hatte die Maße, Leona konnte zur Anprobe in ein paar Tagen wiederkommen. Aber so hatte Leona sich das nicht vorgestellt.

»Ich bleibe hier und erzähle dir was Lustiges, während du arbeitest.«

Damit setzte sie sich mir gegenüber auf den freien Stuhl einer Kollegin.

»Na schön«, seufzte ich und begann, mit Kreide mein Muster auf Stoffbahnen zu zeichnen. »Dann muss ich wenigstens nicht ständig daran denken, dass ich deinetwegen Überstunden mache.«

Leona lachte nicht. Sie knöpfte ihren Mantel auf und wand sich aus den Ärmeln, ohne aufzustehen. Achtlos ließ sie den Kragen über die Rückenlehne fallen, während Ärmel und Schöße auf den Boden sanken.

»Mit sechzehn wollte ich mal Fotos von mir machen lassen«, begann sie. »In der Zeitung hatte so eine Annonce gestanden: *Fotograf sucht Model gegen Foto-Abzüge*. Es war so ein Typ um die vierzig. Brille, Schnurrbart, 7er BMW. Wir trafen uns das erste Mal in einem Café in der Stadt, und er musterte mich wie eine Kaffeemaschine oder irgendein anderes Gerät, zu dem er lieber eine Bedienungsanleitung gehabt hätte. Er fragte mich nach meinen Maßen, meiner Kleider- und meiner Schuhgröße, murmelte, es würde schon passen, und fuhr mich in seiner auf Hochglanz polierten Limousine zu sich nach Hause. Er wohnte ein bisschen außerhalb der Stadt in einer Neubaugegend. Kein eigenes Domizil, sondern ein akkurat gepflegtes Mehrfamilienhaus. Im Hausflur standen Palmen in Hydrokulturtöpfen, der Fahrstuhl öffnete und schloss seine Türen beinahe lautlos. Obwohl es eigentlich nichts zu verbergen gab, bestand der Fotograf darauf, dass wir auf dem Weg vom Auto zu seiner Wohnung kein Wort wechselten. Als der Fahrstuhl sein Stockwerk erreichte, streckte er erst selbst den Kopf aus der Tür, huschte über den Flur, schloss seine Wohnungstür auf und bedeutete mir erst dann mit einem hektischen Winken, schnell zu ihm zu kommen. Seine Wohnung sah aus wie aus dem Einrichtungskatalog. Alles war sauber und wirkte unbenutzt. In einem Chromregal im Wohnzimmer standen drei Bücher, und ich hätte nicht drauf wetten mögen, dass es keine Attrappen waren. Aber als ich hinging, um sie mir näher anzusehen, rief er mich zurück. ›Nichts anfassen‹, meinte er, drückte mir einen Schuhkarton in die Hand und führte mich in sein riesiges Bad. Er zeigte auf eine von drei Truhen, die neben der Badewanne aufgereiht waren. ›Such dir da was zum Anziehen raus!‹ Als ich allein war, öffnete ich die Truhe. Drinnen fand ich fein säuberlich sortierte Strümpfe, Strapsgürtel, Mieder, BHs, Bodys, Tanga-Höschen und Spitzenkorsetts, alles in Schwarz. Alles in meiner Größe. Ich warf auch einen Blick in die anderen Kisten und entdeckte darin eine ähnliche Ausstattung für zierlichere und kräftigere Models. Ich zog eine Kombination an und die unglaublich hohen Stöckelschuhe mit Leopardenmuster, die in dem Karton waren. Auf dem Weg ins Wohnzimmer musste ich mich an der Wand festhalten. Vor der Ledercouch hatte der Typ zwei Scheinwerfer aufgebaut, auf einem Stativ davor die Kamera. Der ganze Raum schwamm in Licht. Vielleicht ist es dir schon aufgefallen, aber ich habe ein Problem damit, mich in fremden Räumen zu orientieren. Es liegt daran, dass ich nicht räumlich sehe. Ich erahne die Distanzen zwischen den Dingen, oder ich zähle die Schritte, die dazwischen liegen. Meistens geht es gut. Damals, in diesem lichtdurchtränkten Wohnzimmer, ging es nicht gut. Ich konnte mich ja nicht die ganze Zeit an der Wand festhalten. Überall waren Kabel und die ausklappbaren Füße der Scheinwerfer. Ich stieß gegen einen, der den anderen umriss, und mittendrin verlor ich auf meinen Leopardenstöckelschuhen das Gleichgewicht und warf das Stativ mit der Kamera um. In dem ganzen Durcheinander gingen die Lichter in einem Klirren aus, ich sah überall nur Sterne, und es roch nach verschmortem Teppich. Die Kamera fuhr mit einem unkoordinierten Surren das Objektiv ein und aus, und der Fotograf stand über der ganzen Szenerie und schnappte nach Luft. Kaum hatte er begriffen, was geschehen war, fing er an zu schreien, und während er schrie, griff er eine dieser Halterungen, an denen noch der eine kaputte Scheinwerfer hing, und schlug damit auf mich ein. Schließlich schaffte ich es, die Schuhe von mir zu werfen und aus der Wohnung zu rennen.«

Sie schwieg, und ich sah von meinen Stoffen auf.

»Ich finde die Geschichte nicht lustig«, sagte ich.

»Entschuldige. Ich kann nicht gut erzählen. Die Situation hatte etwas Komisches. Mit einer einzigen Bewegung, an die ich mich nicht mal erinnern kann, habe ich alles kaputt gemacht. Und der Typ, der vorher solche Angst hatte, dass uns seine

Nachbarn sehen könnten, hat sich plötzlich nicht mehr um sie geschert, als ich in Dessous aus seiner Wohnung rannte. Ich dachte, wenn du so etwas im Fernsehen sehen würdest, würdest du lachen.«

Sie wirkte noch unsicherer als am Anfang. Den Blick gesenkt, schien das Gewicht ihrer immensen Wimpern ihren ganzen Oberkörper nach vorn zu beugen. Schon tat es mir leid, dass ich nicht wenigstens vorgegeben hatte, ihre unlustige Geschichte lustig zu finden. Leona fing an, mit ihren wunden Fingerspitzen auf die Armlehne des Stuhls zu trommeln. Das Geräusch tat mir weh.

»Wozu wolltest du die Fotos überhaupt?«, fragte ich.

Sie hob die Schultern. »Ich war sechzehn. Ich wollte schön sein, Jungen für mich interessieren. Ich dachte, mit dem richtigen Licht in der richtigen Position könnte ich zumindest so aussehen.«

Ich schluckte. Plötzlich musste ich an eine verpatzte Fotosession mit Kim denken.

»Ich habe mal meinen besten Freund gebeten, mich vor dem Sonnenuntergang zu fotografieren. Ich wollte romantisch und verträumt aussehen, nicht zuletzt für ihn. Aber als ich mich in Pose stellte, bekam er einen Lachanfall und meinte, das wäre nicht ich, und er würde keine Bilder von mir machen, die nicht authentisch wären. Es verletzte mich. Trotzdem stimmte ich in sein Lachen ein.«

Leona lächelte. Zum ersten Mal. Und es veränderte sie komplett. Zwei Reihen makelloser Zähne blitzten zwischen ihren kaffeebraunen Lippen auf, ihre Augen wurden schmal unter dem Baldachin ihrer Wimpern. Fast fanden sich ihre Pupillen zu einem einzigen Blick zusammen.

»Schon erstaunlich, wie selbstverständlich andere Menschen darüber befinden, wie wir authentisch sind, findest du nicht?«

Sie gluckste amüsiert, und einen Moment hatte ich das Gefühl, dass Leona und ihr unpassendes Leben tausend Mal authentischer waren als ich und das Bild, das ich versuchte, vor Kim abzugeben.

»Machen wir morgen weiter«, sagte ich. Die Schere lag mir plötzlich schwer in der Hand. »Vielleicht kannst du eine Flasche Wein mitbringen.«

Der Wein machte es leichter. Wir tranken zügig die ersten zwei Plastikbecher und brachen in Gelächter aus. Leona warf ihren Mantel auf den einen Stuhl und setzte sich rücklings auf den anderen.

»Wir sind seelenverwandt, wir zwei«, kicherte sie und befühlte die halb zugeschnittenen Stoffe neben meiner Nähmaschine, die teils zu ihrem Kleid, teils zu den Handschuhen von Schillers Amalia gehörten. »Wir haben so viele Facetten, dass sie uns zwangsläufig in immer neue Rollen pressen. Dann werfen sie uns vor, nicht authentisch zu sein. Weil wir in ihren Augen kein glaubwürdiges Bild abgeben. Dabei sind sie nur zu kleingeistig, um es zu erfassen.«

Ich überlegte, Leona zu fragen, wer »sie« waren, aber ich zögerte zu lange. War Kim zu kleingeistig, um alle Facetten meiner Persönlichkeit zu erfassen? Erweiterte ich mit ihm tatsächlich meine Persönlichkeit oder lernte ich nur, ihm immer neue Bilder von mir zu präsentieren, in der Hoffnung, er möge sich endlich in eins davon verlieben? Wann und warum war das überhaupt zu meinem Ziel geworden?

»Kennst du das, dass du denkst, du bist überhaupt nur so, wie du bist, weil du für eine ganz bestimmte Person geschaffen worden bist, aber diese Person sieht das anders?«, fragte ich, während ich die Stoffbahnen vor Leona ausbreitete.

Sie lachte kurz und trocken. »Oh ja. Mit fünfzehn habe ich mich verliebt. In den besten Freund meines Bruders.«

Er war Schauspieler gewesen. Ging auf eine spezielle Schule und spielte kleine Rollen in Fernsehfilmen. Leonas Bruder hatte ihn sehr bewundert. Sie saßen oft noch spät abends in ihrer Küche, während die Mutter im Wohnzimmer vor dem Fernseher schlief. In einer Dose auf dem verstaubten Gewürzbord bewahrte ihr Bruder Dope auf. Leona erinnerte sich daran, dass es ihr nicht seltsam vorkam, dass das Dope bei den Gewürzen stand. Wenn sie die Dose öffnete, roch es tatsächlich wie ein Gewürz. Die Tüte baute dann immer John. Leona glaubte, ihr Bruder drückte auf die Art seine Bewunderung für den Freund aus: indem er ihn die Tüte bauen ließ. Dann rauchten sie, und John fing an, irgendwelche Texte zu rezitieren, die er gerade für ein Stück lernen musste. Er rezitierte, und Leonas Bruder zog an der Tüte und grinste selig vor sich hin. Manchmal saß Leona auf Johns Schoß. Dann hörte sie seine kräftige Stimme hinter ihrem Ohr und spürte seinen Gewürzatem an ihrer Wange. Er nannte sie Muse, sagte, in ihrer Gegenwart könnte er keinen Text der Welt vergessen. Leonas Bruder lachte, und sie selbst glühte vor Stolz in dem Wissen, dass John, der zwölf Jahre älter war als sie und den ihr Bruder so schätzte, ihr gehörte. Leona benutzte tatsächlich diese Formulierung: *dass er mir gehörte.* Plötzlich meinte sie zu wissen, dass er derjenige war, der in ihrem Theaterstück spielen und die Texte sprechen würde, die sie schrieb. Sie verbrachte Nächte damit, Stücke für ihn zu schreiben. Stücke, in denen er der Held war, stolz und unbeugsam. Stücke, in denen er liebte. Stücke, in denen er hasste.

Eines Tages kam John zu ihnen, als Leonas Bruder nicht da war. Sie sagte, er solle in der Küche warten, und verschwand ins Bad, wo sie sich, bis auf ein enges Jeanskleid mit Druckknöpfen vorne, auszog. Als sie wieder in die Küche kam, hatte John sich ein Bier aus dem Kühlschrank geholt und eine Zigarette angesteckt. »Bin ich wirklich deine Muse?«, fragte Leona ihn. Er nickte, verwundert über die Frage. Dann ließ sie die Druckknöpfe aufspringen.

Ich kicherte, aber das lag eher am Wein als daran, dass ich ihre Geschichte komisch fand. Schon die Vorstellung, dass Leona tatsächlich einen derartigen Striptease hingelegt hatte, beschämte mich zutiefst, und mein beschwipstes Ich bewältigte die Scham durch albernes Kichern.

Leona runzelte die Stirn, aber bevor sie etwas sagen konnte, fragte ich:

»Was geschah dann? Mit dir und John?«

»Er nahm mich auf dem Küchentisch. Hinterher schenkte ich ihm die Manuskripte mit meinen Stücken für ihn. Er sollte die Texte lernen und in allen Theatern so lange vorsprechen, bis man ihn spielen ließe.«

»Warst du wirklich verliebt in ihn?«

»Ich wusste immer, dass wir zusammengehören.«

Ich lauschte einen Moment dem Rattern der Nähmaschine, die eine cremefarbene und eine lindgrüne Stoffbahn zusammenfügte und das neue Teilstück des Rockes immer weiter auf mich zuschob, bis es in meinen Schoß fiel.

»Ich glaube, mein bester Freund und ich gehören zusammen. Es war keine Erkenntnis, die mich wie ein Schlag traf, sondern sie hat sich über die Jahre herauskristallisiert. Ich wollte es nie wahrhaben. Schließlich war ich nie großartig in ihn verliebt. Aber wir sind allerbeste Freunde. Wir denken sogar dieselben Gedanken. Und wir haben Sex. Guten, nie langweiligen Sex. Es ist nur logisch, dass uns keine andere Person glücklicher machen könnte.«

Ich erschrak. Hatte ich diese Gedanken tatsächlich laut ausgesprochen? Vor Leona?

»Er muss es einsehen«, sagte sie. Leona hatte die Handschuhe von Amalia unter den Stoffen auf meinem Tisch hervorgezogen und übergestreift. Jetzt beugte sie sich vor, hielt die Hände vor die Nähtischlampe und betrachtete das Schattenspiel ihrer Finger auf der gegenüberliegenden Wand.

»Wann hörte es auf? Mit John?«, fragte ich, während ich ihren Händen zusah. Daumen und Zeigefinger formten zwei Ringe, die sich ineinander verschränkten wie Teile einer Kette.

»Es hörte nie auf«, sagte sie. »Es gibt Dinge, die bleiben für immer. Und wenn das Schicksal zweier Menschen miteinander verbunden ist, dann wird es verbunden sein, bis dass der Tod sie scheidet.«

»Und was sagt John dazu? Hat er deine Texte gelernt?«

»Die Zeit wird kommen.«

Ich schnitt den Faden ab und untersuchte die Naht.

Die Abende mit Leona wurden zu einem alkoholischen Reigen aus verwirrenden Geschichten und verworrenen Fäden, Borten, Schleifen. Leona weigerte sich, das Kleid oder vielmehr die ersten erkennbaren Teile davon anzuprobieren. Sie wollte nicht, dass ich ihre Haut sah, und bestand darauf, dass ich es anzog und mit Intuition und Metermaß von meinem auf ihren

Körper schloss. Als Entschädigung half sie mir beim Abstecken.

Je mehr Nadelstiche wir in das Kleid investierten, umso enger wurde die Bindung zwischen uns. Es war eine eigenartige Bindung. Ich hatte meine anfängliche Abneigung noch nicht vollends überwunden, stellte aber fest, dass ich mich auf die Stunden mit Leona und der Arbeit an ihrem Kleid freute. Je öfter wie zusammenkamen, desto leichter kamen wir ins Erzählen. Wir wurden uns gegenseitig perfekte Zuhörerinnen. Und was wir uns erzählten, wurde immer wahrhaftiger.

Irgendwann erzählte mir Leona, dass ihre Mutter eigentlich gar keine Säuferin gewesen sei. Sie hatte es sich nur gewünscht, um eine plausible Erklärung dafür zu haben, dass ihre Mutter sie immer abgelehnt hatte. Tatsächlich hing es nicht mit dem Alkoholkonsum der Mutter, sondern mit dem Salbenverbrauch der Tochter zusammen. Schon als junges Schulkind hatte Leona diese starke Neurodermitis gehabt. Pflichtschuldig hatte ihre Mutter sie eingecremt, selbst hin- und hergerissen zwischen Fürsorge, Mitleid und Ekel. Als Leona älter wurde, cremte sie sich selbst ein, versteckt vor den Blicken der Mutter im verschlossenen Badezimmer. Doch ihre Abneigung folgte ihr auch dorthin. Dass die Haut sich trotz umfangreicher Behandlungen einfach nicht besserte, musste der mütterlichen Theorie zufolge daran liegen, dass mit Leona ganz grundsätzlich etwas nicht stimmte. Sie sei nicht ausgeglichen, warf sie ihr vor, kratzbürstig, distanziert. Von wem wollte sie Sympathie und Mitgefühl erwarten, wenn sie sich nicht berühren ließ? Wer sollte sie denn jemals lieben? Mit einem solchen Charakter?

Auch die Geschichte mit dem Fotografen hatte sich anders ereignet. Als er Leona in den Dessous gesehen hatte, war er wütend geworden. Sie hätte ihn reingelegt, verarscht hätte sie ihn. Und jetzt auch noch seine Modelwäsche infiziert. Was sie sich bloß gedacht hätte, schrie er. Wenn er rohes Fleisch fotografieren wollte, hätte er ein Steak gekauft. Umziehen sollte sie sich, auf der Stelle, die Dessous in einer Plastiktüte verstauen und in Gottes Namen verschwinden, ohne noch mehr anzufassen. Tränenüberströmt und mit brennender Haut war sie aus der Wohnung geschlichen.

Leona erzählte die Korrektur ihrer Geschichten ohne den leisesten Anflug von schlechtem Gewissen, und während ich zuhörte, stellte ich fest, dass es bedeutungslos war, ob die erste oder die zweite Version ihrer Geschichten stimmte oder gar keine. Was zählte, war die Intimität, die wir dabei empfanden. Leona entrümpelte an diesen Abenden ihr Leben. Alles, was zerbrochen war, so oder anders Schmerz bereitet hatte, Dinge, die Freude beschert hatten, aber denen eine Fortsetzung fehlte, alles kippte sie vor mich hin, damit ich es mit meiner Nähmaschine zusammenfügte. Am Ende würde sie ein Kleid haben, das alle offenen Geschichten zu einem Ende brachte. Ein perfektes Muster, entstanden aus dem wilden Patchwork ihrer erlebten und erträumten Vergangenheit, das sie auf dem Weg in die Zukunft schützte und wärmte.

»Wie bist du eigentlich darauf gekommen, dass ausgerechnet ich dir das Kleid nähen sollte?«, fragte ich sie einmal.

»Ich bin eines Tages am Fenster vorbeigelaufen und habe das Rattern der Nähmaschinen gehört. Da habe ich gewusst, dass mein Kleid hier entstehen soll. Und als ich zum ersten Mal abends herkam und dich sah, wusste ich auch, wer es machen würde.«

Sie lächelte auf diese Weise, die ihr Gesicht verzauberte. Honigsüße Unschuld. Dabei konnte sich dieser Ausdruck einen Atemzug später komplett verwandeln. Einmal kam Leona in die Werkstatt, und während sie mir mit diesem lieblichen Gesichtsausdruck die Weinflasche für den Abend überreichte, bemerkte sie meine Kollegin Tina, die hinter ihrer Nähmaschine saß und an den Räuberhosen für Karl Mohr arbeitete. Im Nu verfinsterte sich Leonas Blick, und sie fuhr die vollkommen verdutzte Tina an, sie solle verschwinden, schließlich sei Feierabend, und wenn sie nichts Besseres zu tun hätte, als Überstunden zu machen, solle sie gefälligst morgens früher anfangen. Tina war so geplättet, dass sie kein Wort herausbrachte. Sie war alleinerziehende Mutter und hatte gewiss nicht nur ihre Arbeit im Kopf, aber sie war gewissenhaft, und wenn sie Überstunden machte, dann weil sie ihre Pflicht erfüllen wollte.

Ich versuchte zu vermitteln, Leona zu beruhigen und mich gleichzeitig bei Tina für sie zu entschuldigen. Doch Leona ließ sich nicht beruhigen. Schließlich knipste Tina ihre Nähtischlampe aus, nahm ihren Mantel, die Einkaufstüte und die Pampers-Vorratspackung und verließ mit einem Kopfschütteln ihren Arbeitsplatz.

»Das war nicht nett«, sagte ich.

Aber Leona machte gerade die Flasche auf und schenkte zwei Plastikbecher voll. Sie lächelte, als wäre nichts gewesen, und reichte mir einen davon.

»Sie hätte nur gestört«, sagte sie, als wir anstießen.

Die Tage vergingen, und ich hatte kaum noch Zeit für Paul, denn am Wochenende erledigte ich in der Werkstatt die Dinge, die unter der Woche liegen geblieben waren.

Inzwischen war Leonas Kleid ein Kleid geworden — an dem wir beide arbeiteten. Gemeinsam stickten wir Perlen dorthin, wo bei anderen Kleidern ein tiefer Ausschnitt sitzt.

Wir führten kein Gespräch, sondern redeten abwechselnd. Ich erzählte, dass ich mir nicht sicher war, ob das mit Paul tatsächlich funktionieren könnte. Denn vielleicht war ich nur mit ihm zusammen, um nicht länger darüber nachzudenken, warum mein bester Freund mit mir ins Bett ging, mich aber nicht liebte. Es überraschte mich selbst, dass ich mit Leona mehr über Kim sprach als über Paul. Ich erzählte von unserer magischen Verbundenheit. Von unseren Reisen. Das gab mir zu denken. Im Gespräch mit Leona nannte ich dennoch nie seinen Namen. Es war, als könnte ich diese Klarheit über das emotionale Ungleichgewicht in unserer Freundschaft nicht erlangen, wenn ich diesen Namen aussprach, der mir über die Jahre so schmerzlich vertraut geworden war. Leona hingegen erwähnte Johns Namen ständig. Aber John war weit weg. Sie nutzte seinen Namen, um Distanz zu überwinden. Ich verschwieg Kims Namen, um Abstand zu gewinnen. Zum ersten Mal seit Jahren kamen mir Zweifel an unserer Freundschaft.

Und während sich all diese Gedanken in meinem Kopf bewegten, zog Leona sich die langen Handschuhe von Amalia an und ließ ihre Finger Schattenballett tanzen.

»Wann willst du es eigentlich anziehen, das Kleid?«, fragte ich.

»Mal sehen«, antwortete sie.

Enttäuscht ließ ich die Schachtel mit den Pailletten sinken.

»Willst du damit sagen, du weißt noch gar nicht, zu welchem Anlass du es zum ersten Mal tragen wirst?«

»Doch.«

Ihr Gesicht nahm einen verklärten Ausdruck an, ihre Finger

in Amalias Handschuhen verschränkten sich. »Es wird ein Anlass sein, der mich wieder näher zu John bringt.«

»Wo ist er jetzt?«

»Auf einer kleinen griechischen Insel. Er hat den Unfall immer noch nicht verarbeitet.«

»Welchen Unfall?«

»Er war mit meinem Bruder im Auto unterwegs. Dann hat sein Handy geklingelt, und während er telefonierte, ist er mit einem Lieferwagen zusammengestoßen. Der hatte Bierkisten geladen. Alles war voller Schaum und Scherben.«

»Was ist passiert?«

»Mein Bruder hat sich die Wirbelsäule gebrochen. Jetzt ist er gelähmt und sitzt im Rollstuhl.« Sie erzählte das, als handle es sich nicht um ihren Bruder, sondern um jemanden, von dem sie zufällig in der Zeitung gelesen hatte.

»Und John?«

»Er kam mit ein paar Schnittwunden davon. Er hat sich nie verziehen, dass der Unfall passiert war, weil er telefoniert hatte. Aber das ist falsch. Er darf sich deswegen keine Vorwürfe machen.«

Ich sah sie an, aber sie drehte ihr Gesicht weg. Was zwischen ihr und diesem John lief, war mir schleierhaft. Ich hätte nicht mal sagen können, ob es einem Menschen zu wünschen war, von Leona geliebt zu werden.

»Er darf sich keine Vorwürfe machen, er darf sich keine Vorwürfe machen …«, flüsterte Leona zu ihren behandschuhten Händen.

»Was machen wir eigentlich, wenn das Kleid fertig ist?«, fragte ich nach einer Weile, um auf ein anderes Thema zu kommen.

»Kommst du mich dann trotzdem noch besuchen?«

Ich konnte mir nicht vorstellen, Leona außerhalb der Werkstatt zu treffen. Sie hatte einmal angedeutet, dass auch sie jetzt einen Freund hätte. Einen, der so von ihr fasziniert war, dass er mit ihr an seiner Seite alt werden wollte, selbst wenn sie sich nie von ihm anfassen lassen würde. Aber dieser Typ bedeutete ihr nichts. Sie genoss seine Verliebtheit, während sie an ihren John auf der Insel dachte. Da ich das wusste, wie hätte ich jemals einen entspannten Abend mit den beiden verbringen können?

»Vielleicht«, antwortete Leona.

Bevor das Kleid endgültig fertig war, erklärte Leona, dass sie die Handschuhe von Amalia dazu tragen wollte.

»Das geht nicht«, sagte ich. »Sie gehören zu einem Kostüm, und das Stück hat bald Premiere. Ich kann dir welche machen, die so ähnlich aussehen und besser zu deinem Kleid passen.«

Aber Leona schüttelte den Kopf und wechselte das Thema. An unserem letzten Abend in der Werkstatt tranken wir Rotwein und stießen auf den Rest unseres Lebens an. Gegen Mitternacht packte Leona ihr Kleid in eine Plastiktüte, umarmte mich so kurz, dass ich nicht mal den Arm um ihre Schulter legen konnte, und ging.

Die Abende danach kamen mir ungewöhnlich still vor. Ich verließ die Werkstatt mit den anderen und verbrachte mehr Zeit mit Paul. Ich rief auch mal wieder Kim an, aber sein Anrufbeantworter verriet mir, dass er verreist war.

Einen Tag vor der Premiere von Schillers »Räubern« verschwanden Amalias Handschuhe. Die Schauspielerin spielte die Premiere und die Folgevorstellung mit unverhüllten Armen, danach hatte Tina Ersatz angefertigt. Dass die Handschuhe weg waren, überraschte mich nicht sonderlich. Eher wunderte es mich, dass Leona weder an diesem noch an den nächsten Tagen auftauchte. Schließlich beschied ich mich in der Einsicht, dass eine Seelenverwandtschaft in Leonas Augen offenbar nichts war, woran man über einen im Voraus festgelegten Zeitpunkt hinaus festhalten musste.

Einige Wochen später meldete sich Kim bei mir. Er hinterließ eine Nachricht auf meinem Anrufbeantworter, dass er zurück sei von wo auch immer und mich unbedingt treffen wollte. Er nannte Tag, Ort und Uhrzeit und beschwor mich, ihn auf keinen Fall zu versetzen. Seufzend notierte ich das Datum. Offenbar hatte ich nicht alle Tage im Jahr Freunde. Da durfte ich nicht auch noch die Gelegenheiten verpassen, zu denen sie sich an mich erinnerten.

Der Tag, an dem Kim mich eingeladen hatte, war ein warmer Tag Ende April. Die Frühlingsblumen waren noch nicht ganz verblüht, und das Laub hatte die frische Farbe von Neuanfang. Treffpunkt war der Rosengarten eines ausgesucht teuren, italienischen Restaurants. Das war untypisch für Kim. Ich hatte ihn noch nie an einem solchen Ort getroffen. Als ich, mit einiger Verspätung, am genannten Rosengarten ankam, traf mich die Erkenntnis wie ein Schlag ins Gesicht. An der Pforte hing ein Schild »Geschlossene Gesellschaft«, und das Eingangstor in den Garten war mit roten Rosen verziert. Im Garten war ein Baldachin aufgebaut worden, der ebenfalls mit roten und weißen Rosen geschmückt war und unter dem sich zahlreiche Gäste drängten. Draußen funkelten auf Tischen mit weißen Tischdecken blank polierte Champagnergläser.

Ich bahnte mir einen Weg zwischen den Leuten und kam gerade rechtzeitig, um zu sehen, wie ein Typ in hellgrauem Anzug Kim und Leona zum Ringtausch aufforderte.

Kim stand da, in einem weißen Frack, ernst und aufrecht.

Das ganze Universum strahlte in seinen Pupillen.

Und Leona ...

Sie schien fehl am Platze, wie immer. Aber abgesehen davon, stand ihr das Kleid ausgezeichnet.

Nur die Handschuhe der Amalia passten nicht wirklich dazu, aber jetzt, da er ihr den Ring auf den Finger schob, hatte sie den einen ohnehin abgestreift.

Die beiden frisch Vermählten küssten sich, und die Gäste applaudierten. Irgendwo vorne sah ich Kims Mutter, eine zierliche Frau, die ich nie kennengelernt hatte. Auch sie applaudierte und strahlte über das ganze Gesicht, während ihr Sohn seine Gemahlin zu den Tischen mit dem Champagner führte.

Ich stand noch immer abseits, und die Geschwindigkeit, mit der mir die Gedanken durch den Kopf jagten, ließ mich schwitzen. Was für ein Betrug. Was für eine Scham. Was für eine Enttäuschung. Was für ein Betrug. Noch nie im Leben hatte ich mich so betrogen gefühlt. Ich zweifelte an allem: Was hatte Leona gewusst? Was wusste Kim? Und was wusste denn eigentlich ich, die ich doch meinte, über beide so viel erfahren zu haben?

Ein Kommilitone von Kim legte den Arm um mich.

»Ja, es ist rührend«, sagte er. »Wer hätte das von unserem Kim gedacht.«

Erst jetzt wurde mir bewusst, dass ich weinte, und ich nickte hastig.

»Ja, sehr rührend.«

»Sie haben sich im Theater kennengelernt. So romantisch.«

»In der Tat. Sehr romantisch.«

Bevor ich ging, passte ich Kim auf dem Weg zum Büfett ab.

»Was soll das hier eigentlich?«, fauchte ich.

Er sah mich überrascht an.

»Danke für die Glückwünsche«, antwortete er und klang beleidigt. »Ich dachte, du würdest dich freuen.«

»Freuen?! Hatten wir uns nicht versprochen, uns über die wichtigen Entscheidungen in unserem Leben zu informieren?«

»Ich habe dich nicht nur informiert, sondern eingeladen. Und du hast sogar das Kleid für die Braut genäht. Ich dachte, du freust dich über diese Ehre.«

Er sah aus, als wäre er wirklich enttäuscht, dass ich ihn nicht beglückwünschte.

»Ehre? Was für eine beschissene Idee, deine Zukünftige mit irgendwelchen abgefahrenen Geschichten zu mir zu schicken, damit ich sie für dich einkleide.«

Ich war gerade dabei, Kim, der immer noch so guckte, als sei er sich keiner Gemeinheit bewusst, eine Szene zu machen, als Leona erschien.

»Ihr kennt euch?«, fragte sie ungläubig, und ihre immensen Wimpern flackerten über ihrem Blick, der sich gleichzeitig auf Kim und mich richtete.

Kim lächelte gelassen. »Eine alte Freundin. Ein Missverständnis. Wir müssen uns keine Sorgen machen.«

Wir. Solange ich Kim kannte, hatte er diesen Plural immer gehasst. Genau wie ich.

Ich drehte mich auf dem Absatz um und ging. Noch hatte

ich das Gartentor nicht erreicht, da fasste mich Leona am Arm. Sie war atemlos und die verliebte Röte war aus ihren Wangen gewichen.

»Versprich mir, dass du ihm nichts erzählst«, flüsterte sie. »Ich brauche ihn.«

Ich sah sie an, und ihre Not kam mir unwirklich vor.

»Was hat er dir erzählt?«, fragte ich.

»Dass es die ultimative romantische Idee wäre, sich ein Brautkleid von einer Theaterkostümschneiderin nähen zu lassen.«

Ich nickte. Wir hatten so viel geredet und doch die wesentlichen Dinge verschwiegen. Das Schweigen war zur Lüge geworden. Kim hatte mich durch sein Schweigen belogen, und Leona hatte schweigend Kim belogen. Und jetzt wollte sie, dass wir gemeinsam schwiegen und Kim belogen. Ich musste lachen. Gleichzeitig liefen mir die Tränen über das Gesicht, und ich konnte nicht aufhören, den Kopf zu schütteln.

»Wiedersehen, Leona«, sagte ich. »Viel Glück euch beiden.«

Sie sah mich an, während ihre Angst in Wut umschlug, und als ich durch das Rosentor verschwand, schrie sie mir nach: »Er gehört jetzt mir, kapier das bloß! Er wird nirgends mehr mit dir hinfahren! Niemals!«

Inzwischen hatte sie sich wieder beruhigt. Sie saß da und trank ihren Tee, als hätten wir schon immer in dieser Runde zusammengesessen. Klar, sie wusste, was für sie auf dem Spiel stand. Ebenso wie Kim wusste, was er zu verlieren hatte. Und ich dachte, dass ich womöglich die Einzige war, die wusste, dass keiner hier gewonnen hatte. Aber vielleicht war auch mein vermeintliches Wissen nur eine Lüge, die sich die beiden ausgedacht hatten. So wie ihre Ehe eine Lüge war, die ich durch mein Schweigen bestätigte. Noch könnte ich aussprechen, dass Leona einen anderen liebte, den sie auf dieser griechischen Insel, auf die sie als Kims Frau auswanderte, wiedersehen würde. Und dass Kim niemals jemandem gehören würde, weil er nicht einmal nach seiner Hochzeit zwei Tage treu sein konnte. Ich könnte verhindern, dass mein bester Freund, dem nichts so wichtig war wie seine Unabhängigkeit, mit einer Frau fortging, für die Liebe Besitz bedeutete.

Aber ich schwieg.

»Wir sollten langsam los«, sagte Kim, und Leona richtete sich auf.

»Glaubst du, du findest einen Nachmieter?«

»Oh ja, bestimmt. Macht euch keine Sorgen. Ihr werdet sehen, ich schicke euch das Geld nach Griechenland.«

Auch ich erhob mich und räumte die Tassen in die Spüle. Kim zog die Schlüssel von seinem Schlüsselbund, und Leona drückte mir ihren ebenfalls in die Hand. Dann nahm sie Kims Rucksack, und er warf sich die große Reisetasche über.

»Also dann …«, sagte er.

»Macht's gut«, sagte ich.

»Du auch«, sagte Leona.

Die Tür fiel hinter ihnen ins Schloss. Ich hörte noch, wie ihre Schritte auf dem Bürgersteig vor seinem Auto Halt machten. Er öffnete den Kofferraum, und sie verstauten das Gepäck. Leona lachte. Der Kofferraum wurde zugemacht, dann stiegen sie in den Wagen. Die Türen klappten, der Motor wurde angelassen. Ich stellte mir vor, dass ich sie beide nie wiedersehen würde. Nie wieder. Ein endgültiger Abschied. Ich atmete tief aus.

Später als es draußen schon dunkel wurde, wanderte mein Blick noch immer durch Kims Wohnung. Erdgeschoss. Keine Treppen. Geräumiges Badezimmer. Kein Bett.

Ich kramte mein Mobiltelefon aus der Tasche. In der ganzen Stadt wusste ich nur von einer Person, die umziehen wollte. Auf der Hochzeit hatte ich ihn nicht gesehen, aber die Auskunft hatte seine Nummer. Eine Männerstimme meldete sich am anderen Ende.

»Spreche ich mit Leon?«

»Ja. Wer sind Sie?«

»Eine Freundin.«

»Ich kenne Sie nicht.«

»Kein Mensch kennt seine Freunde. Ich könnte Ihnen eine Wohnung vermieten.«

Ein kleines Schweigen hing wie eine Luftblase in der Leitung. Dann sagte er:

»Sie muss bestimmte Anforderungen erfüllen.«

»Keine Treppen, großes Bad, kein Bett.«

»Woher wissen Sie das?«

»Darüber können wir ein anderes Mal sprechen. Wollen Sie sich die Wohnung anschauen?«

Er räusperte sich. »Entschuldigen Sie, ich bin einfach überrascht über Ihr Angebot. Ich habe lange nach einer passenden Wohnung gesucht und nichts gefunden. Die Antwort ist: Ich würde mir die Wohnung sehr gern anschauen. Morgen?«

Ich lächelte.

»Ja, morgen ist gut«, sagte ich.

Die Umarmung des Meeres

Am Morgen, als sie den leblosen Körper der Touristin zwischen den türkis umspülten Felsen fanden, jagte Katherina auf der anderen Seite der Insel Oktopusse. Einige Wochen hatte ich sie schon nicht mehr begleitet, aber in meiner Vorstellung sah ich sie so klar wie die steinigen Gründe nahe der Küste, über denen der Wind die Wasseroberfläche kräuselt. Irgendwo dort, wo sie einen steilen Pfad den Fels hinunter zum Meer gefunden hatte, stieg sie ins Wasser. Schnorchel und Maske in der Hand und eine aufgerollte Plastiktüte unter dem Träger ihres Badeanzugs. Sie machte nur gerade so viele Schritte, bis das Meer ihre Knie umspielte. Dann zog sie die Maske über und ließ sich flach ins Wasser gleiten. Einen Moment verweilte sie ausgestreckt, mit dem Gesicht nach unten und ohne Sand aufzuwirbeln oder die schlanken, gestreiften Fische zu erschrecken, die an den Algenbärten der Felsen zupften. Dann schwamm sie mit wenigen Zügen hinaus ins tiefere Wasser, den Blick durch die Maske auf die Spalten zwischen den Felsen und den Teppich rund geschliffener Steine gerichtet.

Sie kannte ihre Beute. Als kleines Mädchen hatte ihr Vater, ein stattlicher Fischersohn, dessen dichte, graue Locken immer den Geruch von Salzwasser bargen, ihr alles über die seltsamen Kopffüßer beigebracht. Sie wusste, dass Oktopusse in Höhlen lebten, deren Eingang sie mit losen Steinen verschlossen, und dass bei der Jagd daher besonders auf Anhäufungen von Steinen geachtet werden musste, die nicht durch Zufall entstanden sein konnten. Fand Katherina Steintürmchen, aber dahinter eine leere Höhle, so konnte es sein, dass der Oktopus selbst auf der Jagd war. Mitunter entschloss sie sich, auf seine Rückkehr zu warten, drehte sacht ein paar Kreise und beobachtete die umliegenden Felsen. Meist erkannte sie den Oktopus an seinen bläulich glänzenden Augen, denn sein Körper konnte die Farbe der Steine perfekt annehmen. Dann machten ihre Beine eine blitzschnelle Scherenbewegung, sie schoss tiefer, packte das Geschöpf mit bloßer Hand und riss es vom Felsen weg. Eine Wolke schwarzer Tinte stieg auf. Aber bevor die acht mit Saugnäpfen bewehrten Tentakeln für eine schmerzhafte Umarmung an ihrem Arm oder ihrer Schulter Halt finden konnten, krempelte sie den weichen Kopf des Tiers um wie einen Handschuh und riss die darin verborgenen, weißlichen Eingeweide heraus. Mit einer nixenhaften Wende tauchte sie auf und verstaute das tote Tier in der Plastiktüte. Um sie herum sank die Tinte einem schwarzen Funkenregen gleich zum Meeresgrund.

So würde auch das Blut der Touristin herabgesunken sein. Ich sah das Wasser rot durchwebt, sah Fische die farbigen Fäden kreuzen, aufgeregte Fische, die sich drängten, das zu fressen, was die Wucht des Aufpralls weißlich hervorquellen ließ. In meiner Vorstellung sah ich sie erst satt und träge davonschwimmen, als das Tuckern des Bootes und die aufgeregte Stimme eines Jungen näher kamen.

Als Katherina den schmalen Kiesweg zu unserem Haus hinaufkam, stand die Sonne bereits hoch über dem Horizont. Sie hatte eine weiße Bluse und Jeansshorts über den nassen Badeanzug gezogen, und ich bildete mir ein, die Salzkristalle in ihrem Haar im gleißenden Licht funkeln zu sehen. In der Hand schwenkte sie eine Tüte, deren Tragegriffe zu reißen drohten. Durch das weiße Plastik erkannte ich den Wirrwarr grauer Gliedmaße, der mir seit einigen Wochen Morgen für Morgen Übelkeit bereitete. Während sie näher kam, hatte ich einen winzigen Augenblick lang das Gefühl, als betrachte ich sie durch ein verkehrt herum gehaltenes Fernglas und sie würde nicht größer, sondern immer kleiner vor meinen Augen.

»Sie haben die Touristin gefunden«, sagte sie und kippte den Inhalt der Tüte auf die Terrasse. »Der kleine Dimitri hat sie zuerst entdeckt. Ich glaube, er kotzt immer noch. Die Hafenpolizei von Karavostássis wollte sofort das Schnellboot schicken, aber Jorgos war mit ein paar Jungs zu einer Inselumrundung aufgebrochen. »Patrouille«, wie er sagte. Du weißt ja, wie das ist. Jedenfalls haben sie die Leiche dann mit dem Kutter von Vassili geholt. Muss ziemlich schlimm ausgesehen haben. Unten im *Kafenion* haben sie erzählt, dass sie alles in dieses seltsame lange Kleid eingewickelt haben, das sie anhatte. Da war der theatralische Abgang wenigstens zu etwas gut.«

»Wird Stamatis ermitteln?«

Sie warf mir einen verärgerten Blick aus ihren achatbraunen Augen zu.

»Was soll er da ermitteln? Eine Touristin ist von der Klippe gesprungen. Ihr Mann hat heute früh den Abschiedsbrief gefunden.«

Ich zuckte unmerklich zusammen, als Katherina die beiden Oktopusse mit dem Wasserschlauch abspritzte. Einen Augenblick kam es mir vor, als sähe ich mein eigenes, entbeintes Ich auf den weiß ummalten Steinplatten liegen.

»Einen Abschiedsbrief?«

»Ja, in dem sie erklärte, dass sie nicht mehr mit ihm leben könne, dass es ihr leid tue, was man halt so schreibt, wenn man jemanden für immer verlässt.«

»Oh«, sagte ich.

Katherina schlug den ersten Oktopus gegen die Gartenmauer. Sie hatte mir schon oft erklärt, dass man es tun müsste. Man musste die Zellstruktur des Weichtiers brechen, um einen zarten Geschmack zu garantieren. Schlug und rieb man den Oktopus nicht auf Stein, bis er aus allen Poren schäumte, schmeckte er später zäh wie Gummi. Dennoch ekelte ich mich vor dem Anblick der nach allen Seiten schlackernden Fangarme und dem schmatzenden Geräusch, mit dem der Körper immer wieder gegen die Mauer klatschte. Ich hatte gehört, dass sich Frauen während der Schwangerschaft leichter ekelten. Plötzlich konnte vom Wind herangetragener Fischgeruch Brechreiz bei ihnen auslösen. Bei Katherina war das Gegenteil der Fall. Kaum war die erste Wölbung ihres Bauches sichtbar, da wurde die Jagd auf Oktopusse für sie zur Obsession. Früher hatte sie ab und zu ein einzelnes Exemplar gefangen, bevor Freunde zu Besuch kamen oder um ihrem Vater eine Freude zu machen. Der Alte hatte inzwischen ein Hotel und war mit Ausflügen für die Gäste und der Organisation seiner Angestellten zu beschäftigt, um selbst noch auf die Jagd zu gehen. Seit Katherina schwanger war, war die Oktopus-Jagd zu ihrem morgendlichen Ritual geworden. Sie verschwand noch vor dem Frühstück und kam erst zurück, wenn sie ein bis zwei stattliche Exemplare in ihrer Plastiktüte hatte.

»Hast du damit Erfahrung?«, fragte ich.

»Mit Oktopussen?«

»Mit Abschiedsbriefen. Du sagst das, als würdest du dich auskennen.«

»Quatsch.«

Katherina war ein bisschen außer Atem, so heftig schlug sie

JOHN

den zweiten Oktopus gegen die Gartenmauer. Plötzlich fragte ich mich, was sie dazu antrieb. Ob es dieser zentimetergroße Embryo war, der in ihrem Körper eine Feder aufzog und sie dazu brachte, Kraken zu töten? Als sie fertig war, spülte sie die Tiere ab, hängte sie über die Wäscheleine und wusch sich Hände und Arme mit Olivenseife. Die Tinte und der klebrige Schleim würden so verschwinden, nicht aber der intensive Geruch. Für die nächsten Stunden hatte ich wieder eine Entschuldigung, sie nicht umarmen zu müssen.

»Wer soll das eigentlich alles essen?«, fragte ich.

»Irgendjemand wird schon zu Besuch kommen«, antwortete sie.

Es war Stamatis, der zu Besuch kam. Am frühen Nachmittag, ich machte gerade ein Nickerchen in der Hängematte unter der Veranda, kam er den Weg zu unserem Haus hinaufgekeucht. Der grauhaarige, untersetzte Polizist war kurzatmig. Außerdem verzichtete er selbst an heißen Tagen nicht auf seine Uniformjacke. Katherina hatte mir einmal erzählt, er hätte vor vielen Jahren eine Ehrennadel vom stellvertretenden Provinzgouverneur erhalten. Für etwas, woran sich nur noch wenige auf der Insel erinnerten. Die Nadel zierte seine Uniformjacke, die Stamatis seitdem immer trug, damit diese Auszeichnung weder ihm selbst noch seinem Gegenüber in Vergessenheit geriet. Unter den Armen und am Rücken glänzte die Jacke bereits von all dem Schweiß, den sie über die Jahre aufgesogen hatte. Dennoch war es ihrem Träger nie in den Sinn gekommen, eine neue Jacke zu kaufen und die Nadel daran zu befestigen. Oder die Nadel zeitweilig ans Hemd zu stecken, um die Jacke waschen zu lassen. Niemals.

Da er beim Aufstieg so schnaufte, hatte Katherina genug Zeit, aus dem Haus auf die Terrasse zu treten und den Gast in Empfang zu nehmen. Jetzt hörte ich, wie er ihr auf die Schultern klopfte, sie immer wieder »mein Kind« nannte und sich in den quietschenden Bambus-Schaukelstuhl von ihrer Mutter fallen ließ. Und ich hörte auch, wie Katherina die übliche Frage stellte, die seit ein paar Wochen jeder Gast zu hören bekam:

»Soll ich dir ein bisschen Oktopus bringen?«

Stamatis nahm dankend an. Die Anstrengung, die es ihn gekostet hatte, zu uns hinaufzukommen, war eine Belohnung wert. Ich hörte Katherina in die Küche gehen. Der Klang ihrer nackten Füße auf dem Steinfußboden weckte Erinnerungen an längst vergangene Sommerferien in der Bretagne. Vom Küchenfenster streckte Katherina den Kopf auf die Veranda.

»John, warum kommst du nicht nach vorn? Stamatis ist da.«

Sie hatte ihr dunkles Haar zu Zöpfen geflochten, die Minderjährigenfrisur, wie ich es nannte, denn keiner, der sie so sah, ahnte, dass sie schon siebenundzwanzig war. Mühsam rappelte ich mich in der Hängematte auf.

»Will er mich sehen?«, fragte ich.

»Nein. Ich dachte nur, es wäre vielleicht nett, wenn du vorkommen würdest.«

Sie hing mit dem halben Oberkörper hinter der Kühlschranktür. Alle paar Sekunden kam ihr Arm mit einem Glas oder einem Schüsselchen hervor, die sie auf einem Tablett abstellte: grüne Oliven, schwarze Oliven, frischer Schafskäse, Tomatensalat, ein Stück Gurke, gefüllte Weinblätter – und ein großes Glas in Zwiebeln und Tomatensoße eingelegter Oktopus.

»Nimmst du den Brotkorb?«

In der Küchentür nahm ich ihr das Tablett aus den Händen.

»Nimm du den Brotkorb.«

Ich stellte die Sachen auf den kleinen Tisch neben dem Schaukelstuhl und schüttelte Stamatis die Hand.

»Wie geht's?«, fragte ich und zog für Katherina und mich zwei Hocker heran.

»Wir werden alle älter«, sagte er und wischte sich mit einem riesigen Stofftaschentuch, in das seine Mutter seine Initialen gestickt hatte, den Schweiß vom Gesicht. Sie war inzwischen über neunzig und vollständig blind. Wenn sie neue Menschen kennenlernte, bat sie darum, ihre Gesichter berühren zu dürfen. Als Katherina und ich noch nicht lange auf der Insel waren, mussten wir an einem Sonntag nach der Kirche vor ihr niederknien, während ihre knöchrigen, altersfleckigen Finger über unsere Wangen, Nasen und Augenlider wanderten. Sie hatte Katharina schon als kleines Mädchen gekannt und küsste sie am Ende auf die Stirn. Aber als sie mit mir fertig war, hatte sie sich brüsk abgewandt. Sie ist manchmal etwas verwirrt, hatte Stamatis sich entschuldigt und uns auf eine Löffelsüßigkeit in sein Haus eingeladen.

Katherina kam mit dem Korb, Besteck und Tellern. Ich hatte keinen Appetit, aber Stamatis nahm eine ordentliche Portion Oktopus und ein großes Stück Brot.

»Mein Kind, niemand auf der ganzen Insel macht den Oktopus so gut wie du. Aber das solltest du nicht deiner Tante Maria erzählen.«

»Nimm dir noch.«

Selbst mit ihrer Minderjährigenfrisur strahlte sie plötzlich eine Mütterlichkeit aus wie eine Glucke. Wieder kam sie mir plötzlich so fremd vor. Eine Streichholzfigur in einem umgedrehten Fernglas. Als sie mit ihrem Hocker näher rutschte und meine Hand ergriff, erschrak ich über die Berührung.

»Was gibt es Neues?«, fragte sie mit der Unschuld dessen, der mit der Hand in einen Bienenkorb greift, um sich den Honig zu holen.

»Ich werde alt.«

Sie lachte. »Das ist doch nichts Neues.«

Stamatis wischte sich mit seinem XXL-Taschentuch Oktopus-Soße von der Uniform und fuhr sich anschließend damit über das Gesicht.

»Diesmal ist es anders, mein Kind. Ich habe das Gefühl, dass ich zu alt werde für meinen Beruf.«

»Warum das?«

Meine Stimme klang unangebracht hart, als wäre ich sein Vorgesetzter und nicht der Zugereiste, Angeheiratete, der bis vor einem Jahr noch nicht mal von der Existenz dieser Insel gewusst hatte. Stamatis ignorierte es. Wahrscheinlich schrieb er den verfehlten Tonfall meinen mangelhaften Kenntnissen der griechischen Sprache zu.

»Es gibt da diesen Fall, den ich einfach nicht lösen kann. Alle sprechen davon. Sogar im *Kafenion* in Karavostássis ist es das Gesprächsthema Nummer eins. Kaum einer, der keine eigene Theorie hat. Jedem ist klar, dass es einen Täter geben muss. Und dass er auf der Insel ist. Aber ich komme nicht dahinter, wer es sein könnte.«

Ich spürte, wie mir der Schweiß aus den Poren trat und meine Finger in Katherinas Hand glitschig wurden wie die Fangarme eines Oktopus. Kaum merklich runzelte sie die Stirn.

»Hatte er denn ein Motiv?«

Mein Mund war ganz trocken. Mit zittrigen Fingern nahm ich eine Olive.

»Natürlich hatte er ein Motiv. Für einen Streich war es wohl doch ein bisschen zu makaber. Nikos lebt schließlich von der Schafzucht.«

Ich holte so plötzlich Luft, dass ich mich an dem Olivenkern verschluckte. Katherina sah mich vorwurfsvoll an, während sie mir auf den Rücken klopfte.

»Was genau ist denn passiert?«, fragte sie.

Im Geiste sah ich einen ganzen Schwarm aufgebrachter Bienen vor ihren honigfarbenen Augen tanzen. Stamatis stellte den Teller ab, fischte mit der Gabel direkt in dem Oktopus-Glas und spießte einen halben Tentakel auf, den er sich am Stück in den Mund schob.

»Köstlich«, sagte er und hielt plötzlich im Kauen inne. »Du harpunierst sie doch nicht?«

»Nein.«

Er sah sie streng an. »Du weißt, es ist verboten zu harpunieren.«

»Ich weiß. Ich fange sie alle mit der Hand.«

Sie lächelte mit der Gelassenheit einer zweiten Mona Lisa. Stamatis fuhr mit vollem Mund fort zu erzählen.

»Also, passiert ist Folgendes: Nikos hat zwölf Schafe und einen Bock. Es ist ein guter Bock. Er hat ihn von Kreta kommen lassen und lässt jedes Schaf von ihm decken. Vor drei Tagen, in der Nacht von Dienstag auf Mittwoch, klaut ihm jemand den Bock. Nun hat er zwölf Schafe und keinen Bock, der sie deckt. Ein Skandal! Zuerst hat er gedacht, der Bock ist weggelaufen, aber dann hat er den Drahtzaun gesehen. Er war durchgeschnitten, offenbar mit einer Zange. Aber von dem Täter fehlt jede Spur. Und von dem Bock auch. Nun frage ich euch: Warum klaut jemand aus einer Herde den einzigen Bock? Wenn einer Fleisch braucht, kann er ein Schaf nehmen. Aber wenn er ihn zum Züchten will, warum klaut er dann einen kretischen Bock, den jeder wiedererkennt?«

Ich hatte Lust auszuatmen, bis ich als verschrumpelter Hautsack auf dem Steinboden läge. Katherina nahm wieder meine Hand.

»Vielleicht hat der Täter den Bock von der Insel geschafft«, sagte sie.

»Unmöglich! Ich habe jedes Schiff kontrollieren lassen.« Er räusperte sich. »Zumindest heute Morgen. Und auf der Insel habe ich jeden Stall und jeden Schuppen durchsucht. Ich habe den Schlachter gefragt und den Tierarzt. Ich habe mit den Männern im *Kafenion* gesprochen. Das Vieh ist nirgends zu finden! Und mich …«, fügte er leiser hinzu, »mich halten sie langsam für einen Versager.«

Katherina seufzte. »Dass du zu uns gekommen bist, welchen Grund hatte das?«

Unter ihrem Blick schien Stamatis zu schrumpfen.

»Ich wollte fragen: Euch ist nicht zufällig etwas Verdächtiges aufgefallen? Und dann … Ich musste mich mit eigenen Augen davon überzeugen, dass der Bock nicht hier ist.«

Ich unterdrückte den Wunsch zu lachen, indem ich ganz schnell an seine blinde, alte Mutter mit ihren knöchrigen Fingern dachte.

»Bitte, das Haus ist offen«, sagte Katherina und wies auf die offene Terrassentür.

Stamatis räusperte sich. »Danke. Aber ich habe vorhin schon. Als du das Essen geholt hast.«

Er schien sich wirklich zu schämen. Katherina beugte sich vor und tätschelte seinen uniformierten Arm.

»Ist doch kein Problem. Ich verstehe das. Und John versteht es auch. Nicht wahr, John?«

Ich nickte eilig.

Aber bevor Stamatis sich verabschiedete, hatte ich doch noch eine Frage an ihn.

»Was ist eigentlich mit der Touristin, die von der Klippe gesprungen ist? Gab es Zeugen?«

Er verzog angewidert das Gesicht und winkte ab.

»Nein. Ihre Reste werden morgen in ihr Land zurückgeschickt. Man sollte diesen Touristen verbieten, sich von unseren Klippen zu stürzen. Aigeus hat sich von der Klippe ins Meer gestürzt, daher hat die Ägäis ihren Namen. Er war ein Held, aber dieses Mädchen … Eine Schweinerei!«

Später in der Küche, als wir die Schälchen und Gläser wegräumten, fuhr Katherina mich an:

»Es war vollkommen unnötig, ihn auf die Touristin anzusprechen!«

»Ich wollte doch nur wissen, ob er etwas unternimmt,« sagte ich und spülte Oktopus-Soße von Stamatis' Teller.

»Ich habe dir gesagt, dass er nichts unternehmen wird. Sie war keine von uns. Sie war eine Touristin.«

»Es hat mich bloß interessiert, ob er herausgefunden hat, dass wir sie kannten.«

Eigentlich war die Touristin gar keine Touristin gewesen. Sie hatte sich entschieden, auf dieser Insel zu leben, genau wie ich. Zuerst war der Japaner gekommen. Wie sich später herausstellte, war er kein Japaner, sondern Deutscher koreanischer Abstammung und ihr angetrauter Ehemann, aber im Dorf nannten ihn alle »den Japaner«. Er hatte das Stück Land auf der anderen Seite des Hügels gepachtet, wo eine alte Hütte stand. Zuletzt hatte dort die Witwe des Apothekers gelebt.

Der Japaner hatte den Wohnraum hergerichtet und den Garten in Schuss gebracht. Einmal hatte ich ihn in Tonis Lebensmittelgeschäft getroffen. Er hatte Fertigreis gekauft und Englisch mit deutschem Akzent gesprochen. Eines Tages fuhr er mit dem Bus hinunter zum Hafen von Karavostássis und kam in einem Taxi zurück. Mit ihr.

Manchmal fragte ich mich, ob Katherina mich damals wohl verflucht hatte. Zumindest hatte sie danach angefangen, täglich Oktopusse anzuschleppen. Mehr, als wir essen konnten.

Die Tage flossen träge dahin wie Harz aus dem angeritzten Stamm einer Pinie. Einmal besuchte uns Jorgos. Katherina servierte ihm Oktopus. Ein andermal kamen Athina und Vassili, der Fischer. Katherina servierte Oktopus. Dann kam ihr Vater. Sie legte drei Tentakeln eines besonders stattlichen Tieres auf den Holzkohlengrill, träufelte Zitrone darüber und schenkte Ouzo ein. Irgendwann streichelte ihr Vater zärtlich ihren Bauch und weinte vor Rührung.

Manchmal vermisste ich meinen besten Freund. Meinen Kumpel aus alten Tagen, Leon. Seine Mutter war eine zierliche Französin mit Alkoholproblem, sein Vater lebte mit einer anderen Frau zusammen und war irgendwann auf tragische Weise ums Leben gekommen. Ich erinnerte mich nicht mehr, was geschehen war. Leon schien es nie wichtig gewesen zu sein, ob er einen Vater hatte. Seit er sitzen geblieben war, gingen wir in dieselbe Klasse. Er war der coolste Typ auf der ganzen Schule.

Nicht mal im Unterricht zog er seine speckige Lederjacke aus. Er hatte lange Haare und jede Woche eine andere Freundin. Er rauchte Hasch, als wir anderen noch Brausetütchen tauschten. Wir wurden Freunde, als wir im Schultheater »Arche Noah« spielten. Ich war Noah, weil ich mir schon damals gut Texte merken und in alle möglichen Rollen schlüpfen konnte. Er spielte einen Affen. Es war ein Desaster. Der Affe sprang überall herum, kletterte auf die Kulissen, schnitt Grimassen und schlug Purzelbäume. Die Mädchen, die als Schnecken, Füchse, Papageien und Löwen verkleidet am Bühnenrand hockten, kicherten pausenlos. Später in der Umkleide erzählte er mir, dass er zum Film gehen wolle. Er sah mich todernst an, und plötzlich musste ich lachen. Ich lachte und lachte, und irgendwann lachte auch er. Danach waren wir Freunde. Während ich in meiner Freizeit Texte paukte, Gesangsstunden nahm und Schiller-Dramen las, ging er ins Sportstudio: Karate, Kung Fu, Taekwondo, Kickboxen. Er konnte sich mit bloßen Händen zehn imaginäre Angreifer vom Leib halten, Saltos über mehrere Schulbänke machen und kopfüber eine Treppe hinunterstürzen, ohne sich zu verletzen. Er konnte perfekt die Laute von Menschen imitieren, die erschossen, erstochen, erdrosselt, zerquetscht wurden oder verbrannten. Darüber hinaus konnte er sich keine Zeile Text merken. Manchmal übte er mitten in der Stadt, ließ sich mit einer Zigarette im Mundwinkel eine Rolltreppe hinunterfallen, sodass die Leute ringsum hell aufschrien und die Notbremse zogen, nur um sich unten lässig die Hosen abzuklopfen und seine leicht zerdrückte Kippe wieder anzustecken. Im Gegensatz zu mir schaffte er es später tatsächlich zum Fernsehen. Als Stuntman. Er wurde für billige Actionstreifen engagiert und doubelte meistens den Bösewicht. Ich vermisste ihn.

»Meinst du, es geht ihm besser?«, fragte ich Katherina, die unter laufendem Wasser einem Oktopus den harten Schnabel im Zentrum seiner Tentakeln herausschnitt.

»Bestimmt.«

Wenn sie Oktopusse zerlegte, war sie nicht gesprächig.

Manchmal fragte ich mich, was sie dabei empfand, einem Oktopus die Beine abzuschneiden und den Kopf in Stücke zu zerteilen. Meistens warf sie die Geschöpfe zuerst in kochendes Wasser, bis die graue Farbe einem satten Purpur gewichen war. Obwohl die Tiere schon längst tot waren, sah es aus, als wären sie erst Momente zuvor gestorben. Schützend verbargen sie den Kopf unter ihren Tentakeln – bis Katherina sie mit dem großen Küchenmesser abtrennte und in einen großen Topf mit Zwiebeln, Tomaten und Lorbeerblättern warf. Dachte sie dabei an ihr ungeborenes Kind? Oder an mich? Oder überhaupt an etwas Bestimmtes?

Wir hatten das Gefühl für Zeit verloren. Oder vielleicht hatte nur ich es verloren. Katherina hatte eine neue innere Uhr. Eine, die wuchs und wuchs und die Tage rückwärts zählte, bis ein neues Leben seinen Anfang nehmen würde. Ich dagegen war verloren in einem zeitlosen Raum, in dem es kein Gestern, Heute oder Morgen gab, sondern nur ein Danach.

Katherina wollte nicht über ihren Oktopus-Wahn sprechen. Ebenso wenig, wie sie über Leon sprechen wollte, der irgendwo in Deutschland versuchte, damit klarzukommen, dass er den Rest seines Lebens im Rollstuhl verbringen würde. Sie fuhr weiterhin jeden Morgen mit dem Mofa zum Meer und fing Oktopusse. Mir drehte sich schon der Magen um, wenn ich sie mit dieser Plastiktüte voller Tentakeln den Weg von der Straße hochkommen sah. An einem Tag legte sie einen kleinen Kraken mit sieben Armen auf einen Stein neben der Terrasse zum Trocknen. Der achte Arm war nur halb so lang wie die anderen und viel dünner. Katherina hatte mir einmal erzählt, dass Oktopus-Weibchen mehrere Wochen lang in einem Nest aus Steinen brüten und in dieser Zeit keine Nahrung aufnehmen würden. Wenn sie merkten, dass sie verhungerten, der Nachwuchs aber noch nicht überlebensfähig war, fingen sie an, ihre eigenen Arme zu essen. Später wuchsen die abgebissenen Arme langsam wieder nach. Es hatte Katherina immer fasziniert, wie aufopferungsvoll diese fremdartigen Geschöpfe sich um ihren Nachwuchs kümmerten, und nie hatte sie ein Weibchen gejagt, das sich aus Mutterliebe einen Arm abgebissen hatte.

»Warum hast du sie umgebracht?«, fragte ich.

Sie zuckte die Achseln. »Manchmal muss man sich eben überwinden.«

Obwohl sie direkt vor mir stand, hatte ich das Gefühl, als käme ihre Stimme aus weiter Ferne.

Eines Morgens, Katherina war schon am Meer, wachte ich auf und dachte, dass ich eigentlich wieder als Schauspieler arbeiten könnte. Es gab nichts mehr, was mich daran hindern würde. Oder besser: Es gab niemanden mehr, der mich hindern würde. Eine ganze Weile blieb ich liegen und drehte den Gedanken in meinem Kopf hin und her. Die Sonne fädelte einzelne Strahlen durch die Ritzen der Fensterläden, ein bläulicher Schimmer legte sich über die weißen Wände. Ich stellte mir vor, wie viel Mühe es kosten würde, dieses Licht auf einer Theaterbühne nachzustellen. Dann dachte ich an das Ensemble, das ich verlassen hatte, um mit Katherina nach Griechenland zu gehen. Wie auf einem Klassenfoto ging ich im Geiste ihre Gesichter durch: Uta, Björn, Claudia, Annette … Die Erinnerung wollte sich nicht einstellen. Sie blieb zweidimensional, als könnte mich das eine Foto nur an weitere Aufnahmen erinnern, aber nicht an die realen Personen, ihre Stimmen, ihre Bewegungen, unsere gemeinsamen Erlebnisse. Es war, als wäre meine Vergangenheit von mir abgetrennt. Als wäre sie, sorgfältig in Pakete verschnürt, auf einen Güterzug verladen worden, von dem ich in voller Fahrt abgesprungen war. Und jetzt stand ich mit schmerzenden Gliedern auf den Gleisen und sah zu, wie sich mein früheres Leben immer weiter von mir entfernte. Würde ich es je einholen können?

Am Abend saßen wir auf der Terrasse und sahen zu den Klippen hinauf. Die untergehende Sonne glich einer reifen Frucht, deren Saft sich über die Felsen ergoss. Die Steilküste hatte ungefähr die Form einer Sichel. Unser Haus lag nicht ganz in der Mitte. Rechts von uns stieg der Hang noch weiter an. Dort oben gab es keine Häuser mehr. Eine kleine, von einem Friedhof umgebene Kirche duckte sich unter den Böen, die beständig die Steilwand hinaufstrichen. Sie war weiß getüncht, und in Ermangelung von Baumaterial hatten die frommen Menschen des Dorfes Teile antiker Marmorreliefs in die Wände eingebaut, die man überall fand, wo man grub. Teils waren Gesichter mit abgeschlagenen Nasen darauf zu sehen, teils einzelne Arme, Hände und Beine. Die Kirche wurde so gut wie nie für Gottesdienste genutzt. Das lag daran, dass ihr Innenraum so klein war, dass er kaum fünf Menschen fasste. Sie galt stattdessen als abgeschiedener Ort, den die Gläubigen aus dem Dorf aufsuchten, wenn sie allein in der Stille beten wollten. Ab und zu stieg Pater Arsenius hinauf, um die Glocke auf dem kurzen, gedrungenen Turm zu läuten und nach den Gräbern zu sehen. Doch an diesem Abend war es nicht die gebeugte Gestalt des alten Pfarrers mit seiner schwarzen Kutte, dem wehenden, grauen Bart und dem hölzernen Stock, die wir dort oben sahen. Katherina stoppte das gemächliche Auf und Ab ihres Schaukelstuhls, indem sie die Füße links und rechts davon auf den Boden pflanzte, und beugte sich mit zusammengekniffenen Augen vor.

»Das ist doch …«

»… der Japaner«, sagte ich, denn jetzt hatte auch ich ihn erkannt.

Er trug eine helle Hose und ein schwarzes T-Shirt, das der Wind vorn an seine Brust schmiegte und hinten aufblähte. Zielstrebig näherte er sich der Klippe, blieb wenige Schritte vor dem Abgrund mit dem Gesicht zur roten Sonne stehen und breitete die Arme aus. Ich konnte hören, wie Katherina tief Luft holte. Der Japaner trat einen Schritt zurück, ging langsam in die Knie und öffnete und schloss die Arme in weit ausholenden Gesten. Der Wind schien ihm nichts auszumachen. Er stand fest und aufrecht, seine gestreckten Hände teilten die Böen wie Schwerter.

»Tai-Chi«, flüsterte Katherina.

Bis die Sonne hinter der Bergsilhouette der Nachbarinsel versank, kämpfte der Japaner in Zeitlupe gegen den Wind. Erst als die Welt ihre Farben an die Nacht verlor, verneigte er sich mit aneinandergelegten Händen vor dem Abgrund und ging in die Richtung davon, aus der er gekommen war.

Von jetzt an sahen wir den Japaner jeden Abend bei Sonnenuntergang oben an der Klippe. Katherina ließ nicht eine Minute ihren Blick von ihm, und ich betrachtete Katherina und sah zu, wie sie sich Minute für Minute von mir entfernte.

Manchmal, wenn Katherina nachts neben mir im Bett schlief, schien mein früheres Leben ganz nah bei mir zu sein. Ich lauschte ihrem Atem und liebkoste mit sehnsüchtigen Blicken ihre Wange, ihre nackte Schulter, die Rundung ihrer Hüfte unter dem Laken. Dabei kam mir die Katherina in den Sinn, in die ich mich verliebt hatte. Die pflichtbewusste, ernsthafte Angestellte des Arbeitsamtes mit dem verträumten Blick. Hinter jedem, der an ihrem Schalter um Unterstützung bat, schien sie etwas zu sehen, was der andere geglaubt hatte, verloren zu haben. In mir sah sie den Schauspieler, obwohl ich um eine Vermittlung als Taxifahrer gebeten hatte. Sie hatte ein Bild von mir, das ich selbst nicht mehr zu haben wagte. Sie verliebte sich in dieses Bild, und aus Dankbarkeit verliebte ich mich in sie.

Inmitten der Stille einer griechischen Inselnacht überkam mich eine unendliche Sehnsucht. Sehnsucht, den Güterzug rückwärtsfahren zu lassen.

»Katherina. Wir müssen reden.«

Meine Stimme klang wie das Echo von etwas anderem in unserem kleinen, nächtlichen Schlafzimmer. Zuerst dachte ich, meine Bitte würde sich in ihre Träume schleichen und ungehört in ihnen verrauchen. Aber dann sah ich, dass sie sich umdrehte, mir ihr zerknittertes Gesicht zuwandte und die Augen gerade weit genug öffnete, um mir eine Prise kühler Wut zuzuschnippen.

»Worüber willst du reden?«

»Über Leona.«

Ihre Augen weiteten sich einen winzigen Moment, in dem ich vergeblich die frühere Zuneigung in ihnen suchte. Dann vergrub sie das Gesicht wieder in ihrem Kissen.

»Lass gut sein, John. Es ist vorbei. Für immer. Jetzt können wir glücklich sein.«

Ihre Haare lagen wie ein geöffneter Fächer über dem Kopfkissen. Einen Moment suchte mein Blick zwischen ihnen einen Faden, der mir aus dem Labyrinth meiner Gedanken helfen würde.

»Bist du glücklich?«, fragte ich.

Aber darauf bekam ich schon keine Antwort mehr.

Es hatte eine Zeit gegeben, da hatte die Touristin einen Namen gehabt. Da waren wir befreundet gewesen. Leona. Die Schwester meines besten Freundes. Wir hatten zu dritt zusammengesessen, und ich hatte Tragödien rezitiert, die ich für die Schauspielschule lernen musste. Welch Omen. Leon spezialisierte sich zu diesem Zeitpunkt darauf, die Laute der in blutigen Schlachten verwundeten Helden wiederzugeben. Das war, bevor die Sache anfing schiefzugehen. Bevor seine Schwester diesen Tick bekam, dass wir füreinander bestimmt waren. Bevor sie sich in den Kopf setzte, mich zu verführen, mich zum Star zu machen – mit Texten, die sie für mich schrieb. Diese Texte waren grauenhaft. Jede Seifenoper hatte bessere Dialoge. Aber wenn sie mir die Seiten gab, steckte ich sie ein, und wenn ich sie wiedersah, dachte ich mir Entschuldigungen aus, warum ich sie nicht hatte lesen, geschweige denn auswendig lernen können.

»Sie ist verknallt in dich«, sagte Leon einmal, und ich tat es lachend ab.

»Sie ist einfach nur besitzergreifend.«

Sie bombardierte mich mit ihren Texten. Sie wollte mich treffen, um sie mit mir zu üben. Um ihr aus dem Weg zu gehen, traf ich mich mit ihrem Bruder bei mir oder irgendwo in der Stadt. Für ihn war es okay. Aber für Leona, für sie war es nicht okay.

Sie fand andere Wege, mir zu begegnen. Sie wartete nachmittags vor der Schauspielschule auf mich. Sie verbrachte Wochenenden auf der Treppe vor meiner Haustür. Wenn ich die Wohnung verließ, fand ich das Treppenhaus mit Liebesbriefen tapeziert. Ich stellte sie zur Rede. Sie senkte den Blick und lächelte. Sie tat das nicht, weil sie sich schämte, sondern weil sie wusste, dass sie so am schönsten aussah. Mit gesenkten Lidern sah man nicht, dass ihre Augen nicht den gleichen Punkt fixierten.

Sie entschuldigte sich nie, aber sie brachte Blumen, Konzertkarten, neue Texte.

Ich fing das Rauchen an. Als ich nach der Schauspielschule mein erstes Engagement bekam, machte sie mir eine Szene. Die Rolle sei zu klein für mich, ich solle ihre Texte lernen und damit vorsprechen. Wieder knöpfte ich sie mir vor. Nichts, rein gar nichts hätte sie mir zu sagen. Weil sie in meinem Leben nichts bedeute. Sie sei einfach nur die Schwester meines besten Freundes. Sie weinte, wiederholte immer wieder, wir seien füreinander bestimmt. Und wenn ich ihr verbieten wolle, mich zu sehen, dann würde sie eben ihrem Bruder erzählen, dass ich sie vergewaltigt hätte. Da fing die Sache schon an, gehörig schiefzulaufen.

Als ich eine Beziehung mit einer Tänzerin anfing, ging sie mit der Geschichte vor Gericht. Mit der Nummer dort hätte sie problemlos ein Stipendium für Nachwuchsschauspieler gewonnen. Sogar an Prellungen und Kratzspuren, die ich ihr angeblich zugefügt haben sollte, hatte sie gedacht. Schließlich wurde ich freigesprochen, weil ihr Bruder nichts Belastendes gegen mich vorbringen konnte. Trotzdem flog ich aus dem Ensemble, die Tänzerin verließ mich.

Ich wechselte die Stadt.

Sie folgte mir.

Ich wurde in ein festes Ensemble aufgenommen und spielte regelmäßig im Stadttheater. Sie war mit den Rollen nicht zufrieden. Während der Premiere schrie sie, man solle meinen Text umschreiben. Der Intendant ließ sie aus dem Theater werfen. Sie kam wieder. Der Intendant forderte mich auf, »dieses Problem« zu beseitigen, ansonsten sei ich ein zu hohes Risiko für das Theater.

Ich schrie sie an, ich flehte, redete auf sie ein.

Sie sprach von Bestimmung.

Ich verlor meinen Job.

Am Arbeitsamt lernte ich Katherina kennen. Sie war die Erste, mit der ich über »dieses Problem« sprach – und die Erste, die es am eigenen Leib zu spüren bekam. Denn fortan verfolgte Leona uns beide. Mir sagte sie, Katherina sei nicht gut genug für mich. Ihr erzählte sie, sie habe mich mit anderen Frauen gesehen.

Als ich mit Schillers »Räubern« auf Tournee ging, schlich sie sich in die Künstlergarderobe und erzählte der Darstellerin der Amalia, dass ich sie auf der Bühne ernsthaft verletzen würde, weil ich ein Drogenproblem hätte und schizophren sei. Meine Kollegin weigerte sich daraufhin, mit mir aufzutreten, und der Intendant warf mich raus. Als ich Katherina davon erzählte, sagte sie nichts. Nur aus ihren Augen schossen Blitze, und ich hörte förmlich, wie das südländische Blut in ihren Adern zu kochen begann.

Seitdem hatte ich kein festes Engagement mehr gehabt. Ich

jobbte mal nachts in einer Bar, mal machte ich den Fahrrad-kurier, um mir den Hass aus der Seele zu strampeln. Noch nie in meinem Leben hatte ich gehasst. Immer hatte ich geglaubt, zwei Menschen könnten sich auf diesem Planeten aus dem Weg gehen. Nie hatte ich darüber nachgedacht, was geschah, wenn einer von beiden dem anderen nicht aus dem Weg gehen wollte. Manchmal spürte ich, wie die Wut mich überwältigte. Meine Brust zog sich zusammen, mein Gesichtskreis schrumpfte auf den Umfang einer Zielscheibe, gegen die ich im Geiste wütende Pfeile schleuderte, bis ich erkannte, dass die Zielscheibe mein eigenes Gesicht im Spiegel war.

Einmal kam ich von einer Fahrt zurück und fand eine Men-schenansammlung vor unserem Haus. Ich hörte Schreie und sah im nächsten Moment Katherina, die außer sich vor Wut auf unsere Peinigerin eindrosch. Bei der Übergabe neuer Droh- oder Liebesbriefe hatten sie sich wohl vor unserem Briefkasten getroffen. Leona lag am Boden in einer Wolke ausgerissener Haare und schrie wie am Spieß, während Katherina sie immer noch mit einer Hand an den Haaren gepackt hielt und mit der anderen auf sie einprügelte. Sie war kreidebleich und wie von Sinnen. Ich zerrte sie von Leona weg, die blutete und immer noch heulte, und zog sie in unsere Wohnung. Sie zitterte wie unter Schüttelfrost und brauchte mehrere Stunden, um sich zu beruhigen. Danach sprachen wir zum ersten Mal darüber, wie es wäre, nach Griechenland zu gehen. Nicht für immer. Aber bis die Verrückte uns vergessen hätte.

Später verwarfen wir die Idee. Plötzlich hatten wir, wonach wir uns so lange gesehnt hatten: unsere Ruhe. Keine Briefe, kei-ne Anrufe, keine Besuche. Ich nahm sogar wieder an Work-shops am Theater teil. Manchmal noch traf ich Leon. Nach der

Gerichtsverhandlung hatte ich ihm gesagt, dass ich Leona nicht mehr sehen wollte, und er respektierte das.

»Sie ist eine Träumerin«, sagte er, womit das Thema für ihn erledigt war.

Im Frühjahr fuhren Leon und ich nach Stuttgart zu einem Konzert der Toten Hosen. Auf der Autobahn klingelte mein Handy, und ich hatte die dumme Idee, dranzugehen, obwohl ich keine Freisprecheinrichtung hatte.

»Du weißt, dass wir zusammengehören«, sagte Leona. »Ich werde dich von dieser Hexe trennen, das schwöre ich bei meinem Leben.«

Was sie noch sagte, hörte ich nicht mehr. Vor mir scherte plötzlich ein Getränkelaster aus, und mit dem Gaspedal noch im Anschlag, raste ich in ihn hinein. In der nächsten Sekunde verlor mein bester Freund meinetwegen, worauf er am meisten stolz gewesen war: die Kontrolle über seinen Körper.

Um die Mittagszeit war es fast windstill. Die Sonne goss ihre Strahlen in einem gleißenden Kegel vom wolkenlosen Himmel. Auf dem Meer tanzten Millionen kleiner Lichtschiffchen, die weiße Tünche trocknete im Nu. Irgendwann in den nächsten Tagen würde man hier einen Heiligen feiern. Es würde eine Prozession durch das Dorf geben, wobei der Pfarrer das Bild des Heiligen tragen würde, und die Glocken würden läuten. Zur Feier des Tages strichen viele Inselbewohner ihre Häuser in frischem Weiß, und obwohl ich nicht besonders gläubig war, hatte ich mich ihrem Tun angeschlossen. Der Besitzer des *Kafenion* hatte mir Farbe verkauft, die ich auf unserem Mofa festgezurrt und vom Hafen hinaufgeschafft hatte.

Als ich am Haus ankam, war Katherina nicht da. Ich wunderte mich, denn gewöhnlich nahm sie das Mofa, wenn sie ihre Freundinnen besuchen oder einkaufen ging. Ich machte mich an die Arbeit. In einem alten Eimer verdünnte ich die Tünche, tauchte den alten Quast, der unter der Spüle gelegen hatte, ein und malte erst die Fassade, die zur Straße ging, dann die Seitenwände und zuletzt die Rückseite unseres Hauses. Als ich fertig war, duschte ich und setzte mich mit einem Bier auf die Terrasse. Von dort sah ich Katherina den Weg über den Hügel hinunterkommen. Sie trug die Haare offen und hatte ihr blaues Trägerkleid mit den aufgedruckten Muscheln an. In der Hand hielt sie ein leeres Einmachglas. Aus der Entfernung hörte ich sie singen. Als sie mich winken sah, verstummte der Gesang.

»Du hast das Haus gestrichen«, stellte sie fest und ließ die Hand über den rauen Putz gleiten.

»Gern geschehen«, sagte ich mit zynischem Unterton.

Sie antwortete nicht.

»Wo bist du gewesen?«

»Ich habe dem Japaner Oktopus gebracht.«

Ich hatte das Gefühl, als wäre eine Welle gegen mich geschwappt und zöge nun den Sand unter meinen Füßen mit sich. Katherina ging ins Haus. In der Küche hörte ich sie das Einmachglas spülen. Dann kam sie mit einem Glas Orangenlimonade wieder heraus und setzte sich in den Schaukelstuhl.

»Was hat er gesagt?«

»Wer?«

»Der Japaner.«

Sie nahm einen großen Schluck und behielt ihn lange Zeit im Mund, bevor sie schluckte.

»Dass er sie geliebt hat. Dass er wusste, dass sie ihn nicht liebte, dass er sie aber liebte wie noch keine Frau zuvor. Deshalb hat er sie geheiratet. Früher ist er viel gereist. Er war ruhelos, konnte nirgends verweilen. Er denkt, dass er hier Ruhe gefunden hat.«

»Also wird er bleiben.«

Katherina schwieg. Ihr Bauch spannte den blauen Stoff ihres Kleides. Sie legte ihre Hand darauf und liebkoste kreisend die Wölbung. Ich wandte schnell den Blick ab.

»Hast du ihm etwas gesagt?«

Sie schüttelte den Kopf. Dann griff sie plötzlich nach meiner Hand und legte sie auf ihren Bauch. Ich spürte ihre Wärme und die Bewegung durch ihren Atem. Und plötzlich spürte ich noch eine andere Bewegung: einen Druck, als boxe jemand von innen gegen eine Zeltwand. Zum ersten Mal spürte ich unser Kind.

Hastig zog ich meine Hand zurück. Dieses Lebewesen war mir so fremd, als stünde seine Geburt in einem längst vergangenen Jahrhundert und nicht in baldiger Zukunft bevor. Wie ein Wetterleuchten schossen mir Bilder durch den Kopf: wie es geboren wurde, wie es an Katherinas Brust saugte, wie es zum ersten Mal lächelte, wie es aufwuchs, in Unschuld und Liebe. Und nie sah ich mich in seiner Nähe, denn ich wusste, dass für seine Zukunft Dinge geschehen waren, die niemals hätten geschehen dürfen.

Ich hatte Katherina nie gefragt, wo sie in jener Nacht gewesen war. Ich hatte bis spät ferngesehen im *Kafenion*. Als ich nach Hause kam, war sie nicht da. Auf der Terrasse brannten Windlichter, im Wohnzimmer lief Musik. Auf der Couch lag ein aufgeschlagenes Buch über Ernährung während der Schwangerschaft. Auf dem Tisch stand ein offenes Glas mit eingelegtem Oktopus, in dem noch die Gabel steckte. Ich hatte das Haus wieder verlassen, als sei ihre Abwesenheit ein Vorzeichen für mich. Bei meiner Rückkehr schlief Katherina in unserem Bett. Die Lichter waren aus.

Ich hatte sie nicht gefragt, weil ich nicht gewollt hätte, dass sie mich fragte. Aber jetzt wünschte ich, Stamatis würde sie fragen. Wünschte, er würde sie vor meinen Augen nach ihrem Alibi fragen und zusehen dürfen, wie sie nach Worten rang. Der Polizist saß schwitzend in unserem Schaukelstuhl, weigerte sich, noch eine zweite Portion Oktopus mit Nudeln zu nehmen, und schüttelte resigniert den Kopf.

»Sie fangen schon an, Witze zu machen. Onkel Stamatis, den ein Schaf zum Narren hält.« Er fuhr sich mit seinem fleckigen Taschentuch über das Gesicht. »Bald ist das Fest, und all die Verwandten von den anderen Inseln werden kommen, und unsere Leute werden mit ihren eigenen Booten zu anderen Inseln aufbrechen, und wir werden nicht jedes Boot kontrollieren können, ob irgendwo drauf ein Schaf versteckt ist.«

Katherina sah ihn ernst an. Es war schwer zu sagen, ob sie Mitleid mit ihm empfand. Ich fing an, über Gerechtigkeit nachzudenken. Warum interessierte sich Stamatis mehr für das Verschwinden eines Schafes als für den Tod einer jungen Frau, die in einem Theaterkostüm von einer Klippe gestürzt war? Warum verzweifelte er an einem Diebstahl und ließ einen Mord unaufgeklärt?

In den nächsten Tagen reparierte ich das Waschbecken im Badezimmer, strich die Fensterläden, sprühte in der Küche gegen Ameisen und deckte das Dach neu. Auf der Veranda stapelte ich Feuerholz. Katherina verbrachte fast jeden Nachmittag bei dem Japaner, was es mir erleichterte, nach den Reparaturarbeiten ausgedehnte Streifzüge um die Insel zu unternehmen. Manchmal lieh ich mir ein Boot und zog gemächlich an der Felsküste vorbei, bis ich fand, wonach ich suchte.

Wenn ich abends zurückkam, hatte ich das Gefühl, Katherina und ich bewohnten das gleiche Haus in zwei parallelen Universen. In dem einen war sie allein mit ihren Oktopus-Gläsern und ihrem anschwellenden Leib. In dem anderen war ich, verrichtete Reparaturen und trank abends ein Bier auf der Terrasse. Ich sah sie Zwiebeln schneiden für den nächsten Oktopus. Die Tränen liefen ihr in Strömen über die Wangen, und ich fragte mich, warum die Zwiebeln sie schluchzen ließen. Aber wenn ich zu ihr ging, schien es, als entferne sie sich von mir, als verschwämmen ihre Konturen bei näherer Betrachtung, und ich stellte mir vor, wie mein Arm ins Leere sinken würde, wenn ich versuchte, ihn um ihre Schulter zu legen.

Wenn ich Katherina dankbar war, dann dafür, dass sie nie nach einem Grund fragte. Denn ich kannte keinen. Wer einen Grund hatte, wusste, was er tat. Ich wusste nichts. Die Erinnerung rief mir zweidimensionale Bilder ins Gedächtnis. Ich hatte Leona auf dem Markt getroffen. Es war eine Frage der Zeit gewesen, wann wir uns irgendwo auf der Insel über den Weg laufen mussten. Sie hatte mit einer Frau über Gemüse verhandelt und vergnügt ausgesehen. Ich hatte sie angesprochen wie jemand, der einer verflossenen Freundin wiederbegegnet, mit der er durch schwere Zeiten gegangen ist. Sie war zuerst erschrocken, aber dann hatte sie den Blick gesenkt und gelächelt. Ich hatte ihr erzählt, dass ich glücklich sei. Dass ich Vater werden würde. Und dann hatte ich ihr eine Verabredung vorgeschlagen. Warum um Mitternacht? Warum oben an der Klippe? Und warum nur hatte sie zugesagt?

Es war weit nach Mitternacht, als ich das Haus verließ. Die Nacht hatte Sonnenstaub in den Himmel gestreut. Millionen von Sternen warfen ihren schwachen Glanz auf die Erde. Der Mond verbarg sich bis auf eine schmale Sichel. Das würde den Abstieg erschweren. Ich sog den nächtlichen Duft nach wildem Thymian ein und sah mich noch einmal um. Das frisch geweißte Haus warf züchtig den matten Schimmer der Sterne ins Firmament zurück. Es würde Katherinas durch einige Tropfen aus der Hausapotheke vertieften Schlaf behüten. Von der Straße nahm ich den Ziegenpfad die Schlucht hinunter. Der Weg war uneben, steil und voller Dornen. Manchmal drohte ich auf losen Steinen auszurutschen oder musste innehalten, weil ich im Schatten der Felskante kaum ein paar Meter weit sehen konnte. Oben an der Klippe bei der Kirche würde es heller sein.

In jener Nacht war es heller gewesen. Ich hatte dort gestanden und sie kommen sehen. Der Wind verfing sich in ihrem Kleid und erschwerte ihre Schritte. Ich wusste nicht, warum sie dieses seltsame Kostüm trug. Ich wusste auch nicht, warum sie plötzlich von Schillers »Räubern« anfing, von Amalia und ihrer ewigen Liebe, von schicksalhafter Bestimmung, und warum sie wollte, dass ich ihr Karl Mohrs Worte vorsprach, während sie von unseren Sternen redete, die voreinander flohen. Ich hatte die Worte vergessen. Nichts wusste ich mehr. Sie hatte mich entsetzt angesehen mit ihrem zweigeteilten Blick. Plötzlich war sie mir um den Hals gefallen. Ich hatte ihre Finger in den komischen Handschuhen in meinem Nacken gespürt. Sie liebkosten mich nicht, sie saugten sich fest. Wie Tentakeln. Sie wollten mich gefangen halten. Und dann hatte ich sie weggestoßen. Weit weg.

Obwohl es bergab ging, war ich außer Atem, und meine Knie

taten mir weh. Das Meer war immer noch zu tief unten, als dass ich die Wellen hätte hören können. Auch oben an der Klippe hatte man keine Wellen gehört. Und der Wind war so gnädig gewesen, auch andere Geräusche zu verschlucken. Während ich weiter abstieg, spürte ich, wie mir Tränen über das Gesicht liefen. Tränen der Schuld eines Unschuldigen. Oder unschuldige Tränen eines Schuldigen. Tränen der Sehnsucht nach einem Urteil oder einem Freispruch. Doch niemand war da, um mich zu richten.

Ich hatte meinem besten Freund den Rollstuhl und seiner Schwester den Tod gebracht, aber niemand würde mich bestrafen. Stamatis nicht. Er suchte ein Schaf. Ich musste an seine blinde Mutter denken, die mein Gesicht berührt und sich dann abgewandt hatte. »Komisch«, hatte Katherina später gesagt. Normalerweise erkennt sie, ob jemand ein guter oder ein schlechter Mensch ist. Jetzt war ich mir sicher: Sie hatte es auch diesmal erkannt. Und Katherina …

Es schmerzte, aber ich verdiente sie nicht.

Ich verdiente es nicht, unser Kind heranwachsen zu sehen.

Vielleicht würde sie eines Tages dem Japaner erzählen, was sie mir verschwiegen hatte: wo sie in jener Nacht gewesen war. Und vielleicht würden sie gemeinsam nach einer Antwort suchen. Einer Antwort auf die Frage, warum seine Frau einen Abschiedsbrief geschrieben hatte. Hatte sie beschlossen zu springen, bevor sie das Haus verließ? Wollte sie es allein tun, vor meinen Augen? Oder mich mit sich reißen? Wollte sie sich rächen? Oder hatte sie geglaubt, wir würden uns in heißen Küssen versöhnen und heimlich die Insel verlassen?

Tränenblind, mit zerkratzen Armen und verstauchtem Knöchel erreichte ich endlich den winzigen Strand, den ich vor einigen Tagen vom Boot aus gesehen hatte.

Ein kleines Fischerboot lag hier. Die Farbe war zwar größtenteils abgeblättert, aber der kleine Außenbordmotor hatte im Vorbeifahren relativ neu ausgesehen. Ich hatte mir nicht erklären können, warum jemand sein Boot ausgerechnet hier abstellte. Doch der Ort kam mir gelegen. Jetzt schob ich den Kahn ins Wasser und sprang auf.

Der Motor sprang problemlos an. Solange ich in der Nähe der Felsen im niedrigen Wasser unterwegs war, machte ich langsam. Ich würde am Rand der Steilküste bis zum westlichen Ende der Insel fahren und von dort hinüber zur nächsten Insel und von dort zur übernächsten. Ich wusste nicht, wie lange meine Reise dauern oder welches Ziel sie haben würde. Ich hatte kein Geld und keine Pläne. Ich wusste nur, dass ich nicht wieder als Schauspieler arbeiten und dass ich Katherina und das Kind nie wiedersehen würde. Und dass ich, wenn überhaupt, erst in vielen Jahren zu meinem besten Freund zurückkehren würde. Vielleicht würde ich an irgendeinem abgeschiedenen Fleck in Griechenland sesshaft werden. Wie der Japaner. Vielleicht würde das Schicksal irgendwann eine Aufgabe für mich haben.

Während ich das Boot an der Küste entlangsteuerte, hörte ich plötzlich ein Geräusch. Es klang wie ein Rufen, leise, aber aus der Nähe. Ich schaltete den Motor ab und lauschte. Es war kein Rufen. Es war ein Blöken.

Mit den Augen folgte ich dem Laut. An einer Stelle hatte das Meer die Felsen unterspült, sodass sie eine Höhle bildeten, die selbst bei Flut nicht vollständig volllief. In dieser Höhle stand neben einer Plastikwanne mit Wasser und einem Berg Heu ein Schaf. Genauer gesagt, ein Bock.

»Also hier haben sie dich versteckt«, murmelte ich und brachte das Boot heran.

Der Bock blökte lauter, als freue er sich darüber, mich zu sehen. Ich stieg aus und kraulte ihn zwischen den Hörnern. Seine Ohren waren groß und weich, seine Wangen seidig. Ich vergrub die Finger in der dichten Wolle und spürte die Wärme seines Leibes. Dann packte ich ihn und hievte ihn an Bord. Der Bock stand regungslos auf den Planken, als ich den Motor wieder anwarf. Nur seine Nüstern bebten, ab und zu machte sein Unterkiefer seitliche Kaubewegungen. Erst als wir eine Weile gefahren waren, drehte er sich zu mir um.

Seine Augen waren klar und bernsteinfarben.

»Wenn du ein Weib wärst, würde ich dich Katherina nennen«, sagte ich und nahm Kurs auf das offene Meer. »Du bist aber ein Kerl, deshalb nenne ich dich Karl. Und ich sage dir, Karl, du wirst der Stammhalter einer neuen Rasse werden.«

Karl sah mich weise an und kaute weiter.

Nein, ich will

*D*as Flugzeug hatte gerade seine Parkposition eingenommen, da drückte ich bereits die Kurzwahltaste meines Mobiltelefons, um meinen Nachbarn anzurufen. In seiner Zweizimmerwohnung klingelte es sieben Mal, dann sprang der Anrufbeantworter an. Vor mir schoben sich die Passagiere der Siebzehn-Uhr-Maschine aus Paris durch den Mittelgang zur vorderen Tür. Ich legte auf und wählte erneut. Mit der freien Hand presste ich meine Louis-Vuitton-Reisetasche, die gerade noch als Handgepäck durchging, fester an mich. Von den Plätzen am Gang spürte ich die Blicke mehrerer Frauen, die mich taxierten. Ich gab mir Mühe, auf meinen Manolo Blahniks nicht zu schwanken. Die Augen wanderten von meiner Tasche aufwärts über meine Pelzjacke (ein kostspieliges Imitat, das sie zweifellos für echt hielten), glitten über meine französisch manikürten Fingernägel und verfingen sich kurz in meiner Frisur, bevor sie sich begleitet von mitleidsvollem Kopfschütteln abwandten. *Reichtum schützt nicht vor geistiger Verwirrung*, würden sie sich zutuscheln, sobald ich an ihnen vorbei wäre. Recht hatten sie. Das hätte ich ihnen sogar schriftlich gegeben.

In der Wohnung meines Nachbarn klingelte das Telefon immer noch unbeantwortet. Ich wiederholte das Spiel, legte auf und wählte erneut. Vor dem Cockpit wünschte mir die Flugbegleiterin einen angenehmen Aufenthalt und lächelte auf eine Art, die mir wohl signalisieren sollte, dass sie mich erkannt hatte. Das Ehepaar vor mir hatte sie lediglich mit einem knappen »Wiedersehen« verabschiedet.

SARAH   157

»Was gibt's?«

Der Mann aus der Wohnung gegenüber von meiner schaffte es, gleichzeitig verschlafen und atemlos zu klingen.

»Ich bin gelandet.« Ich stoppte auf der Gangway. Was hatte ich ihm eigentlich sagen wollen? Kurz war ich versucht, gegen den Strom in das Innere des Flugzeugs zurückzulaufen, in der Hoffnung, dort die Worte aufzulesen, die ich mir vorhin so perfekt zurechtgelegt hatte.

»Die sind sogar echt. Kein Wunder, dass es gerochen hat wie im Blumenladen.« Eine Frauengruppe zog lachend an mir vorbei. Ich erkannte die Trullas, die mich eben so aufmerksam gemustert hatten.

Durch das Telefon hörte ich ein Gähnen.

»Ich bin gelandet, und vorher habe ich es hinter mich gebracht.«

Das Gähnen brach ab. »Was hast du hinter dich gebracht?«

Eine Mutter lief mit einem Mädchen an der Hand an mir vorbei. Die Kleine drehte sich so fasziniert nach mir um, dass sie gegen einen der Flughafenrollstühle stolperte, die dort abgestellt worden waren. Ich setzte mich wieder in Bewegung.

»Na ja … das eben. Worüber wir immer gesprochen haben.«

Jetzt schien er hellwach. »Du hast Nein gesagt?«

»Laut und deutlich. Und dann bin ich weggerannt.«

Er brauchte einen Moment, um sich zu sammeln. »Das … Wow.«

»Du weißt, was das heißt. Du kommst zu der Adresse, die ich dir nenne. Wir müssen feiern.«

Sein Schweigen war so intensiv, dass ich schon befürchtete, die Verbindung wäre abgebrochen. Doch dann hörte ich ihn sich räuspern. »Heute ist schlecht. Ich bin gerade mit Sabina beschäftigt.«

Ich lachte. »Sie ist es gewohnt, dass du sie schlecht behandelst. Gib ihr ein Rätsel auf, sie wird beschäftigt sein, bis du wieder Zeit für sie hast.«

Inzwischen hatte ich die Gepäckausgabe erreicht. Mein Kleiderkoffer rutschte gerade auf das Förderband, das optisch passende Beauty Case folgte. Ich nannte den Namen des Restaurants und die Adresse.

»Wo soll das sein?«

»Frankfurt.«

»Das sind über hundert Kilometer von hier!«

»Du hast noch zweieinhalb Stunden. Wir sehen uns um acht.« Ich musste mich beherrschen, um nicht laut loszulachen. »Ich freu mich!«, sagte ich noch schnell, bevor ich das Gespräch beendete und zu meinem Gepäck stöckelte. Ein sonnengebräunter Typ in Trainingshosen und Lederjacke zog mir den Koffer vom Band und reichte mir die Kosmetiktasche. Sein Gesicht glänzte ölig. In meiner Jackentasche kündete das vibrierende Handy von der Ankunft einer SMS.

»Dankeschön.«

Ich schenkte dem Grillhähnchen mein strahlendes Lächeln und schob zum Taxistand.

Ich hatte eine Schwäche für Machos. Große, tapsige Kerle, die vor dem Spiegel ihren Bizeps spielen ließen und mit ihren ausladenden Schultern die Unbill der Existenz von mir abschirmten. Ich mochte die Selbstgewissheit, mit der sie davon ausgingen, alles genau richtig zu verstehen. Ganz gleich, ob es sich um den Motor einer Harley handelte, die strategisch angemessene Aufstellung einer Fußballmannschaft, Hintergründe politischer Fehlentscheidungen oder den Einfluss von Training und Nahrungsergänzungsprodukten auf die Stoffwechselprozesse des Körpers.

Insofern war Andi der perfekte Mann für mich gewesen. Ich hatte ihn vor zwei Jahren auf einer Party kennengelernt. Zu diesem Zeitpunkt war ich zumindest schon lange genug im Geschäft, um zu wissen, dass es für ein gutes Auskommen nicht reichte, als Model »entdeckt« worden zu sein. Meine Setcard in der Kartei einer eher kleinen Agentur zog Aufträge nicht gerade magisch an. Was ich dummerweise erst realisierte, nachdem ich die Schule geschmissen hatte. Wieder bei meinen Eltern einzuziehen, war keine Option gewesen. Schließlich hatte ich ihnen erst in langen Streitgesprächen erklärt, dass Modeln mein Traumjob sei. Also reiste ich von einem Casting zum nächsten und machte Partys zu meinem Beruf. Nicht das Feiern, wie meine Mutter abfällig unterstellte. Es war lange her, dass ich auf einer Party tatsächlich gefeiert hatte. Ich perfektionierte eher das Gespür, die richtige Party auszuwählen, dort das richtige Kleid zu tragen und mich mit den richtigen Menschen auf dem roten Teppich fotografieren zu lassen. Die Jobs ergaben sich meist zufällig. Hier ein Shooting für ein nachhaltiges Modelabel, dort eine Werbebroschüre für selbstreinigende Fensterverglasung. Größere internationale Jobs waren damals noch Fehlanzeige, aber selbst wenn ich alles absagte, was nach Escort roch, konnte ich von den Einkünften ganz passabel leben.

Bei einer dieser Gelegenheiten traf ich auf Andi. Breite Schultern, noch breiteres Lächeln, raumfüllendes Ego. Nicht ganz so braungebrannt wie das Grillhähnchen vom Flughafen, aber doch deutlich genug, um ahnen zu lassen, dass er sich entweder eine Dauerkarte für das Solarium oder mehrmals im Jahr Sonnenurlaub leisten konnte. Letzteres war der Fall. Vornehmlich Karibik, Seychellen oder Malediven. Und im Winter Skiurlaub in Graubünden. Andi war nicht irgendein Fitnesscoach. Er arbeitete mit Prominenten. Brachte Schauspielerinnen nach der Geburt wieder in Form und half Top-Managern, ihrer Angst vor einem Herzinfarkt auf dem Laufband davonzulaufen. Bei einem Glas Prosecco-Orange erklärte er mir, wie ich Balance in mein Leben bringen und meine Ausstrahlung von innen heraus verbessern könnte. Das Leuchten seiner tiefblauen Augen garantierte für seine Worte.

Wir wurden ein Team. Andi trainierte mich, coachte mich, managte mich. Er wusste genau, was zu tun war, es fiel ihm alles so leicht. Ich modelte für die Fitnessstudios, die er betrieb. Er kombinierte Trainingspläne mit Diäten und Nahrungsergänzungsprodukten und verlangte für die Mitgliedschaft ein Vielfaches der herkömmlichen Muckibuden. Die Bewohner der Villenviertel wussten es zu schätzen. Über Andis Kunden kam ich an mein erstes Modeshooting. Die Redakteurin einer Frauenzeitschrift lud mich zu einem Umstyling ein und war von meiner künstlichen Erblondung so begeistert, dass sie mich gleich noch für eine Lingerie-Fotostrecke in einem Industriepark buchte. Andi war ebenfalls dabei. Nur um sicherzugehen, dass die Finger des Fotografen ausschließlich mit seiner Kamera beschäftigt waren. Danach gingen wir feiern. Zu zweit. Wir waren ein Team und wurden ein Paar. Andi trug mich auf Händen. Er schrieb mir Gedichte und streute Rosenblätter auf das Bett – jedes Mal, wenn wir uns trafen. Unsere Freunde waren begeistert. Sobald wir irgendwo zusammen auftauchten, gurrten sie entzückt: »Ihr seid so süß zusammen!« Andi überhäufte mich mit Komplimenten. Schleppte Blumen an. Die perfekte Beziehung war für ihn so leicht, so selbstverständlich richtig und so verblüffend unkompliziert. Währenddessen fragte ich mich, ob er wirklich so vernarrt in mich war oder in das, was ich darstellte. Ich fragte ihn, ob er nie Angst hätte, dass der Traum plötzlich vorbei sein könnte. Er wischte die Frage zusammen mit dem Obstsaft weg, der aus dem Mixer gespritzt war, weil ich den Deckel nicht richtig geschlossen hatte. Zweifeln war nicht erlaubt. Es sei denn, ich weigerte mich auszuführen, wozu die Rosenblätter auf dem Bett einluden. Dann war er es, der ins Grübeln versank. Der sich fragte, was er falsch gemacht hatte, wie es sein konnte, dass ich ihn abwies. Der ganze starke, selbstsichere Kerl mutierte zu einem jämmerlichen Häufchen Selbstzweifel. Konnte es sein, dass seine biologische Ausstattung nicht hinreichte, um einer so hochgewachsenen Frau …?

Meistens erbarmte ich mich. Es lag ja nicht an ihm. Es gab nichts, was er falsch gemacht hatte.

Er wollte, dass ich ihn bewertete. Wir seien ein Paar, sagte er, da sei es nur natürlich, dass wir über alles redeten. Die meisten Beziehungen scheiterten, weil die Partner nicht offen über ihre Wünsche sprachen. Er wollte mich glücklich machen. Wenn ihm das nicht gelang, wolle er sich verbessern.

Zu meinem Geburtstag entführte er mich auf die Malediven. Sein krampfhaftes Bemühen, mir dort den Sex meines Lebens zu bescheren, legte sich wie ein Schatten über Dialoge und Erlebnisse. Erst nachdem ich einen an Nachmittag »vergessen« hatte, mich einzucremen, und meine schmerzhaft brennende Haut jegliche Berührung ausschloss, wurde Andi wieder lockerer. Er legte mir nasse, kalte Handtücher auf das Dekolleté und erzählte schmutzige Witze, bis wir beide Tränen lachten. Wenn wir nach unserer Heimkehr auf den Urlaub angesprochen wurden, mussten wir uns nur ansehen und kicherten schon los wie die Teenager. Was so ziemlich jeder in unserem Freundes- und Bekanntenkreis *super-süß* fand.

»Da wären wir.«

Der Taxifahrer hielt vor dem Steigenberger Frankfurter Hof und wuchtete meinen Koffer aus dem Heck. Sofort eilte ein Page herbei und lud das Gepäck auf einen Messingwagen. Ich bezahlte das Taxi und wurde durch ein erneutes Vibrieren meines Handys daran erinnert, dass ich meinem Nachbarn auf seine SMS von vorhin noch nicht geantwortet hatte. Blieb nur zu hoffen, dass er seitdem nicht untätig geblieben war.

Das ist ein verdammtes 5-Sterne-Restaurant!!!, hatte er geschrieben.

Bravo. 1a Recherche. Was für eine Antwort erwartete er?

Was soll ich anziehen???, kam es nun immerhin konkreter.

Etwas, was zu meinem Abendkleid (dunkelblau mit silber) passt.

*F***!*

Ich lachte leise. Ihm würde schon etwas einfallen. Dessen war ich mir sicher. Schließlich hatte er früher mal ein Leben gehabt, wie er mir mehr als einmal versichert hatte. Ich schob das Handy zurück in meine Tasche und trat auf die Rezeption zu, um mich anzumelden.

»Frau Seiffert?« Die Dame in der Hoteluniform studierte meine Reservierung aufmerksam. »Sie hatten das … barrierefreie Zimmer gebucht?«

»Das ist richtig.« Meine Stimme klang fest, aber ich spürte, wie mein Herz in meinen Hals hochschlug. Erst als ich die Zimmertür mit der Magnetkarte geöffnet und das riesige, ebenerdige Bad inspiziert hatte, beruhigte sich mein Puls.

Ich musterte mich in dem sanft beleuchteten Spiegel. Die Blumen in meiner Frisur sahen immer noch erstaunlich frisch aus. Nur der Kamm hatte gelitten, weil ich den daran befestigten Schleier kurzerhand abgeschnitten und dabei auch den äußeren Zinken erwischt hatte. Das Flechtwerk meiner Haare, an dem sich Jean-Claude heute Morgen verkünstelt hatte, war noch intakt. Lediglich die ehemals perfekten Korkenzieherlocken hingen jetzt strähnig links und rechts neben meinem Gesicht herab. Aber wozu hatte ich einen Lockenstab im Gepäck? Ich befühlte vorsichtig die weißen Gardenien.

Bei der Hochzeit mit Andi hatte ich keine Blumen im Haar gehabt. Ihm gefiel ein eleganter, klassischer Stil an mir, deshalb war mein Brautkleid bis zu den Schenkeln herab hauteng gewesen, und in meinem Haar hatten Schmucksteine gefunkelt. Ich schloss die Augen.

Die Hochzeit mit Andi.

Schon der Gedanke daran löste tiefe Scham in mir aus. Er und ich vor dem Altar. So weit hätte es nie kommen dürfen. Aber ich hatte versäumt einzulenken. Meine Signale waren zu schwach gewesen. Zu missverständlich. Unsere Beziehung nach außen hin zu perfekt, um jemanden misstrauisch werden zu lassen. *Sarah? Natürlich ist sie glücklich mit ihrem Andi.* Niemand zweifelte. Und ich bezweifelte meine Zweifel.

An der Tür klopfte es. Ich nahm dem Pagen mein Gepäck ab, gab ihm Trinkgeld und schloss die Tür hinter ihm. Dann hängte ich meine Jacke an die Garderobe, schlüpfte aus den High Heels und warf mich bäuchlings quer über das Doppelbett. Auf dem Handy war eine weitere Nachricht eingegangen.

Krawatte kannst du vergessen.

Ich antwortete mit einem Zwinker-Smiley.

Ich hätte auch Andis Antrag mit einem Zwinkern beantworten sollen. Aber den Augenblick hatte ich verpasst.

Wir hatten damals einen super Lauf, Andi und ich. Ich hatte meine ersten internationalen Shootings, seit mich ein Hamburger Modepapst taktvoll als »Kate Moss mit Titten« tituliert hatte. Andi hatte es inzwischen ins Fernsehen geschafft. Er gab den Coach in einer Abnehm-Show für Frauen. Zur Live-Übertragung des Halbfinales lud er mich ins Studio ein. Er hatte mir einen Platz in der ersten Reihe reserviert. Dort saß ich mit meiner Freundin Eva und verfolgte die Entwicklungsvideos der Kandidatinnen und ihre anschließenden Auftritte als perfekt durchgestylte Figuren, die sich selbst nicht mehr glichen. Vor der Werbeunterbrechung kündigte Andi eine »Überraschung« an, für die er die Mithilfe des Publikums einforderte. Dann geschah alles wie im Film. Das Licht ging aus bis auf zwei Scheinwerferkegel auf der Bühne. In einem stand Andi, der mich zu sich rief. Hilfesuchend warf ich einen Blick auf Eva, aber sie hatte die Hände vor den Mund geschlagen und bedeutete mir nur mit glänzenden Augen, nach vorn zu treten. Was ich tat. Und kaum war ich vorn, fiel Andi vor mir auf die Knie. »Meine liebste Sarah, ich wollte es dich schon fragen, als ich dich zum ersten Mal sah: Willst du meine Frau werden?« Von irgendwoher zog er ein Kästchen, klappte es auf und hielt mir einen funkelnden Diamantring vor die Nase. »Nein, wie romantisch!«, hörte ich Eva schluchzen, während ein gerührtes *Awwww* durch das Publikum ging. Plötzlich gingen überall im Studio Feuerzeuge an. Ich stand da, die Hände vor das Gesicht geschlagen, eine Kopie von Eva. Mein einziger Gedanke war, dass Andi aufstehen musste. Sofort. Aber da er sich nicht rührte, ging ich neben ihm auf die Knie und umarmte ihn. Inzwischen heulte ich wie ein Schlosshund, und die Moderatorin hauchte mit Samtstimme ins Mikrofon: »Die angehende Braut ist sprachlos vor Rührung.«

»Steh auf«, flüsterte ich in Andis Ohr, meine Finger krampften sich in seine Schultern.

»Hilfst du mir hoch?«

»Ja.«

»Sie hat Ja gesagt!«, brüllte Andi so laut, dass ich zusammenzuckte. Er war schneller auf den Beinen, als ich nach Luft schnappen konnte, und hatte mich mit sich hoch und in eine innige Umarmung gezogen. Das Publikum applaudierte frenetisch, während aus den Lautsprechern Whitney Houston voller Inbrunst »I will always love you« sang.

Eva war die Erste, die gratulierte. Aber wie sich herausstellte, war unser halber Freundeskreis anwesend. Sogar meine Mutter.

»Kind, dass du mal so einen tollen Mann kennenlernen würdest, hätte ich nie gedacht.«

Ich nickte sprachlos. Meine Augen glänzten, ganz sicher gab ich das Bild einer wunderschönen, zutiefst bewegten Braut in spe ab. Wir feierten ausgiebig, und ich übertrieb es mit dem Champagner. Ich ging vor Andi ins Hotel und schlief sofort ein.

Die Hochzeit erfolgte eine Woche später. Wie sich herausstellte, hatten Andi und unsere Mütter bereits alles vorbereitet. Sogar mein Hochzeitskleid hing fertig im Schrank der Hotel-Suite, in die wir über das Wochenende einzogen. Wir waren umgeben von glücklichen Menschen. Am Abend vor der Trauung zog ich Eva und meine Mutter ins Vertrauen. Dass ich mir unsicher sei. Dass es mir zu schnell ginge. Beide versicherten mir, diese Art Torschlusspanik sei ganz normal. Meine Mutter fügte noch mahnend hinzu, ich solle da vorne am Altar bloß keinen Fehler machen.

Ich machte doch einen Fehler.

Ich folgte dem Drehbuch. Zog das Kleid an. Nahm die Blumen. Lächelte in die Kameras. Sagte Ja. Küsste Andi. Tanzte mit ihm. Und am Abend unserer Hochzeitsnacht sagte ich ihm, dass ich nicht mehr konnte.

Was folgte, war der Verlust meines Mannes, meiner Eltern und fast aller meiner Freunde. Ich konnte verstehen, dass sie enttäuscht waren. Vor allem Andi verstand ich. Aber von meinen Eltern und meinen Freundinnen hätte ich erwartet, dass sie mich nach dem anfänglichen Schock trösten und unterstützen würden. Stattdessen versicherten sie sich gegenseitig meines »schwierigen Charakters« und verlangten, ich solle mich »wieder einkriegen«. Andi und ich vollzogen die Ehe kein einziges Mal. Dennoch verweigerte er sich einer Scheidung, versprach, er würde mir Zeit geben, damit ich mich an meine neue Rolle als Ehefrau gewöhnte. Aber ich wollte mich nicht an etwas gewöhnen, das sich so falsch anfühlte. Ich zog aus. Meine Mutter konnte nicht glauben, dass ich das meinem armen Mann tatsächlich antat.

Über eine Beratungsstelle für Frauen, deren Männer sich einer Scheidung verweigerten, lernte ich Angela kennen. Sie war im Hauptberuf Krankenschwester, lesbisch und nach der Scheidung ihrer ebenfalls homosexuellen Mutter als ehrenamtliche Beraterin zum Thema Trennungsjahr tätig. Ich verließ Andi zwar nicht für eine Frau, aber Angela hatte mir trotzdem geholfen. Andi hatte sich nichts zuschulden kommen lassen. Das verband ihn mit den Männern, die für Frauen verlassen wurden. Auch sie glaubten, ihre Partnerinnen würden irgendwann wieder »normal« werden.

Mein Handy vibrierte, und ich schrak hoch. Offenbar war ich kurz eingenickt.

Ich fahre jetzt los, schrieb mein Nachbar. *Drück die Daumen, dass nirgends Stau ist. Ich habe länger gebraucht als geplant.*

Womöglich war mein Schläfchen nicht ganz so kurz gewesen. Draußen dämmerte es bereits. Ich rappelte mich auf, schaltete das Licht an und hängte das blaue Kleid auf einen Bügel. Der Stoff war so elastisch und fließend, selbst nach den Stunden im Koffer war es unnötig, es noch einmal zu plätten. Im Bad ließ ich lauwarmes Wasser einlaufen und wusch mich sitzend in der Wanne, ohne meine Frisur zu berühren oder durch zu viel feuchten Dampf zu schädigen.

Leon war unterwegs. Der Gedanke ließ mich lächeln.

Mein Nachbar hatte nicht geöffnet, als ich in der ersten Woche nach meinem Einzug die Vorstellungsrunde durchs Haus gemacht hatte. Dabei war ich mir sicher, dass er da war. An der Straße stand sein schwarzer Volvo auf einem Behindertenparkplatz, und sogar durch die Wohnungstür hörte ich leise seinen Fernseher.

Leon stellte sich zwei Wochen später selbst vor. Es war ungefähr ein Uhr nachts, als er klingelte. Ich dachte, es sei Andi mit einem seiner Versuche, »noch einmal über alles zu reden«. Ich wollte nicht öffnen, schlich aber zur Tür, um durch den Spion zu sehen. Statt Andi mit einem Arm voller Rosen sah ich einen Typen im Rollstuhl vor meiner Fußmatte. Jeans, Cowboystiefel, Lederjacke. Lange Haare. Unrasiert. Ich hatte ihn noch nie gesehen, aber dass er jetzt vor meiner Tür stand, konnte nur bedeuten, dass er Hilfe brauchte. Sofort öffnete ich die Tür.

Die Art, wie er mich ansah, erinnerte mich schlagartig daran, dass ich lediglich ein rauchgraues Negligé und einen passenden Slip trug.

»Hi. Ich bin Leon. Ich dachte, ich stelle mich mal vor: Leon, der Profi. Na ja, Profi musst du nicht dazu sagen.« Er lachte rau, machte keine Anstalten, mir die Hand zu geben. Ich roch den Alkohol. »Ich dachte … vielleicht könntest du mir ins Bett helfen.«

Als ich schwieg und nur die Tür ein paar Zentimeter näher an mich zog, als fürchtete ich, er könnte im nächsten Moment in den Spalt springen und in meine Wohnung drängen, fuhr er fort: »Es ist nämlich so, dass ich mein Rollstuhlkissen verloren habe. Jetzt sitze ich acht Zentimeter tiefer und für den Transfer ins Bett schaffe ich es nicht über das Rad. Ich hab's schon mal probiert. Hab nicht genug Kraft in den Armen. Also kann ich mir jetzt aussuchen, ob ich mich aus dem Stuhl stürze und auf dem Boden penne oder sitzend am Küchentisch. Oder du hilfst mir.«

Langsam erwachte ich aus meiner Versteinerung. »Wie kannst du ein Kissen verlieren, auf dem du sitzt?«

Leon fuhr sich mit einer Hand durch die Haare, vielleicht damit ich nicht sah, wie er die Augen verdrehte. Ich sah es trotzdem.

»Wir waren feiern. Ich bin ins Auto eingestiegen, hab das Kissen aufs Dach gelegt und den Rollstuhl eingeladen. Dann hab ich die Tür zugemacht und bin losgefahren. Weg war das Kissen.«

»Du bist Auto gefahren? Betrunken?«

Einen Moment sah er zerknirscht aus.

»Ich war allein im Auto.«

»Aber wohl kaum allein auf der Straße. Du hättest die Zahl der Verkehrstoten erhöhen können. Oder die der rollstuhlfahrenden Zyniker. Du bist ein Idiot, Leon. Von wegen Profi.«

»Hilfst du mir trotzdem?« Er sah von unten zu mir auf, und sein flehender Blick traf mich mitten …

»Warte.«

Ich lehnte meine Wohnungstür an und verschwand nach drinnen, um mir etwas zum Anziehen zu suchen. Ich fand ein blau-weiß gestreiftes Oversize-T-Shirt, das mir bis zu den Knien ging, zog es über und schlüpfte in meine Flipflops. Leon hatte sich im Hausflur umgedreht und starrte gelangweilt die Briefkästen an.

Seine Wohnung war das spiegelverkehrte Pendant zu meiner. Ich hatte sie einmal betreten, als Leons Vormieter noch hier wohnte, ein chinesischer Lebemann mit einem obszön riesigen Bett, in dem er mehrmals die Woche unterschiedliche Frauen empfing. Jetzt war von dem Bett keine Spur, und obwohl ich gehört hatte, dass Leon die Wohnung möbliert übernommen hatte, erinnerte nichts mehr an den Chinesen. Das Wohnzimmer war fast leer. Eine auf Zeitschriftenstapeln abgelegte Glasplatte diente als Schreibtisch. An der Wand zur Linken war eine sechs Plätze lange Sitzreihe, möglicherweise aus einem alten Kino, angebracht. Die roten Klappsessel waren von sechsundzwanzig bis einunddreißig durchnummeriert, der Stoff vorn an den Sitzflächen abgerieben. Vor dem Fenster standen oder besser hingen Ober- und Unterkörper dreier Schaufensterpuppen in Lederklamotten. Die bizarrste Veränderung war jedoch die im Flur und im Schlafzimmer schwarz gestrichene Decke. Darauf befestigt waren, mit der Sohle voran, Dutzende Schuhe. Die meisten davon Cowboy- oder Bikerstiefel, ich sah aber auch Sneaker und Chucks. Alle klebten kopfüber mit der Sohle an der schwarzen Decke, über ihnen lagen Sprühstreifen von Metallic-Lack. Es sah aus, als folgten die Schuhe imaginären Wegen durch die Milchstraße.

»Also?«, fragte Leon.

Er war neben sein Bett gerollt, ein normales Doppelbett mit automatisch verstellbarem Kopfende, dessen zweite Hälfte aus einer Halde von Klamotten, Wasserflaschen, Gebäck- und Süßigkeitentüten, diversen Fernbedienungen, Büchern, CDs und losen Zetteln bestand. Ich sah ihn an. Seine Hände lagen locker auf seinen Reifen, und plötzlich fiel mir ein, dass ich nicht die leiseste Ahnung hatte, wie ich ihn ins Bett bekommen sollte. Er mindestens so groß wie ich, eher größer, mit Sicherheit schwerer, und er war zur Hälfte gelähmt.

»Äh … Wie machen wir das jetzt am besten?«

Er musste meinen panischen Blick bemerkt haben, denn er grinste ein wenig schief.

»Jetzt entspann dich erst mal. Ich hab nicht bei dir geklingelt, weil ich dich für eine Bodybuilderin halte. Du musst mich nicht tragen. Nur ein bisschen unterstützen.«

Er ignorierte meine offensichtliche Erleichterung ebenso wie meine Scham darüber und erklärte mir stattdessen, wie ich mich schräg hinter ihn zu stellen und den Bund seiner Jeans zu fassen hatte.

»Ich zähle, und bei drei hebst du mit an und hievst mich rüber.«

Nervös nickte ich und versuchte, nicht so genau hinzusehen,

als er in seinem Rollstuhl nach vorn rutschte, sich mit einer Hand festhielt und mit der anderen erst den einen, dann den anderen Fuß von der Fußraste schob. Etwas umständlich stützte er sich mit einer Hand auf dem Reifen, mit der anderen auf der Matratze ab. Sein Oberkörper war so weit vorgebeugt, dass Kopf und Knie zwei Punkte einer imaginären Linie bildeten.

»Okay?«

Ich besann mich und schob die Finger in seinen Hosenbund. Sein T-Shirt war schon vorher herausgerutscht. Ich spürte seine Haut: warm und weich. Leon zählte. Bei drei hob ich ihn an, er stemmte sich hoch und saß im nächsten Moment auf der Matratze.

»Wie?«, entfuhr es mir überrascht. »Das war's schon? Das war ja total leicht.«

Sein Gesichtsausdruck verriet, dass er auf diese Feststellung auch gut hätte verzichten können.

»Und jetzt?«, fragte ich unsicher, während Leon ein Bein nach dem anderen auf das Bett zog und sich dann erschöpft in sein Kopfkissen sinken ließ. Kurz sah er mich an wie ein Wesen von einem anderen Stern, das sich fälschlicherweise neben seiner Schlafstätte materialisiert hatte, obwohl die Zieleingabe in den Bordcomputer »Omeganebel« gelautet hatte.

»Nichts. Das war's. Danke.«

Ich starrte ihn an.

»Willst du nicht … Zähne putzen?«

Er fing plötzlich an zu lachen und konnte kaum aufhören. Er war wirklich betrunken. Und wirklich hübsch, wenn er lachte. Ich wandte den Blick ab.

»Warte.«

»Nein.«

Er lachte immer noch, aber ich spürte, dass er mir nachsah, als ich in seinem Bad verschwand. Ich griff seine Zahnbürste, Zahnpasta und schnappte mir aus der Küche eine leere und eine volle Mineralwasserflasche. Zurück im Schlafzimmer warf ich alles auf die Halde in seinem Bett.

»Idiot Leon. Dass du besoffen Auto fährst, konnte ich nicht verhindern. Dass du Karies riskierst, schon.«

»Zieh die Tür einfach hinter dir zu«, rief er mir nach, als ich durch den Flur zu seiner Wohnungstür ging.

»Nein. Warte.«

Ich hörte ihn hinter mir stöhnen, aber ich lief in meine Wohnung zurück, holte Andis Hanteln und schleppte sie zu Leon nach drüben. Ächzend lud ich sie ebenfalls neben ihm im Bett ab. Er sah mich verdutzt an.

»Und was soll das jetzt werden?«

»Statt dich im Bett häuslich einzurichten, kannst du zur Abwechslung ja mal ein bisschen trainieren.«

»Glaubst du, ich will Frauen beeindrucken, oder was?«

Ich ignorierte seinen Einwurf. »Dann schaffst du es künftig vielleicht allein ins Bett. Ich kündige nämlich schon mal an, dass ich dir nicht noch einmal helfe, wenn ich mitkriege, dass du dich besoffen hinters Steuer setzt. Und außerdem …«, ich sah ihm fest ins Gesicht, »… glaube ich tatsächlich, dass du Frauen beeindrucken willst. Das ist nämlich Teil deiner Macho-DNA. Gute Nacht, Leon-Profi-Idiot.«

In den Tagen danach sah und hörte ich nichts von meinem Nachbarn. Ich fragte mich, wie er es geschafft hatte, wieder in seinen Rollstuhl zu kommen. Keiner von uns hatte daran gedacht, ein Ersatzkissen in den Stuhl zu legen.

In dieser Zeit hatte Andi sich angewöhnt, mir täglich nach seiner Arbeit einen Besuch abzustatten. Oft verpasste ich ihn, weil ich selbst für einen Job unterwegs war. Dann fand ich bei meiner Rückkehr Blumen oder Pralinen auf meiner Fußmatte vor, begleitet von kleinen, flehenden Briefen. An dem Abend, als ich Leon wiedersah, war ich müde und gestresst nach einem Telefonat mit meiner Mutter. Ich wollte nur noch meine Ruhe. Da sah ich vom Wohnzimmerfenster Andi mit dem Auto durch unsere Straße fahren. Er suchte einen Parkplatz. Dann würde er klingeln. Plötzlich befiel mich regelrechte Panik vor einem Wiedersehen mit ihm. Ich wollte nicht reden, nicht mit ihm, nicht über »uns«. Ohne länger darüber nachzudenken, stürmte ich aus der Wohnung und klingelte bei Leon. Er öffnete nicht. Ich klingelte wieder. Und wieder. Schließlich klingelte ich Sturm. Als ich realisierte, dass er nicht öffnen würde, sah ich Andi mit seinem unvermeidlichen Blumenstrauß bereits den Weg auf die Haustür zugehen. Ich wirbelte herum, zerrte meinen Schlüsselbund aus der Hose. Herrgott, warum hatte ich ihn in die Hosentasche gesteckt? Kaum hatte ich den Schlüssel ins Schloss gesteckt, öffnete sich die Haustür, und Andi trat ein. Jemand musste genau in diesem Moment auf den Türöffner gedrückt haben.

»Sarah?«

Ich holte tief Luft.

»Ich habe keine Zeit.« Ich stellte mich vor meine Tür, als wollte ich ihm den Zutritt verwehren, dabei hatte ich noch nicht einmal aufgeschlossen. »Ich will dich nicht sehen. Ich will nicht mit dir reden. Ich will, dass du wieder gehst.«

»Bitte, Sarah, lass mich wenigstens kurz … Du hast dich so verändert …«

»Verschwinde!« Ich schrie es mitten in Andis ungläubiges Gesicht.

»Sarah, ich bitte dich, wir müssen reden …«

»Nein!« Tränen schossen mir in die Augen. Da war es, das Nein, das schon viel früher hätte kommen müssen. Zur Bekräftigung schlug ich mit der Faust gegen die Wand.

Im nächsten Moment öffnete sich die Tür. Nicht meine. Sondern die gegenüber.

»Gibt es ein Problem?«

Leon rollte in den Flur. Er trug … Ich schluckte. Er trug eine blaue Jeans. Sonst nichts. Aus seinen Haaren tropfte Wasser auf seine Schultern. Ich bemerkte Narben an seinem Schlüsselbein und auf seiner Brust. Seine nackten Füße auf der Fußstütze seines Rollstuhls wirkten weich und verletzlich – ganz im Gegensatz zu seinem Blick, der sich mit finsterer Entschlossenheit in Andi bohrte. Der schwenkte die Blumen wie eine weiße Fahne.

»Alles gut. Ich bin der Ehemann.«

»Das tut mir leid.«

Leon rührte sich nicht. Auch Andi und ich standen still. In einem Anfall von Minderwertigkeitskomplex fragte ich mich, ob mein Nachbar mich für eine so schlechte Partie hielt, dass er Andi deswegen bemitleidete.

»Vielleicht sollten Sie Ihren Personenstand noch einmal überdenken. Allein.«

Leon wirkte ruhig. Wie einer dieser Engel auf den Friedhöfen, die über den Gräbern wachen und Schutz und Trost spenden. Als Kind am Grab meiner Großmutter hatte ich mir gewünscht, ein solcher Engel würde für mich lebendig werden und mich auf seinen Flügeln tragen.

Andi trat von einem Fuß auf den anderen. Sein Blick sprang zwischen Leon und mir hin und her. »Jedenfalls werden wir das sicherlich nicht zu dritt in einem Hausflur besprechen.«

Verärgert presste er die Lippen aufeinander, und da weder Leon noch ich eine Bewegung ausführten, drehte er sich plötzlich um und stürmte aus dem Haus. Den Blumenstrauß versenkte er noch schnell im Papierkübel neben den Briefkästen.

Erst als Andi die Straße erreicht hatte, sah Leon mich an.

»Hat er dich angefasst?«

Ich schüttelte den Kopf.

»Ich war langsam.«

Er beugte sich ein Stück zur Seite und zog einen Schlüssel an einer kurzen Kette zwischen seinem neuen Sitzkissen und dem Seitenteil seines Rollstuhls hervor.

»Das ist der Zweitschlüssel für meine Wohnung. Nimm ihn. Du kannst jederzeit reinkommen, wenn du keinen Bock hast auf … deinen Ehemann.«

Er verzog kurz das Gesicht zu einem spöttischen Lächeln. Es sorgte umgehend dafür, dass sich meine Beine wie Pudding anfühlten. Ich hielt den Schlüssel vor mir, während Leon sich umdrehte und zurück in seine Wohnung rollte. In dem Moment sah ich sie: die Engelsflügel auf seinem Rücken.

»Du hast Flügel«, stammelte ich.

Leon lachte trocken. »Ja. Und sie sind genauso nutzlos wie meine Beine.«

Damit verschwand er wieder in seiner Wohnung.

Zwei Stunden später benutzte ich den Schlüssel zum ersten Mal.

Ich schloss seine Tür auf und fand Leon vor laufendem Fernseher in seinem Bett. Er trug T-Shirt und Trainingshose und sah überrascht aus.

»Erstens wollte ich mich bedanken«, begann ich meinen in den letzten vierzig Minuten einstudierten Monolog. »Zweitens habe ich dir meine Telefonnummer aufgeschrieben. Wenn ich schon deinen Schlüssel habe, sollst du wissen, dass du mich jederzeit anrufen kannst. Falls du mal Hilfe brauchst. Drittens: Das mit Andi war ein Fehler. Ich habe nicht den richtigen Zeitpunkt gefunden, um Nein zu sagen, und irgendwann war es zu spät. Und viertens …«, jetzt improvisierte ich, »… ist das ein grauenhafter Film, der da läuft.«

Leon lachte leise. »Erstens: gern geschehen. Zweitens: danke. Drittens: Dann solltest du das Nein-Sagen dringend üben, bevor du in der nächsten bescheuerten Kiste landest. Und viertens … war ich das.«

Er hielt die Action-Szene auf dem Bildschirm an. Ein bärtiger Typ mit gelben Zähnen war zu sehen.

»Der?«

»Nein.« Mit der Fernbedienung spulte er das Video zurück. Ich sah zu, wie eine schwarz gekleidete Gestalt mit dem Rücken voraus aus einem Gebüsch auf ein brennendes Motorrad zuflog und mit ihm gemeinsam auf eine Brücke schwebte, deren zersplittertes Geländer sich in weniger als einer Sekunde zusammensetzte, um zu zeigen, wie das Motorrad mit einem brennenden Lkw zusammenstieß und erlosch. Dann noch einmal vorwärts. Das Motorrad, das in Flammen aufging, das Geländer durchschlug, sich beim Sturz von der Brücke drehte, der Mann, der in das Gebüsch stürzte.

»Das? Ist das … Ich meine, bist du deswegen …?«

Leon lachte wieder. »O Gott, nein. Das da hatte ich im Griff. Mit dem anderen hatte ich nichts zu tun. Bloß dass ich zufällig am falschen Ort war, als meine Schwester meinen besten Freund anrief und ihm irgendwas sagte, was ihn davon abhielt, sich aufs Fahren zu konzentrieren.«

Ich schwieg.

»Gibt es da noch mehr Szenen mit dir in dem Streifen?«, fragte ich.

Er nickte und rückte in seinem Bett zur Mitte.

Wir sahen den kompletten Film, eine billige Produktion mit schlechten Schauspielern und geistlosen Dialogen, in dem Leon sechs Bösewichte doubelte und sechs spektakuläre Tode starb. Ich spürte seine Wärme an meiner Seite. Es fühlte sich gut an. Irgendwann legte ich meine Hand auf sein Bein. Auch das fühlte sich gut an, aber nach einer Weile bemerkte ich, dass Leon sich neben mir verkrampfte.

»Ich spüre das nicht«, sagte er schließlich.

»Aber ich«, erwiderte ich.

Minuten später hatte er mich zum ersten Mal geküsst.

Die Erinnerungen an unseren ersten Kuss trieb mir noch immer die Röte in die Wangen. Ich hatte das blaue Kleid angezogen und mein Augen-Make-up erneuert. Rouge würde ich kaum benötigen, wenn ich Leon traf. Ich zog die herunterhängenden Strähnen aus meiner Hochzeitsfrisur mit dem Glätteisen zu Korkenzieherlocken und legte Lippenstift auf. Dann zog ich meine High Heels an und ließ mir von der Rezeption ein Taxi rufen.

Seit unserer ersten Nacht hatten wir uns fast jeden Tag gesehen. Es sei denn, ich war gerade für einen Job unterwegs, was immer häufiger vorkam. Anfangs huschte ich noch in seine Wohnung, um Andis Besuchen zu entgehen. Aber nachdem ich mitbekam, wie schlecht Leon nachts schlief, kam ich seinetwegen. Immer wieder hatte er Albträume, aus denen er in Todesangst erwachte.

»Vielleicht solltest du dir vor dem Einschlafen weniger Action-Szenen anschauen«, empfahl ich, aber er schüttelte nur den Kopf. Ich ahnte, dass Leon sich schwach fühlte. Er malte sich aus, wie er zu Tode kam, weil er es nicht rechtzeitig schaffte, in seinen Rollstuhl zu kommen, weil er nicht aufstehen und wegrennen, nicht aus dem Fenster springen oder die Treppe hinablaufen konnte. In seinem früheren Leben hatte er mühelos alle möglichen Gefahren gesucht – und ausgetrickst. Jetzt fühlte er sich ihnen schutzlos ausgeliefert. Er fürchtete sich sogar vor Gegenständen, die, in der Hand der falschen Menschen, für ihn zu tödlichen Waffen werden konnten.

Natürlich ließ er nicht zu, dass wir sein Trauma eingehender analysierten. Es reichte ihm zu wissen, dass ich darum wusste. Stattdessen ritt er darauf herum, wie wichtig es war, dass ich lernte, Nein zu sagen. Wenn ich ihm so zuhörte, kam ich mir bisweilen vor wie das naive Blondchen, das ich vor der Kamera mimte, wenn der Fotograf mich »Schätzchen« oder »Süße« rief. Leon hätte sich das nie erlaubt. Aber er schien ernsthaft besorgt, dass mein Wille überhört, übergangen, übertönt werden könnte – weil ich ihn selbst nicht artikulierte.

»Du musst lernen, deine Entscheidungen selbst zu treffen und dazu zu stehen. Wer sonst soll deine Meinung vertreten, wenn nicht du?«

Ich verdrehte die Augen. »Kann es sein, dass du mich gerade wie eine Fünfjährige behandelst?«

»Kann es sein, dass du den Heiratsantrag eines Typen angenommen hast, weil du vier entscheidende Buchstaben nicht über die Lippen bekommen hast? Und kann es sein, dass du diesen Mann sogar geehelicht hast, weil dir zwei Buchstaben naheliegender vorkamen? Wie soll ich sicher sein, dass du freiwillig hier bist, wenn deine Antwort sowieso immer nur Ja ist?«

Meine Lippen brachten ihn zum Schweigen.

»Ich werde es üben«, versprach ich.

Der Taxifahrer hielt mir die Beifahrertür auf, und ich ließ mich in den lederbezogenen Sitz sinken. Ich nannte das Restaurant im Palmgarten, und er nickte kurz, bevor er den Wagen in den Feierabendverkehr lenkte. Es regnete in Strömen. Hoffentlich geriet Leon nicht in Schwierigkeiten. Wir hatten uns noch nie außerhalb unserer Wohnungen getroffen. Vielleicht hatte ich zu viel von ihm verlangt. Auf meinem Handy war keine Nachricht mehr von ihm eingetroffen.

Alles gut?, tippte ich.

Und erhielt keine Antwort. Natürlich nicht. Er brauchte ja beide Hände zum Fahren. Dennoch war ich besorgt.

Ich betastete meine Frisur ,und prompt fiel mir eine Gardenie in den Schoß. Verdammt! Sie sah angegriffen aus. Ich drehte sie zwischen den Fingern und roch ihren süßen Duft.

Am Palmgarten gab ich dem Fahrer ein gutes Trinkgeld, woraufhin er einen Schirm aus dem Kofferraum holte und mich bis zur Tür des Restaurants begleitete. Auf dem Parkplatz war Leons Volvo nirgends zu sehen. Der Taxifahrer verabschiedete sich, sobald der Ober mich begrüßte. Ich ließ mich an einen Zweiertisch direkt am Fenster führen und mir den Stuhl anrücken, sodass ich mich setzen konnte. Ein wenig verunsichert erkundigte sich der Kellner, ob es in Ordnung sei, dass man den zweiten Stuhl entfernt habe. Ich nickte. Abwechselnd warf ich einen Blick auf die Karte mit den Aperitifs und mein Handy. Nichts von Leon. Ich bestellte einen Kir Royal und wartete. Leon hasste es zu warten. Er regte sich jedes Mal auf, wenn ich ihm ein schnelles »Warte!« zuwarf, während ich noch einmal im Bad verschwand oder etwas aus der Küche holte. Meist lag er ohnehin im Bett. Jetzt war ich es, die wartete. Ich sah auf die Uhr. Zehn vor acht. Ich nippte an meinem Kir Royal und versuchte, mich zu entspannen.

Als ich endlich sein Auto in den Parkplatz einbiegen sah, atmete ich erleichtert auf. Inzwischen regnete es nicht mehr so stark. Ich beobachtete, wie sich die Fahrertür des Volvo öffnete. Ein Arm wurde sichtbar. Ein Rollstuhlgestell. Dann ein zweiter Arm mit einem Rad. Flinke Finger steckten das Rad an das Gestell, schon folgte das zweite. Dann das Kissen. Unwillkürlich musste ich lächeln. Leons Hand arrangierte das Kissen auf der Sitzfläche. Im nächsten Moment schwang er sich in einer einzigen eleganten Bewegung vom Fahrersitz in den Rollstuhl. Ich sah ihn nur von hinten. Aber, mein Gott … Er trug einen Anzug. Einen *silbergrauen* Anzug. Geübt zog er seine Beine aus dem Auto, setzte sich zurecht, zog Hemd, Sakko und Hose noch einmal gerade und rollte auf den Eingang zu. Mein Puls galoppierte ihm entgegen. Ich hatte nicht zu viel erwartet. Leon sah blendend aus.

Der Kellner öffnete ihm die Tür. Dabei hielt er die Tür so weit auf, dass sie hinten gegen den Garderobenständer stieß, blieb aber selbst im Türrahmen stehen, sodass Leon kaum an ihm vorbeikam. Leon sagte etwas, das den Mann lachend zur Seite treten ließ. Konnte ein einzelner Mann tatsächlich so cool sein?

Leon trug schwarze Lederschuhe und, wie ich jetzt erst bemerkte, ein dunkelblaues Einstecktuch. Passend zu meinem Kleid.

Als er mich bemerkte, breitete sich ein Lächeln auf seinem Gesicht aus, das durchaus ansteckend war.

»Scheiße, bist du schön!«, entfuhr es ihm. »Küss mich schnell, sonst zerfalle ich zu Asche!«

Ich erhob mich lachend und schloss ihn in die Arme. Seine nassen, rauen Hände hinterließen Gänsehaut auf meinen Armen. Sein Kuss schmeckte nach Aufregung und Pfefferminz. Ich spürte die Blicke des Kellners und der Gäste am Nebentisch. Als wir schließlich unsere Plätze einnahmen, hielt ich seine Hand so lange wie möglich.

»Du hast es also geschafft«, sagte ich. »Dich schick zu machen. Auszugehen. Eine schöne Frau vor Fremden zu küssen.«

Sofort mied er meinen Blick, bestellte nur schnell ebenfalls einen Kir Royal.

»Und du«, sagte er dann. »Du hast es also tatsächlich getan.«

Ich wartete, bis er mich wieder ansah, und nickte.

»Erzähl!«, verlangte er.

Ich schloss kurz die Augen und dachte an den Morgen in Paris. Dann erzählte ich. Dass ich auf den Stufen vor der Kirche ziemlich lange hatte warten müssen, weil Kevins Flug von München ausgefallen war und er über Stuttgart anreisen musste. Ich beschrieb ihm, wie fremde Leute angefangen hatten, mich zu fotografieren und mir viel Glück zu wünschen und wie das Jean-Claude amüsiert hatte. Während des Wartens war mir das Kleid immer schwerer geworden, mein Rücken hatte geschmerzt, und ich hatte Leons Trick angewendet und mir vorgestellt, wie ich von der Kirchturmspitze aus aussah, winzig und unbedeutend, mit noch unbedeutenderen Rückenschmerzen.

Schließlich waren Kevin und seine Leute endlich aufgekreuzt. Auch das Hochzeitsauto wurde vorgefahren, ein glänzendes Cabrio mit prachtvollem Blumenschmuck. Dann ging der ganze Spuk los. Menschen in Sonntagsgarderobe strömten in die Kirche, Jean-Claude steckte mir den Schleier fest, jemand drückte mir den Brautstrauß in die Hand. Aus der Kirche erklang die Orgel. Die Kirchentür wurde noch einmal für mich geöffnet, und ich schritt den Gang entlang, auf den Altar zu. Es war wie ein Déjà-vu. Die Menschen in den Bänken waren aufgestanden und sahen mir entgegen, in ihren Mundwinkeln bebte die Rührung. Das Licht fiel durch die hohen Glasfenster, nahm ihre Farben mit und entrollte sich wie ein Teppich vor meinen Füßen. Ich spürte die Gänsehaut auf meinen nackten Armen und erinnerte mich plötzlich wieder ganz genau, wie es mit Andi gewesen war. Wie in einem Traum, den ich nicht lenken konnte und in dem ich mich selbst von außen sah. Aber das war nicht mein Leben. Ich hatte so viele gute und richtige Entscheidungen getroffen. Wie hatte ich glauben können, in dieser Sache anderen mehr vertrauen zu können als mir selbst? Ich hob den Blick, sah dem Pfarrer ins Gesicht und dann Kevin, der selbstsicher lächelte, aber insgeheim wohl bedauerte, dass der Armani-Anzug seinen Waschbrettbauch verdeckte, den er sonst bei jeder Gelegenheit zeigte.

Die Musik verstummte, als ich ihn erreichte.

Leon sah mich aufmerksam an, wartete gespannt auf meine nächsten Worte. Über den Tisch griff ich nach seiner Hand.

»Ich habe zwei Meter vor ihm angehalten und die letzten beiden Sekunden ausgekostet, in denen mich Kevin tatsächlich ansah wie seine künftige Ehefrau. Dann habe ich ›Nein‹ gesagt. Zunächst leise, als müsste ich selbst Mut fassen, und schließlich noch einmal so laut und fest, dass jeder in der Kirche es hören konnte. Dieses zweite Nein öffnete sich wie ein Airbag zwischen meinem jetzigen und meinem früheren Ich. Plötzlich hatte ich keine Angst mehr. Ich wusste genau, was ich tat, und hatte keinen Zweifel, dass es richtig war. Ich raffte das Kleid und stürmte hinaus. Meine Rückenschmerzen waren vergessen. Das Kleid ließ mich fliegen. Wieder spürte ich die Blicke, sah, wie darin Glückwünsche üppig wie Sahnetorten allmählich ihre Form verloren, erreichte endlich die Tür und stieß ins Freie, ins blendende Licht. Draußen wartete das geschmückte Cabrio, ich stürzte hinein. Über die Schulter sah ich noch, wie Kevin und die anderen aus der Kirche gerannt kamen. Er brüllte: ›Mein schönes Auto!‹ Dann gab ich Gas.«

»Wow.« Leon grinste. »Klingt nach Befreiungsschlag.«

Er hob sein Glas und wir stießen an. Dann betrachteten wir uns eine ganze Weile einfach nur, versanken in unseren Blicken, trieben auf unseren Gedanken. Erst der Kellner zwang uns, wieder in Worten zu kommunizieren, weil er immer noch auf unsere Bestellung wartete. Als wir gewählt hatten, blitzten Leons Augen amüsiert, während sie etwas in meiner Frisur fixierten.

»Und dann hast du vom Set diesen Kamm geklaut«, sagte er.

Ich hob entschuldigend die Schultern.

»Ich hatte es eilig. Durch Kevins Verspätung hatten wir spät angefangen, und ich wollte meinen Rückflug nicht umbuchen müssen. Hey …!«

Ich fasste nach seiner Hand, aber Leon hielt den Kamm schon zwischen den Fingern. Im nächsten Moment löste sich die ganze Frisur in Wohlgefallen auf. Mein Haar fiel in dicken Strähnen über meine Schultern, Gardenien regneten auf die Tischdecke.

Leon steckte eine in die Falte seines Einstecktuchs. Er sah so perfekt aus, dass sich mein Hals zusammenzog.

»Was ist … mit Sabina?«, fragte ich.

Er stellte sein Glas ab und tippte mit den Fingerspitzen gegen die Schwungräder seines Rollstuhls, so wie andere Leute die Beine übereinanderschlagen oder mit dem Fuß wippen.

»Ich werde sie umbringen.«

»Das ist doch keine Lösung.«

»Doch.« Er fuhr fort, mit den Fingern seinen Stuhl vor- und zurückzurollen. »Letztlich hat sie es nicht anders gewollt. Sie hat sich mit dem Agenten eingelassen, um ihn dann in die Falle zu locken.«

Ich schüttelte den Kopf. »Aber du hast sie *gemocht*. Gestern noch …«

»Das macht keinen Unterschied.«

Ich hätte gern Leons Blick aufgefangen, um einen Rettungsring für Sabina hineinzuwerfen, aber er sah mich nicht an.

»Wie … wie willst du es denn machen?«, fragte ich. Es war möglich, dass er sich in der Wahl des perfekten Mittels verlor, bis er den Gedanken schließlich aufgab. Doch jetzt zog er unter seinem Hemd die Kette mit dem Amulett hervor, das ich ihm vor einiger Zeit geschenkt hatte. Es hätte ihn vor bösen Träumen schützen sollen. Stattdessen hatte es sie geweckt.

»Damit.«

Ich schluckte.

»Es tut mir leid.«

Er schüttelte den Kopf. »Muss es nicht. Am Ende ist es nur ein Job, und ich bekomme Geld dafür. Das wird auch das Letzte sein, was ich ihr sage: Wir sind alle käuflich. Nicht nur sie.«

Ich seufzte. Irgendwie war es hoffnungslos, sich für die Mädchen einzusetzen, die Leon einmal begeistert hatten. Sie endeten alle auf die gleiche Weise.

»Auftrag vom Sender?«

Er nickte. »Die Darstellerin ist schwanger. Und Erik bezahlt lieber mich für einen Mord an meiner Lieblingsfigur als jemanden, der sie doubelt.«

»Verstehe.«

Der Kellner brachte die Vorspeisen und starrte mich sekundenlang an, als hätte sich nicht meine Frisur aufgelöst, sondern ich mich selbst oder als würden mir Gardenien aus der Haut wachsen. Später sah ich ihn mit dem Barmann tuscheln.

Leon lachte. »Jetzt werden sie sich fragen, warum ich mit dir ausgehe.«

Über den Tisch schob er mir den Kamm zu. Ich stoppte seine Hand auf halbem Weg.

»Leon, ich … Bitte bewahre ihn für mich auf.«

Er sah mich an, als hätte ich seinen Rollstuhl unter Strom gesetzt.

»Sarah …!«

»Du hast gesagt, ich werde erst frei für etwas Neues sein, wenn ich herausgefunden habe, was ich nicht will, und das auch ohne falsche Höflichkeit sagen kann. Das heute war dafür die Trockenübung. Ich weiß jetzt, dass ich Nein sagen kann. Aber ich weiß auch, dass ich Ja sagen möchte. Ein richtiges, echtes Ja aus tiefstem Herzen, von dem ich weiß, dass ich es nicht bereuen werde.«

»Sarah! Du bist faktisch noch verheiratet!«

»Das Trennungsjahr ist heute um. Ich habe mit Andi telefoniert. Er hat inzwischen eine neue Freundin und wird keine Schwierigkeiten machen.«

Leon sah mich ungläubig an. »Du wohnst doch noch nicht ein Jahr in deiner Wohnung.«

»Nein. Direkt nach der Trennung wohnte ich zuerst bei Angela. Sie ist für einige Wochen mit ihrer Freundin nach Spanien gefahren und hat mir in der Zeit ihre Wohnung überlassen. Als sie zurückkam, wollte sie sie mir ganz überlassen, aber da hatte ich schon den Mietvertrag in unserem Haus unterschrieben. Leon, ich bin so gut wie geschieden.«

»Und du brauchst nicht den nächsten Problemfall.« Plötzlich richtete er seine ganze Konzentration auf das Rinder-Carpaccio auf seinem Teller.

»Das bist du nicht.«

Wir schwiegen, bis der Kellner die Teller abräumte und für den Hauptgang eindeckte.

Leon begann, über irgendwelche neuen Fernsehproduktionen zu reden, und mied das eigentliche Thema wie der Goldfisch den Feuerreifen. Erst zum Dessert unternahm ich einen erneuten Vorstoß.

»Das zwischen uns, Leon … das ist mehr. Nicht bloß Nachbarschaftshilfe. Oder tröstlicher Zeitvertreib zwischen zwei Jobs.«

Er seufzte, und es dauerte eine Weile, bis er mich endlich ansah.

»Sarah, es ist inzwischen wirklich nicht mehr so, dass ich denke, ich werde nie wieder eine Freundin haben. Wahrscheinlich wird es irgendwann passieren. Aber ich will den ersten Versuch nicht … ausgerechnet mit einem Model wagen. Ich meine, du triffst ständig tolle Typen. Kevin ist international erfolgreich …«

Ich verdrehte die Augen. »Hör mir bloß auf mit Kevin!«

Leon blieb ernst. »Ich mache dir einen Vorschlag. Du wirst für jetzt und immer meine allerbeste Freundin sein. Du wirst meine *einzige* allerbeste Freundin sein, die Position war nie besetzt und wird nie von einer anderen Frau besetzt werden. Du wirst meine allerbeste Freundin sein, die ich insgeheim anbete und der ich liebend gern die untere Hälfte meines Körpers zur Verfügung stellen würde, und ich werde immer bedauern, dass die tot ist. Darüber hinaus wirst du für alle Zeiten meine Lieblingsnachbarin sein. Die, die meinen Schlüssel hat. Okay?«

»Nein.«

Ich fragte mich, ob er das nach all den Nächten, die wir in den vergangenen Monaten in seiner oder meiner Wohnung verbracht hatten, ernst meinte.

»Nein«, wiederholte ich daher. »Das ist nicht, was ich will. Und das ist auch nicht, was du willst.«

Er legte das Besteck an den Rand seines Tellers. »Was willst du?«

»Dass du deine nächste Beziehung mit einem Model wagst. Und dass es deine letzte ist.«

»Wow …« Ich sah ihn schlucken. »Du hast … definitiv dazugelernt.«

Ich musste so herzhaft lachen, dass der Kellner sich ermutigt fühlte, an unseren Tisch zu treten, obwohl ich mein Dessert noch nicht einmal angerührt hatte.

»Entschuldigen Sie, dass ich Sie anspreche. Aber ich habe Sie erst nicht erkannt, und ich *muss* Ihnen einfach sagen, wie wundervoll Sie waren. Meine Frau und ich haben Ihren letzten Spot gesehen und Sie waren so überzeugend! Dieses Lächeln! Wir denken bei jedem Zähneputzen an Sie. Sie arbeiten doch sicher schon an einem neuen Spot?«

Leon biss sich innen auf die Wangen, vermutlich, um nicht laut loszuprusten.

»Ja, ich habe gerade heute einen abgedreht. Für ein Auto. Sie werden ihn mögen. Ich heirate in Weiß, lasse aber den Bräutigam stehen und verschwinde mit dem Cabrio.«

Leon verzog das Gesicht. Erklärungen in einem Satz missfielen ihm. Er machte sich lieber seine eigenen Gedanken. Der Kellner strahlte über das ganze Gesicht, trat unsicher von einem Fuß auf den anderen und überlegte offenbar, wie er den Augenblick, da ich mit ihm sprach, in die Länge ziehen konnte.

»Würden Sie uns bitte die Rechnung bringen?«, bat Leon mit einem liebenswürdigen Lächeln, das der Kellner nur in der ersten Sekunde erwiderte.

»Warum so eilig?«

»Es sind hundert Kilometer bis nach Hause.«

»Ich habe ein Doppelzimmer. Im Steigenberger. Barrierefrei.«

Leon bestand darauf, das Essen zu bezahlen, schließlich ging schon das Hotel auf mich. Ich erhob mich, und der Kellner eilte voraus, um uns die Tür aufzuhalten. Leon löste seine Bremsen und setzte ein Stück zurück. Ich hielt die Luft an. Auf dem Tisch neben der Kerze lag immer noch der Kamm. Leon sah mich an mit diesem Blick, der mich bei unserer ersten Begegnung im Hausflur getroffen hatte. Seine Mundwinkel schienen zu zwinkern, als er den Arm ausstreckte und den Kamm zu Blume und Einstecktuch in seine Brusttasche schob.

»Let's go«, sagte er.

Der letzte Mord

Es war gut möglich, dass es ihr anfangs unheimlich gewesen war, mit einem Mörder zusammenzuleben. Aber dann hatte sie sich daran gewöhnt. So wie andere frisch vermählte Frauen den Schalen seines Frühstückeis noch im Kompost mit einer gewissen Zärtlichkeit nachschauen, so sah ich sie bald die Überreste meiner Leichen betrachten. Sie tat es meist mit diesem bestimmten Lächeln, das Frauen aufsetzen, wenn sie nicht im Traum daran denken, die Gedanken, die dieses Lächeln begleiten, jemals einer sterblichen Seele mitzuteilen. Ich schaute ihr dann – meist vom Bett aus – zu und machte mir so meine Gedanken über die Anpassungsfähigkeit der Frau.

Frauen erstaunen uns Männer immer wieder. Sie gewöhnen sich an die ungewöhnlichsten Dinge. Und zwar mit einer Selbstverständlichkeit, die jeden Mann aus der Fassung bringt. Es scheint, als gäbe es nichts, womit sich eine Frau nicht abfinden könnte. Hat ihr Ehemann ein Faible für Modellflugzeuge, so besorgt sie sich eine wetterfeste Jacke, um ihn an die windigsten Hänge zu begleiten. Liebt er Erdnüsse und Himbeerjoghurt, wird sie dafür sorgen, dass stets reichlich von beidem vorhanden ist. Und wenn ihr frisch angetrauter Gatte eben Spezialist für ausgefeilte Morde ist, dann überzeugt sie sich am Morgen danach mit eigenen Augen, ob die Tat gelungen und das Opfer entsprechend mausetot ist. So ist es mit den Frauen, und dafür sollten sie wahrhaftig bewundert werden. Mehr als die Blüten der *Opuntia leucotricha* oder die Tempel von Luxor.

Männer dagegen – solche wie ich oder solche, die ich umbringe – finden sich mit fast gar nichts ab. In meinem Fall kann man sogar sagen, dass ich mich nicht einmal mit mir selbst abgefunden habe. Ja, vielleicht am allerwenigsten mit mir selbst. Aber das tut jetzt nichts zur Sache. Viel wichtiger ist, dass meine Leistungen seit einiger Zeit nachgelassen haben. Ich weiß das. Was Sarah da so manchen Morgen vorfindet, ist weit davon entfernt, perfekt zu sein. Ja, die stümperhafte Ausführung mancher Tat lässt sogar daran zweifeln, dass ein Profi am Werk war, und der Zustand der Opfer zeugt von einer Perversität, die mich erschreckt. Sarah scheint diese Veränderung bemerkt zu haben. Jedenfalls zieht sie seit einiger Zeit die Stirn kraus, wenn sie das eine oder andere Relikt aus dem Papierkorb zieht und es aufmerksam studiert. Ich beobachte sie dann immer ganz genau, schiebe mir das zweite Kissen in den Nacken und komme doch nie weiter als bis zu jenem Lächeln, hinter dem sie ihre Gedanken verschließt und das immer noch in ihren Mundwinkeln spielt, wenn sie mich ansieht. Aber wenn ich dann denke, dass sie jetzt etwas sagen, mir ihr Geheimnis enthüllen, mir das Mysterium »Frau« Punkt für Punkt erläutern wird, wie sie es manchmal mit der Einkaufsliste tut, dann täusche ich mich. Sie wirft mir nur lachend meine Jeans aufs Bett, und wenn sie besonders gut gelaunt ist, hilft sie mir hinein. Manchmal frage ich sie dann: »Hey, was denkst du, wenn du so lächelst? Was ist es? Sag schon!«

Aber sie lacht nur noch übermütiger und sagt: »Nichts! Nichts Besonderes! Nur dass ich dich liebe.«

Also auch daran hat sie sich schon gewöhnt. Für sie ist es nichts Besonderes mehr. Und ich wache immer noch jeden Morgen auf, sehe den Ring an meinem Finger und glaube an ein Wunder.

Einmal blieb ich hartnäckig und hielt sie am Hosenbund fest, bevor sie entwischen konnte.

»Nein, du dachtest etwas anderes, etwas Großartiges dachtest du!«

Und darauf lachte sie, und es war, als regneten silberne und goldene Glöckchen auf mich herab. Ich vergaß meine Frage, sie vergaß ihre Antwort, und wir küssten uns, und sie streichelte mich dort, wo ich es nicht spürte und dort, wo ich es sehr genau spürte, und irgendwann merkte ich, dass sie mich gar nicht mehr anzog, sondern aus.

Ihr Lächeln, ein Mysterium. Als wüsste man plötzlich von einem zweiten Mond oder einem noch größeren Großen Wagen, den man aber nie zu sehen bekommt, weil der Horizont immer zu weit oben ist oder die Nacht immer genau da aufhört, wo die wahre Dunkelheit beginnt. Ich habe also nicht erfahren, was sie von dem hielt, was sie mitunter morgens vorfand. Vielleicht ahnte sie, dass etwas mit mir geschah, etwas, worauf ich selbst erst einige Wochen nach unserer Hochzeit aufmerksam wurde. Wir hatten natürlich eine ganze Menge Geschenke bekommen. Manches war unnütz, manches hatten wir doppelt, und manches war auch ganz gut zu gebrauchen. So zum Beispiel ein erstklassiges Brotmesser aus rostfreiem Stahl, mit dem ich fast zwei Wochen lang mein Baguette aufschnitt, bevor mir einfiel, wofür es sonst noch einsetzbar war. Die plötzliche Erkenntnis, dass das gute Solinger Stahl geradezu wie geschaffen dafür war, einen Kopf vom Rumpf zu trennen, ohne Halsschlagader und Speiseröhre zu quetschen oder die Halswirbelsäule in ein unästhetisches Gekrümel zu verwandeln, überraschte mich. Normalerweise brauchte ich nicht erst zwei Wochen, um auf solche Gedanken zu kommen. Nachdem mir das mit dem Brotmesser klar geworden war, sah ich mir die anderen Geschenke noch einmal näher an, und tatsächlich war das Brotmesser keine Ausnahme: Die Hängematte würden wir sowieso nicht benutzen, zumal kein Flaschenzug dabei war, der es mir ermöglicht hätte, hineinzukommen. Ich erwog, den Pfarrer eines provenzalischen Bergdörfchens darin umzubringen. Ich könnte ihn während seiner Siesta überraschen, die Ränder der Hängematte über ihm zusammenbinden und ihn in der Hitze austrocknen lassen wie eine reife Pflaume. Mit der Blumenampel aus Makramee ließ sich vielleicht etwas Ähnliches anfangen.

»It's a dirty job, but someone's gotta do it«, summte ich also zufrieden, während ich mich an die Vorbereitungen machte. Doch genau hier lag das Problem: Es war mein Job, aber ich tat ihn alles andere als gut. Die Sache mit dem Brotmesser ging vollkommen daneben. Ohne ersichtlichen Grund ließ ich mich zu einem Zweikampf hinreißen, bei dem das Messer, bevor es meinem Gegner den Hals durchtrennte, unglücklicherweise auch dessen Kinn aus dem Gesicht entfernte, sodass die Ästhetik ganz und gar beim Teufel war. Mit der Hängematte verlief es noch katastrophaler. Der südfranzösische Pfarrer ging schließlich nie ohne seinen Lustknaben in die Siesta, und so fand ich die Hängematte voller verschwitzter, ineinander verschlungener Gliedmaßen, und es war mir unmöglich, das Tuch an den Rändern hochzuziehen, geschweige denn, es wie einen Kokon zusammenzuschnüren.

Die Angelegenheit war ebenso absurd wie vertrackt. Durch das Telefon konnte ich hören, wie Erik, mein Auftraggeber, mit den Fingern auf seine Schreibtischplatte trommelte.

»Ich brauche einen Mord. Einen schönen, sauberen Mord. An wem auch immer. Also halt dich ran und sieh zu, dass du diese Krise überwindest. Es eilt.«

Nicht, dass mich das besonders beeindruckte. Ob es für ihn eilte oder nicht, hatte mir noch nie viel bedeutet. Es erstaunte mich bloß, dass er es »Krise« nannte. Krise. Dabei ging es mir so gut wie lange nicht mehr. Gewiss, manchmal musste ich noch daran denken, was früher gewesen war, und an das, was jetzt nicht mehr war, und dann tat ich Dinge, für die ich mich zwar nicht schämte, über die ich aber trotzdem mit niemandem sprach. Auch nicht mit Sarah. Aber das lag daran, dass sie die besondere Gabe hatte, meine Gedanken zu erraten, bevor ich den ungeschickten Versuch unternahm, sie in Worte zu kleiden. Sie kam dann einfach zu mir und setzte sich auf meinen Schoß. Manchmal fand ich noch Zeit, die Bremsen festzustellen, bevor sie mich umarmte, aber manchmal kam ich auch nicht mehr dazu, sodass wir auf unbestimmtem Kurs durch den Raum trudelten, an Möbel stießen und schließlich an der Heizung endeten, an der ich auch schon so manchen gefesselten Bastard hatte schmoren lassen. In solchen Augenblicken dachte ich dann immer, dass ich trotz allem der glücklichste Mensch auf Erden war.

Und doch war da dieser Schatten.

»Mach dir nichts draus«, riet mir mein Freund Tim mit wohlwollendem Schulterklopfen. »Ich hab mal ein ganzes Jahr keinen vernünftigen Mord hingekriegt, ich dachte schon, es wird nie mehr was, aber dann – peng! Besser als je zuvor. So wird's dir auch gehen.«

Aber zuvor musste noch etwas geschehen. Etwas, was der »Krise« auf die eine oder andere Art ein Ende bereiten würde. Und Sarah und ich würden uns entweder mit zermalmtem Sonnengeflecht in ihrer Asche wiederfinden oder an unseren Schultern die Ansätze topasfarbener Flügel entdecken, die uns zu neuen Kontinenten bringen würden, von denen es keine Landkarten gab und keine Legenden.

Sarah war sorglos wie immer. Sie platzte ins Badezimmer, wenn ich duschte, setzte sich in meinen Stuhl und redete von Diät-Joghurt, Bügel-BH's, Zahnpasta, Cabriolets und all den anderen Dingen, für die sie sonst noch Werbung machte. Durch einen Spalt im Duschvorhang sah ich ihre niedlichen Füße in den bunten Strickstrümpfen, die auf dem Klodeckel wippten, und dann fiel mein Blick auf meine eigenen Füße, die den Boden der Badewanne nicht unter sich spürten, und ich wollte ihr sagen, sie solle aufstehen, aufstehen und weglaufen, solange es noch ging. Aber sie erzählte gerade einen ihrer verworrenen Träume, in denen es um Uhren ging, die von Bäumen regneten, oder um Kandisstückchen, aus denen Regenbogen wuchsen, wenn sie in einen Topf mit Silberstaub gepflanzt wurden, und ich wollte sie nicht unterbrechen. Doch bei einer dieser Gelegenheiten fiel sie sich auf einmal selbst ins Wort, fand, dass es notwendig sei, neues Haarshampoo zu kaufen, stand plötzlich auf, um ohne ersichtlichen Grund eine Haarspange in eine Schublade zu räumen, und sagte nebenbei: »Dein Problem ist, dass du selbst nicht weißt, wen du eigentlich umbringen willst. Oder du weißt es, aber du traust dich nicht, es zu tun.«

Im nächsten Moment hatte sie das Badezimmer verlassen. Wahrscheinlich war ihr eingefallen, dass sie ein Marmeladenbrot essen oder einen Artikel aus der Zeitung ausschneiden wollte. Sie ließ mich zurück mit dem Schaum aus der fast leeren Shampoo-Flasche in den Haaren und dem Gefühl, dass die Welt leichter zu nehmen ist, wenn man nachts von goldenen Panthern träumt.

Tatsächlich hatte Sarah recht. Ich hatte schon seit Längerem nicht die geringste Ahnung, wen ich eigentlich umbringen wollte. Hatte ich es auf einen schmierigen maximal Pigmentierten mit Mundgeruch und Armprothese abgesehen, so geschah, was mir nie zuvor geschehen war: dass mir der Schuss fehlging und eine sechsundfünfzigjährige Hausfrau traf, die schaulustig auf den Balkon hinausgetreten war und mit brüchigen Fingernägeln angebranntes Kartoffelpüree aus einem Emaille-Topf kratzte. Oder, was schlimmer war, ich selbst geriet in eine unvorhergesehene Situation, die in einem Tête-à-Tête mit einer ganz speziellen Sorte von Handfeuerwaffe gipfelte, und musste alle Kräfte darauf richten, mein nacktes Leben zu retten.

An einem der folgenden Tage schlug Sarah mir vor, eine dieser Veranstaltungen zu besuchen, bei denen sie ihr Geld verdiente.

»Dort triffst du bestimmt jemanden, den du umbringen kannst«, fügte sie hinzu, um mir endlich die Zustimmung abzuringen, obwohl sie wusste, dass ich mir in dieser Gesellschaft stets vorkam wie ein rachsüchtiger Revolverheld, der in einen baptistischen Gottesdienst hineinplatzt. Sarah hoffte zweifellos, dass ich den Abend nutzen würde, um mir die Namen meiner zukünftigen Opfer zu notieren und mir zu überlegen, welche Todesart dem einen oder anderen am besten stehen würde, und sie hoffte, dass ich mein Problem gelöst haben würde, bevor der Champagner zur Neige ginge. Gern hätte ich ihr geglaubt, doch da war etwas, das sich mit dem Geschmack fauler Pilze an meine Zunge klammerte: Dieser Abend würde anders sein als die anderen, an denen ich mich mit dem gleichen Ziel in Gesellschaft begeben hatte. Dieser Abend würde den Wandel bringen. Und er würde schmerzhaft sein.

Sarah brauchte wie üblich eine Stunde allein im Bad, bevor sie mir half, Lederhose und Cowboystiefel anzuziehen, mich schließlich in einer Wolke von Duschgel umarmte und mir viel Spaß wünschte. Ich rauchte eine letzte Zigarette und lauschte ihren Schritten, als sie aus dem Haus sauste. Später fuhr ich ihr nach zu der angegebenen Adresse. Ich war zufrieden. Der Ort eignete sich für ein vorzügliches Verbrechen. Der Haupteingang ragte hoch über den Treppen auf. Ein Portal im Himmel, so schien es. Glücklicherweise gab es einen Seiteneingang.

Seiteneingänge hatten von jeher eine besondere Anziehungskraft auf mich ausgeübt. Fast war ich froh, sie nun benutzen zu dürfen. Sie waren die wirklichen Türen, die sich öffneten, ohne gleichzeitig zu verschließen. Sie gewährten denen Einlass, die nicht darum baten, sondern sich ihres Weges gewiss waren. Der Mann, der zu mir in den Fahrstuhl stieg, schob eine Kleiderstange auf Rollen herein. Während ich noch versuchte, den Gewändern auszuweichen, die wie leblose Schwäne vor meinem Gesicht baumelten, musterte er mich streng.

»Glauben Sie, dass Sie die richtige Garderobe gewählt haben?«

»Die richtige Garderobe zum richtigen Anlass und die falsche Garderobe zum falschen Anlass«, erwiderte ich gelassen. »Oder wollen Sie mir vielleicht was von dem da anbieten?«

Das Gute an Seiteneingängen war auch, dass sie einem ein unbemerktes Kommen sicherten. Das war ganz nach meinem Geschmack. Die Tür des Aufzugs öffnete sich zum Foyer, und ich war gleich mittendrin. Ich hörte die Gespräche, bevor sie verstummten, und sah, wie die Gesprächspartner erschraken, weil sie mich nicht hatten kommen hören. In diesem Moment waren sie wehrlos.

Der rote Teppich schmeichelte nur scheinbar, in Wirklichkeit versuchte er, mich aufzuhalten. Ich durchschaute sein Spiel. Er ließ nur jene schweben, die eleganten Schrittes auf ihm wandelten. Ich sah mich um. Es war alles, wie ich erwartet hatte. Rasch erhobene Champagnergläser verbargen Gesichter und heimliches Bedauern. Kronleuchter lächelten gleichmütig, während sie verschwenderisch Lichttropfen über Silberbesteck und Seidenstrümpfe regnen ließen. Die hohen Fenster wirkten vor dem Hintergrund des Abends wie Spiegel, in denen sich das Bild der Verschwörung vervielfachte.

Ich schickte meinen Blick auf die Pirsch. Irgendwo hier würde er meinem nächsten Opfer begegnen, und dann gab es kein Entrinnen mehr.

»Entschuldigung«, murmelte der Kellner, der mich angerempelt hatte, und verschwand, ohne mir ein Getränk anzubieten. Ich verwarf den Gedanken, ihn unter einen schmucken Wagen gefesselt zu einer Spazierfahrt durch die Cevennen einzuladen. Das Büfett sah nicht schlecht aus. Trotzdem würde es hier wohl niemanden geben, der dem gegrillten Ferkel einfach den Apfel aus dem Maul nehmen und hineinbeißen würde. Nein, so etwas brachte nur Sarah fertig.

»Leon, wie nett …!«

Ich hätte wissen müssen, dass ich Ralf hier treffen würde.

Ralf in weißem Smoking mit einer lächerlichen kleinen Lederfliege. Er streckte mir die Hand entgegen, die sich anfühlte wie eine verendete Fledermaus, und sein Lächeln verrutschte zur Grimasse, als er bemerkte, dass mir das Zucken in seiner Hose nicht entging. Ich hielt schon mal Ausschau nach seinem

Begleiter, der stets so eifersüchtig über ihn wachte, aber der stand an einem der Marmortische und warf mir nur lächelnd einen Gruß zu, bevor er einen weiteren Schluck von seinem Schampus nahm. Als Konkurrent war ich für ihn gestorben.

»Und – immer noch der kaltblütige Killer?«, fragte Ralf geistlos wie eh und je. Jeder Trottel sonst wusste, dass mein Blut immer in Wallung war, wenn nicht gar kochte, wenn ich mordete. Ich versäumte zu antworten, weil eine Laufmasche an einem rot bestrumpften Bein meine Aufmerksamkeit erregte. Sie wurde auf der Innenseite eines bleichen Oberschenkels von einem Pünktchen Klarlack aufgehalten, und mit etwas Mühe konnte ich sie bis zu ihrem Ursprung verfolgen. Einen Moment überlegte ich ernsthaft, ob die Strumpfhose trotz ihres kleinen Defektes geeignet wäre, Ralf damit zu strangulieren, aber die Idee erschien mir gänzlich unspektakulär. Sie würde Erik nicht einmal ein anerkennendes Heben der Augenbrauen entlocken. Der Teppich und der fröhliche Klang der Gläser sogen Ralfs Stimme auf, als ich ihm den Rücken kehrte. Bevor die Lichter ausgehen und das Spektakel beginnen würde, musste ich unbedingt dem Büfett einen Besuch abstatten. Während ich noch überlegte, ob ich mit einem Bissen Fleisch oder einem Getränk beginnen sollte, schoben sich zwei gebräunte Beine in mein Gesichtsfeld, die aus einer Wolke voluminös aufgebauschter blauer Seide wuchsen.

»Die Leute sind einfach nicht sozial heutzutage«, ertönte eine Stimme mit fremdem Akzent aus der Wolke, und ich blickte auf in ein Gesicht, das von zu viel Höhensonne brauner war, als die Haare, die es umgaben.

»Möchten Sie einen Champagner?«

»Ja, gern«, antwortete ich und sah ihr nach.

Ihre spitzen Absätze hinterließen Eindrücke in dem weichen Teppich. Das war schlecht. Auf diese Weise könnte jeder Anfänger erkennen, wo sie zu Boden gegangen war, wenn ich sie jetzt mittels eines gezielten Schlages auf den Hinterkopf niederstreckte. Sie kam zurück, und ihr Lächeln schwankte vage über den beiden Gläsern, von denen sie mir eines reichte.

»Ich verstehe wirklich nicht, warum sich die Leute nicht mit Ihnen unterhalten. Von mir sagen alle, ich wäre sehr sozial. Ich habe sogar einmal mit einem Obdachlosen gesprochen.«

Ihr Lächeln schien in ihr Gesicht gehängt wie ein Lampion in einen Baum, und ich wusste, dass es nur eines Windstoßes bedurfte, um es zum Verlöschen zu bringen. Als sie anstoßen wollte, ließ ich mein Glas auf den Teppich fallen. Sie wurde so blass, wie ihre Hautfarbe das eben ermöglichte, und verschwand, etwas von Hilfe stotternd. Zum Glück ertönte in diesem Moment die Aufforderung, sich in den großen Saal zu begeben, und ich schloss mich den aufbrechenden Gästen an. Im Korridor lief Sarahs Chef François an mir vorbei. Er rauchte hier, in der Nichtraucherzone, Zigarillos aus Elfenbeinspitzen und ignorierte mich, wie er es schon seit Jahren tat. Ich lächelte zufrieden. Zumindest er war konsequent. Wäre es meine Aufgabe gewesen, ihn zu erledigen, hätte ich ihn einfach erschossen. Aber er war nicht der Richtige.

Während ich darauf wartete, dass die durch die Türen in den Saal quellenden Menschenströme abnahmen, zündete auch ich mir eine Zigarette an. Eine Frau in efeufarbenem Mini und wie eine Ranke an einen Kerl mit zu viel Gel in den Haaren geschmiegt, drängte sich an mir vorbei. Ich erkannte sie an ihrer Laufmasche.

»Entschuldigen Sie«, sagte ich. »Aber wie nennt sich bitte die Farbe Ihrer Strumpfhose?«

Einen Augenblick sah sie mich an, als wüsste sie nicht, ob sie mir eine schmieren oder mich einfach für verrückt erklären sollte. Dann antwortete sie ausgesprochen liebenswürdig:

»Hummer. Sie ist hummerfarben.«

Als ich meinen Platz vorne an der Bühne suchte, musste natürlich Kevin meinen Weg kreuzen. Er machte sich nicht die Mühe, seine Verachtung zu verbergen, und ich fand es amüsant, dass er überhaupt zu so starken Gefühlen fähig war.

»Wer hätte das gedacht, dass du Sarah auch mal im Hochzeitskleid sehen würdest«, zischte er.

»Und wer hätte gedacht, dass sie diesmal Ja sagen würde?«

Ich zog einen der Stühle an meinem Tisch beiseite.

»Soll ich dir ein Bier holen?«, fragte Kevin noch, und die Höflichkeit in seiner Stimme nahm seiner Absicht nicht die Boshaftigkeit.

»Nein danke, ich hatte gerade Hummer. Und Bier passt verdammt schlecht zu Hummer.«

Er schaute, wie er geschaut haben musste, als Sarah vor versammelter Mannschaft aus der Kirche gerannt war. Zum Glück kam in diesem Moment Luna, die auch an meinem Tisch saß und Kevin mit einem einzigen wütenden Blick zum Teufel jagte. Ihre Begrüßungsküsschen rochen nach Pfefferminz.

»Was wollte er?«

»Mich auf ein Bier einladen.«

Luna verdrehte die Augen, aber als sie sah, dass ich lachte, lachte sie auch. Ich überlegte, wie es wäre, Kevin mit einem Axthieb zwischen die Beine unschädlich zu machen, aber der

Anblick, den seine so zugerichtete Leiche bieten würde, widersprach meinem ästhetischen Anspruch.

Bevor endlich das losging, worauf eigentlich alle warteten, waren die Türen schon lange geschlossen worden. Als die ersten Mädchen über den T-förmigen Steg stolzierten, hatten sich die Gerüche parfümierter Leiber bereits zu einer Wolke von Eitelkeit verdichtet, die auf mich geradezu einschläfernd wirkte. Musik erklang wie von einer anderen Welt, Lichter zuckten über metallische Oberflächen, die Pressefotografen trugen bei, was sie beitragen konnten. Der Saal mit der ganzen Meute darin mutierte langsam zum Raumschiff, zur Kapsel, die sich selbst ins Weltall speit, und über den T-förmigen Grundriss wandelten Schönheiten, die sich in ihren eigenen Lügen verzehrten. Ich fragte mich, warum François den Aufbruch in fremde Galaxien zum Thema für seine Kreationen nahm. Hätte er Augen besessen, um zu sehen, und Verstand, um zu verstehen, hätte er erkannt, dass er nicht einmal das Geheimnis einer einzigen Paillette begriff, die sich von einer Sekunde auf die andere entschloss, mit einem Lichtblitz zu balzen, der vielleicht weiser war als wir alle, weil er die Grenzen des Universums längst überschritten hatte und deshalb keinen Pfifferling mehr auf Weisheit gab. Und vielleicht hätte François erkannt, dass die kleine Paillette den Glanz schuf, aus dem die Finsternis erst wachsen konnte, und dass sie sich schuldig machte, weil zwischen Hummerscheren und Champagnertropfen ein Rad sich drehte, das jeder übersah und das aufgehalten werden musste. Ich sah François das Licht versklaven, wie er alles um sich herum entweder versklavte oder ignorierte, ich sah, wie er Kaskaden von Seide und Satin verschwendete und über Fleisch fließen ließ, das müde war und bereits ertränkt von zu vielen Lügen, und ich sah, dass ihm all das ein Vergnügen bereitete, das echt war und keinen Einwand duldete. Ich sah, dass es François gefiel, Farben zu speien und zu verschlingen, weil diese Welt zu bunt war und es keinen Sinn hatte, vor einer einzigen Farbe in Ehrfurcht zu versinken, wenn sich über einem der Regenbogen wölbte, mit allem, was sichtbar war und unsichtbar. Und dann war da doch die Hymne an die eine Farbe, die eine, die alles auslöschte, die Farbe des Lichtes selbst, und ich sah Sarah in einem Kleid, das sie umschloss wie die Sünde, weil es allein eines Pinsels bedurft hatte, um es auf ihre Haut aufzutragen. Alles war Strahlen, alles Feuer. Die Fotografen schienen sie zu entzünden, als sie Blitze nach ihr warfen, die sie nicht berührten und ihre bloßen Schultern in marmorierter Einheit verschwimmen ließen. Aus ihrem Haar flossen Flammen in weiten Spiralen, sie schmiegten sich an ihren Hals, als sie sich die Jacke aus blutigen Federn überstreifte, und bald stand sie da, ganz und gar entbrannt, ein Schmetterling in Flammen, Licht und Tod, Apokalypse und Auferstehung. Und plötzlich, während sie der zähen Fessel ihres Kleides so vollkommen ausgeliefert war, dass jeder Atemzug zum Heldenstreich gegen das Material wurde, während sie im Feuerwerk des Applauses glitzerte und erstarb, und während ihr Blick mich streifte, ohne mehr zu überbringen als die Botschaft des Lichts und der Unendlichkeit, wusste ich, dass sie es war, die sterben musste. Dass ich töten musste, was ich am meisten liebte, um mich endgültig zu befreien.

Ich sah ihr nach, wie sie sich in aufsteigenden Nebeln verlor und der Jubel sie fortspülte wie eine ins Meer geworfene Ikone.

Luna sah mich an.

»Sie war gut.«

Ich brauchte eine Weile, um mich auf das zu besinnen, was vor mir lag.

»Das war sie in der Tat.«

Den Rest der Nacht und die Hälfte des nächsten Tages verbrachte ich am Schreibtisch. Mein Opfer starb in einem Inferno hummerfarbener Flammen, die über allen Sternen und Scherben der vergangenen Jahre zusammenschlugen. Als ich fertig war, kam es mir seltsam vor, keine Rußspuren auf den Seiten zu finden, wo ich doch in mir selbst immer noch die Hitze der letzten Stunden spürte. Etwas war verbrannt und hatte Platz gemacht für etwas Neues. Jeder Mensch war gleich weit von seinem Tod entfernt. Der Alte, der Junge, der Verliebte, der Verzweifelte, der Gläubige, der Egoist, der Draufgänger oder der Gelähmte. Der Gelähmte war nicht gefährdeter als der Fußgänger. Er vertat nur seine Zeit, indem er über Verlust und Tod nachsann und aus eigener Todesangst einen Mord nach dem anderen erfand. Doch das war nun vorbei.

Sarah betrat das Arbeitszimmer am späten Nachmittag. Sie hatte ein Baguette mit Mozzarella und Tomaten dabei. Ihre Mundwinkel zuckten und beruhigten sich nicht einmal, als ich sie ausgiebig küsste.

»Ist es gelungen?«, fragte sie.

»Ich denke schon.«

Tim war der Erste, dem ich die Seiten zeigte. Er saß mir im Café auf halbem Weg zwischen unseren Wohnungen gegenüber, und die Glut seiner Zigarette erreichte fast seine Finger, bevor er endlich den Blick vom Papier losriss. Dann sahen wir uns an, und ich hatte das Gefühl, dass in seinen Pupillen noch immer Asche und Funken durcheinanderwirbelten.

»Es ist dein letzter Mord, was?«

Ich nickte. Zwei Sekunden lang stach mir die Sehnsucht nach meinem alten Freund John in der Brust. Meist versuchte ich, es zu verdrängen, aber ich vermisste ihn. Ich hätte das alles mit ihm durchstehen wollen. Tim würde mir nie so nah sein, wie John es gewesen war. Aber John war in der Ägäis verschollen. Seine schwangere Freundin hatte ihn als vermisst gemeldet. Das war kurz nach dem Tod meiner Schwester gewesen. Auch daran versuchte ich nicht zu denken.

»Glaubst du, Erik wird zufrieden sein?«, fragte ich.

»Er wird begeistert sein.«

Wir schwiegen eine lange Weile, in der Tim seine Zigarette und meine Erinnerungen mit leisem Knistern in dem frisch ge-spülten Aschenbecher ausdrückte.

»Und was wirst du jetzt machen?«

»Was Vernünftiges schreiben. Nichts fürs Fernsehen.«

Wir mussten beide lachen. Tim klopfte mir auf die Schul-ter und wünschte mir viel Glück, wie man jemandem auf die Schulter klopft und Glück wünscht, der gerade die transsibiri-sche Eisenbahn besteigt.

Erik war tatsächlich begeistert. Nachdem er meine Kündi-gung erhalten hatte, bemühte er sich redlich, mich umzustim-men, aber schließlich akzeptierte er meine Entscheidung. Wir trennten uns mit einem herzlichen Händeschütteln und dem Versprechen, in Kontakt zu bleiben.

Bevor ich meine verspätete Mittagsruhe beendete, bekam ich Besuch von Sarah. Im gestreiften Licht, das durch die Jalousien fiel, schien ihr Körper eine optische Täuschung zu sein oder eine zufällige Formation von Sternenstaub, die der leiseste Hauch auseinanderwehen konnte. Sie gab meinem Rollstuhl einen Fußtritt und setzte sich auf die Bettkante. Ich umschlang ihre Hüfte. Auf meinem Arm spürte ich ihr Haar, einzelne Locken streckten sich mir wie Fühler entgegen, und ich schloss die Augen, um die Gegenwart des Mysteriums zu genießen. Als ich sie näher an mich ziehen wollte, blieb sie steif.

»Ich habe heute bei François gekündigt«, sagte sie.

Ich sah in ihr Gesicht, das sich über mich neigte, süß und schwer.

»Das ist okay«, sagte ich. »Ich habe mich von Erik verabschiedet.«

Ihre Hand war warm und zart, als ich sie an meine Lippen führte und küsste.

»Hast du Angst?«, flüsterte sie.

»Sollte ich?«

Ich wusste nicht, was sie wusste. Aber sie lächelte, und ihr Blick bekam den Glanz ihrer Träume, in denen es weder Treppen gab noch Trauer. Ich schlug die Decke zurück, um mit ihr zu fliegen.

Danksagung

Allein ein Buch zu schreiben, ist möglich. Es allein zu veröffentlichen eher nicht.

Dass »Das Echo der Farben« als Buch in euren Händen liegt, ist einer ganzen Reihe von Menschen zu verdanken. Zunächst einmal meinem Mann und meiner Tochter, die mir die Zeit zugestanden haben, dieses Projekt neben meinem Vollzeitjob anzugehen. Dann meiner Lektorin Heidi Keller. Ihretwegen gibt es die Geschichte »Nein, ich will« überhaupt. Dem Team »Die Buchprofis«, die sich um Satz, Layout und Korrektorat gekümmert haben. Meiner Coverdesignerin Claudia Toman, die auch diesmal wieder ein tolles Buchcover gezaubert hat. Meiner Logoentwicklerin Inka Zellner. Meinem Website-Konstrukteur Till Ehrich, der meinen Büchern unter www.alizeekorte.de so ein tolles »Zuhause« geschaffen hat.

Ein herzlicher Dank geht an meine Vorab-Rezensentinnen Michelle Berghaus, Daniela Fischer, Nadja Küveler, Tatjana Liebich und Anja Baumann sowie an virtuelle und reale Freundinnen und Freunde, die mich in der Vergangenheit unterstützt haben und es hoffentlich auch künftig tun. Darunter: Marianne Altherr-Zürcher, Cornelia Berdi, Corinna Güsmer, Melanie Hennemann, Heike Hoffmann, Erwin Ilias, Sandra Kandler, Michaela Müller, Yvonne Phieler, Beate Radtke, Cornelia Schulgen, Monia Schumacher und Petra Veitengruber.

Der größte Dank allerdings gebührt meinen Leserinnen und Lesern. Ohne sie und ihr Feedback zu meinem Debütroman »Dein Weg, meine Liebe« hätte es gar kein zweites Buch gegeben.

Oktopus mit Zwiebeln

(chtapodi stifado)

Zutaten:

2 kg Oktopus

1 ½ kg kleine Zwiebeln

6 Knoblauchzehen, kleingehackt

8–10 Pfefferkörner

500 g frische Tomaten

(oder 1 große Dose geschälte Tomaten)

2 Tassen Olivenöl

½ Tasse Rotwein

½ Tasse Essig

Lorbeerblätter, Salz

Zubereitung:

Oktopus-Tieren mit einem scharfen Messer den Schnabel im Zentrum der Tentakeln entfernen. (Fangfrische Tiere vorher auf Felsen schlagen und reiben oder für 24 Stunden in die Tiefkühltruhe legen. Innereien nach Umstülpen des Kopfes entfernen.)

Tiere am Stück in einen ausreichend großen Topf geben. Bei hoher Temperatur warten, bis sie ca. 20 % ihrer Größe eingebüßt haben, die Farbe von Purpur annehmen und die Arme um den Kopf aufwerfen.

Tiere aus dem Topf nehmen und in gabelfeine Stücke schneiden. Die Flüssigkeit aus dem Topf wegwerfen.

Oktopus-Stücke wieder in den Topf geben. Essig zufügen. Öl zugeben. Mit einem hölzernen Kochlöffel gut umrühren. Anschließend geschälte (unzerkleinerte) Zwiebeln, Knoblauch, Wein, zerkleinerte Tomaten, Pfeffer und Lorbeerblätter zugeben. Salz nach Belieben.

Das Gericht auf kleiner Flamme unter mehrmaligem Umrühren kochen, bis der Oktopus zart ist und den Geschmack der Zutaten angenommen hat.

Serviervorschlag:

Oktopus-Gericht mit weißem Brot, Oliven und Schafskäse (Feta oder Manouri) servieren.

Leseprobe

Der Roman von Alizée Korte

»Dein Weg meine Liebe«

DIE GROSSE LIEBESGESCHICHTE VON VIKA UND ETIENNE

Sie plant ihre neue Zukunft.
Er will mit seiner Vergangenheit abschließen.
In der Gegenwart treffen sich ihre Wege.

Ein Leben ohne Liebe? Vika ist sich sicher, dass ihr genau das bevorsteht. Denn Daniel, die Liebe ihres Lebens, ist tödlich verunglückt. Wofür Vika künftig leben und wie nah sie Daniels Freund Hartmut dabei kommen will, darüber muss sie erst einmal nachdenken. In Japan, weitab von Erinnerungen und Einflussnahmen. Zur Beruhigung ihrer Freunde besorgt sie sich Reisetipps von einem Japankenner – nur um wenig später festzustellen, dass der junge Mann mit der charmanten Telefonstimme Fernost mit einer ungeheuerlichen Lüge hinter sich gelassen hat. Und dass er Vika mit einer Nacht am Telefon in diese Lüge verwickelt hat.

Ein Leben ohne Karate? Für Etienne undenkbar, auch nach seinem Autounfall. Er weiß, dass er mit seinem früheren Leben abgeschlossen hat und die Zukunft nur ihren Schrecken verliert, wenn er das Beste aus der Gegenwart macht. Der ihm unbekannten Vika Reiseempfehlungen zu geben, weckt Erinnerungen und lässt ihn unvorsichtig werden. Als sie seine Lüge aufdeckt, droht die Vergangenheit ihn einzuholen. Am Ende von Vikas Reise haben beide ihren Entschluss gefasst: Etienne will Vika kennenlernen. Und Vika will Etienne niemals begegnen.
Das Schicksal wiederum hat seine eigenen Pläne mit ihnen …

Die außergewöhnliche Liebesgeschichte von Vika und Etienne führt über Japan nach Heidelberg und direkt ins Herz der Leser und Leserinnen. Ein mitreißendes und berührendes Debüt.

Neuanfang

»Ausgerechnet Japan.«

Wenn das der erste Tag vom Rest ihres Lebens ist, kann Vika ihre Hoffnung gleich beerdigen. Zumindest die Hoffnung, Entscheidungen zu treffen, ohne zuvor alle Pros, Kontras und Alternativen diskutiert zu haben. Mit ihren Eltern. Durch das Telefon hört sie das langgezogene Seufzen ihrer Mutter. »Warum nicht Kühlungsborn? Oder San Gimignano?«

Vika verdreht die Augen, schlägt mit der freien Hand ihren Kragen hoch und schiebt die klammen Finger der anderen samt Handy tiefer in ihren Schal. Nach einigen milden Tagen ist es Mitte Februar noch einmal richtig kalt geworden. Mit Rollsplitt durchsetzter Schnee säumt den Gehweg. In der Luft mischen sich innerstädtische Abgase mit dem süßlichen Geruch der Ölmühle, den der Ostwind von der Friesenheimer Insel herüberweht. Vikas Mutter erzählt von Tante Sigrids Ferienwohnung. Gegen einen kleinen Unkostenbeitrag könnte Vika dort eine Weile unterschlüpfen und die wunderbare Ostsee genießen. Oder bei den Ressmanns. Deren Tochter studiert Jura und verbringt jede Semesterferien im Ferienhaus ihrer Eltern in der Toskana. Vielleicht würde es Vika in dieser schwierigen Zeit helfen, sich mit einer Altersgenossin anzufreunden, die mit beiden Beinen im Leben steht.

»In dieser schwierigen Zeit« umschreibt dann wohl die Phase, in der Vika den Verlust einer Liebe verarbeitet, die größer war als alles zuvor, sogar größer als der Glaube an die Unzerstörbarkeit ihres Willens.

»Mama, die Verbindung …« Ohne weiter darüber nachzudenken, stoppt Vika vor dem nächstbesten Geschäft und öffnet die

Ladentür. Wenigstens frieren ihr hier drin nicht die Finger ab. Ein Glockenspiel ertönt. Im selben Moment erscheint eine Frau im Alter ihrer Mutter und wünscht einen guten Tag. Die Regale um sie herum beherbergen Geschirr, Dekorationsartikel und Einrichtungsaccessoires. Vika lässt den Blick schweifen. Einer von Dr. Günthers Tipps zur Trauerbewältigung lautete: Gönnen Sie sich etwas. Die Psychologin mit der roten Lockenpracht wusste, dass Trauernde dazu neigen, sich selbst zu vernachlässigen. Nicht Vika. Sie beherzigt alle Tipps. Das ist sie Daniel schuldig. In den vergangenen Wochen hat sie ihren Haushalt gezielt um Gegenstände erweitert, die sie in eine Zukunft ohne Liebe begleiten sollen. Ein Blumenkasten für ihren Balkon, eine Rührschüssel aus hochwertigem Edelstahl, die Handyhülle mit der aufgedruckten Klaviertastatur, die ihre rot gefrorenen Finger immer noch umklammern.

»Also ich höre dich wunderbar …« Tatsächlich ist die Handyverbindung nach Hamburg besser als je zuvor. Vikas Blick bleibt an einer cremegelben, bauchigen Teekanne hängen, bemalt mit orange- und pinkfarbenen Tulpen. Frühlingsversprechen. Neuanfang. Vika kann den Duft ihres Aromatees riechen, wie er aus der geschwungenen Tülle dieser Kanne aufsteigt.

»Ich dich auch, Mama, ich dich auch.«

»Also bist du jetzt raus aus dem ›ZI‹? Papa und ich sind ja so erleichtert.« Vika rollt die Augen. Als ob Dr. Günther sie gegen ihren Willen im Zentralinstitut für Seelische Gesundheit behalten würde. Sie war eher beeindruckt gewesen, dass eine junge Frau so schnell und gezielt Hilfe suchte.

»Ich war nie ein Fall für die Geschlossene«, sagt sie und beißt sich auf die Lippe, als sie den Blick der Verkäuferin auffängt, der sie nach Spuren des Wahnsinns scannt.

»In unserem Geschäft ist das Telefonieren nicht erwünscht.«

»Ich hätte gern die Teekanne.«

»Bist du wirklich draußen?«

Vika lässt sich die Teekanne einpacken und zahlt mit Karte, argwöhnisch beobachtet von der Verkäuferin.

»Und diese Reise muss wirklich sein?«, fragt ihre Mutter, kaum dass Vika die Tüte genommen und den Laden verlassen hat.

»Ja, Mama. Ich habe auch schon das Flugticket.« Tatsächlich steckt es in der Innentasche ihrer Winterjacke, und das Wissen, es in knapp fünfzig Stunden zu benutzen, beschleunigt ihren Puls.

»Aber warum Japan? Wir verstehen das einfach nicht.«

Jetzt ist es Vika, die seufzt und ihren Schritt auf dem Weg zur Straßenbahnhaltestelle beschleunigt. Ihre Eltern würden es auch nicht besser verstehen, wenn sie ihnen erklärt, dass sie die Entscheidung für Japan rein intuitiv getroffen hat. In der zweiten Nacht nach Daniels Verschwinden, noch bevor der Polizist mit dem kurpfälzischen Dialekt ihr mitteilte, dass die Liebe ihres Lebens mit dem Auto in den Neckar gestürzt und ertrunken war, hatte sie geträumt, mit Daniel am Strand einer einsamen Insel zu sitzen. Ein hölzernes Boot ohne Ruder lag vor ihnen im Sand, dahinter erstreckte sich ein sturmgepeitschtes Meer ohne Farben. Daniel hatte darauf bestanden, dass Vika das Boot bestieg, um zum Festland aufzubrechen. Ohne Worte sprach er zu ihr und ebenso wortlos schleuderte sie ihm ihre Weigerung entgegen. Selbst wenn sie das Boot mit ihrem Willen steuern könnte, wie er behauptete, selbst wenn das Festland Farben hätte, exotisch geschwungene Dächer und rote Torbogen, warum sollte sie sich durch den Sturm aufmachen? Warum ihren Liebsten in einer farblosen Welt zurücklassen? Daniel sah sie nicht an. Er wirkte abwesend, unbeteiligt, als ginge ihre Entscheidung ihn nichts mehr an.

Das Telefon hatte sie geweckt. Der Polizist klang routiniert, wollte wissen, ob Daniel regelmäßig Medikamente genommen habe. Oder Drogen. Vika wusste es nicht. Ihr dämmerte, dass sie nach drei Monaten auf Wolke sieben erschreckend wenig über Daniel wusste. Und dass niemand von ihr wusste. Weder Familie noch Freunde hatten es für nötig erachtet, sie über den Unfall zu informieren. Seit sie nach dem Karaoke in ihre verlassene Wohnung zurückgekehrt war, hatte sie nur dagesessen, Schreckliches geahnt und gewartet. Dass er zurückkam. Dass er sich meldete. Dass jemand sich meldete, um ihr zu sagen, wo Daniel war. Aber da war niemand, der sie anrief. Niemand, den sie hätte anrufen können. Wolke sieben war ein einsamer Ort gewesen. Am Ende war Vika eine Telefonnummer, die man auf einer Plastiktüte im Auto gefunden hatte. Eine Spur, der die Polizei folgte, um jedem Hinweis nachgegangen zu sein, bevor sie *menschliches Versagen* als Unfallursache notierte. Niemand war dabei, als sich der Moment in Vikas Biografie gravierte. Menschliches Versagen, ja. *Ihr* Versagen. Im Alter von vierundzwanzig Jahren hatte sie kurz geglaubt, alles zu besitzen, und dann alles verloren. Die Zukunft zerbrach vor ihren Augen wie die Windschutzscheibe eines Audis, der sich beim Sturz in den Neckar mehrfach überschlägt.

Stunden später hatte sie gewusst, dass sie das Meer der Trauer überqueren würde. Nicht weil sie es wollte, sondern weil Daniel es so gewollt hätte. Das rote Tor aus ihrem Traum hatte sie auf einem Foto in dem Reisebüro wiedererkannt, in dem sie schließlich das Flugticket kaufte.

»Es fühlt sich richtig an.«

»Nein, Vika, das tut es nicht. Das Land ist am anderen Ende der Welt. Wir können dich nicht mal eben abholen, wenn du in Schwierigkeiten steckst.«

»Himmel, es wäre nicht das erste Mal, dass ich weit weg bin. Ich habe ein halbes Jahr in Argentinien studiert, du erinnerst dich?«

»Das kann man nicht vergleichen. Du hast gerade erst die Akuttherapie abgeschlossen und bist noch nicht bereit ...«

Vika spürt Ungeduld in sich hochsteigen. »Darf ich vielleicht selbst entscheiden, wann ich bereit bin? Es ist mein Leben.« Bevor ihre Mutter mit dem Hinweis aufwarten kann, dass es ihr Geld ist, fügt sie schnell hinzu: »Dr. Günther jedenfalls hat keine Bedenken.« Es widerstrebt ihr, dieses Argument anzuführen, aber ihre Mutter scheint beruhigt und wechselt das Thema.

»Ist das iPad angekommen?«

»Ich war den ganzen Tag unterwegs und bin jetzt auf dem Weg zum Sender. Welches iPad überhaupt?« Sollten ihre Eltern ihr tatsächlich ein Tablet gekauft haben, damit sie ihnen auch vom anderen Ende der Welt regelmäßig Fotos und Nachrichten schicken kann? Die sie davon überzeugen, dass es ihrer Tochter gut geht? Hatte nicht Dr. Günther im Gespräch mit ihren Eltern, das ohne sie stattfand, das Thema Abnabelung zur Sprache gebracht? Ihre Mutter klingt plötzlich beschäftigt.

»Papa lässt ebenfalls grüßen«, spult sie ihre übliche Verabschiedung herunter.

»Ich ruf euch später noch mal an«, verspricht Vika ebenso routiniert.

Die Straßenbahn fährt ein, die beschlagenen Scheiben lassen auf Überfüllung schließen. Im Radio hatten sie von Streik gesprochen, insofern hat Vika noch Glück. Zusammen mit mehreren fülligen Kopftuchträgerinnen, die sie um fast zwei Köpfe überragt, drängt sie sich in die Bahn. An der nächsten Haltestelle steigt niemand aus, trotzdem öffnet sich die Tür. Im Graupelschauer steht eine Rollstuhlfahrerin. Schlecht gelaunt fordert sie den Mann neben

Vika auf, Platz zu machen, aber der wirft nur einen kurzen Blick über die Schulter. »Hier ist voll«, bemerkt er achselzuckend. Die Frau draußen schimpft, die Tür schließt, die Bahn fährt ab. Vika greift nach der Haltestange.

Im Foyer des Sendestudios Mannheim-Ludwigshafen meldet sich Vika am Empfang.

»Zu Jazza, bitte.« Die weiche, pseudo-französische Aussprache hat sie sich längst abgewöhnt. Inzwischen sagt sie Tschässa, wie jeder hier. Vika hat Jazza im Herbst letzten Jahres kennengelernt. Eine knappe Woche, bevor sie Daniel begegnete. Schlechtes Timing. Danach hatte sie nur noch Augen, Hirnkapazität und Zeit für ihn gehabt. Jazzas USB-Stick-Visitenkarte schlummerte in der perlenbestickten Handtasche, die sie nicht mehr benutzte, seit sie die Tage mit Daniel im Wald und die Nächte zu Hause verbrachte. Jazzas Vorschlag, ihre, wie sie sagte, *endgeile* Stimme als Nachwuchsmoderatorin im Internetradio auszuprobieren, geriet in Vergessenheit. Von Wolke sieben aus betrachtet, wirkte ein Nebenjob bei einem Digitalableger der öffentlich-rechtlichen Sendeanstalt so unbedeutend wie die Vorlesungen und Seminare in Philosophie, die immer häufiger ohne sie stattfanden.

»Jazza ist auf Sendung«, sagt die Empfangsdame, »aber du kannst hochgehen. Du weißt ja, worauf du achten musst.«

Vika nickt und wendet sich zum Aufzug. Nach Daniels Tod erst hatte sie sich bei Jazza gemeldet. Genau genommen nach ihrem psychischen Kollaps, der auf Daniels Unfall und die Erkenntnis folgte, dass sie es verbockt hatte. In der Gruppentherapie der durch Tod Geschiedenen hatten sie darüber gesprochen, dass eine regelmäßige Beschäftigung helfen könnte. Sie hatte sich an die junge Frau mit dem strubbeligen, türkis-rot-schwarzen Pferdeschwanz und dem Dutzend Piercings in Nase und Ohrmuscheln erinnert, die ihr auf irgendeiner Party den USB-Stick mit dem aufgedruckten Senderlogo und ihren Kontaktdaten in die Hand gedrückt hatte. Diese Erinnerung erschien ihr plötzlich wie ein Zeichen. Daniel hatte ihre Stimme geliebt und war immer überzeugt davon gewesen, dass Vika eines Tages ihren Lebensunterhalt damit bestreiten würde. Sie hatte nur gelacht. Beim Karaoke stand sie gern auf der Bühne, aber sie konnte sich nicht vorstellen, das Singen und all das laute Marketing, das damit zusammenhing, zu ihrem Job zu machen. Über andere Möglichkeiten, mit der eigenen Stimme Geld zu verdienen, hatte sie bis zu jener Gruppentherapiestunde nie ernsthaft nachgedacht. Aber plötzlich schien die Sache klar: Sie würde den verdammten USB-Stick finden und Jazza M. kontaktieren. Sie war nicht wild darauf gewesen, mit ihrer Stimme Autounfälle zu verursachen, wie Jazza damals im Scherz prophezeit hatte. Aber es fühlte sich so dermaßen heftig nach etwas an, was Daniel gewollt hätte, dass die Entscheidung feststand, kaum war das Wort »USB-Stick« erstmals in ihrem Bewusstsein aufgetaucht.

Sie hatte Jazza persönlich im Sender besucht, eine Geste der Wertschätzung, die für ihr Desinteresse der vergangenen Wochen entschuldigen sollte. Gewohnheitsmäßig hatte sie vor dem Treffen die Firmentoilette aufgesucht. Alle paar Stunden überwältigten sie die Tränen und sollten, so hatte es Dr. Günther ihr dringend angeraten, nicht unterdrückt werden. Um in einem Gespräch über einen potenziellen Job nicht beim ersten Stichwort, das sie an Daniel erinnerte, zu zerfließen, zog Vika es deshalb vor, sich prophylaktisch auszuweinen. Das ging zu dem Zeitpunkt zügig und weitgehend lautlos, aber als Vika danach vor dem Spiegel ihr Gesicht abtupfte, war ausgerechnet Jazza in den Toilettenraum gepoltert. Die bunte Mähne flammte um ihre Schultern und die hochgekrempelten Ärmel ihres Holzfällerhemdes entblößten tätowierte Pokémonkämpfe. Ihre ganze zierliche Gestalt schien pures Energiekonzentrat. Vikas Anblick ließ sie stutzen, dann blitzte in ihren Augen Wiedererkennen auf und im nächsten Moment Missmut.

»Ha. Ich dachte, du bist tot. Hab noch nicht viele getroffen, die sich nicht melden, wenn ich ihnen meine Karte gebe.«

»Tut mir leid. Mein Freund ist gestorben. Laut ›Rhein-Neckar-Zeitung‹ ein tragischer Unfall auf der Bundesstraße zwischen Neckargemünd und Heidelberg. Die Leitplanke war durch einen früheren Lkw-Unfall beschädigt. Er brach durch die provisorische Absperrung und stürzte in den Neckar. Er war der Mann meines Lebens. Naja. Wir haben uns ziemlich abgekapselt von allem. Aber wenn dein Angebot noch steht, würde ich jetzt gern drauf zurückkommen.«

Jazza starrte sie an wie ein nicht eben kleines, exotisches Insekt, unschlüssig, ob sie davonlaufen, es zertreten oder lieber eingehender untersuchen sollte. Der Handtuchspender zog surrend den feuchten Teil des Tuches ein.

»Das überfordert mich gerade etwas«, sagte sie schließlich. »Mein Vater ist gestorben, als ich zwölf war. Krebs. Ich kann damit nicht gut, mit Tod und so.«

Vika zuckte die Achseln. »Geht mir auch so. Aber wie gesagt, eigentlich bin ich wegen der Radiosache hier.«

Seitdem war Vika regelmäßig nach ihrer Therapie ins Funkhaus gekommen, wo Jazza ihr Einblicke in die Arbeit am Mikrofon gegeben hatte. Bald übernahm Vika kleinere Rechercheaufgaben oder half am Schnittpult. Daniel war nie ein Thema. Nur hin und wieder, wenn sie Presseunterlagen sichteten und Jazza sie fragte, ob Vika nicht dieser oder jener Sänger, Schauspieler, Umweltaktivist gefallen würde, erinnerte Vika sie daran, was der Tod der einzig wahren Liebe im Klartext bedeutete: Sie musste den Rest ihres Lebens ohne sie auskommen.

»Und was heißt das für Sex?«, hatte Jazza entsetzt gefragt.

»Nichts.«

Vika grinst in der Erinnerung an diesen Wortwechsel und verlässt den Fahrstuhl. Vor dem Panoramafenster des Studios, über dem die rote Lampe mit dem Schriftzug *MIKRO EIN* leuchtet, bleibt sie stehen. Jazza sitzt am Tisch hinter der Monitormauer, die schwarzen Kopfhörer über das bunte Haar gestülpt, die Lippen dem Mikrofon zugeneigt wie einem willigen Liebhaber. Wer Jazza zum ersten Mal sieht, ahnt nicht, wie gut sie am Mikro ist. Erst wer die Augen schließt, bekommt eine Vorstellung. Ihre Stimme, die über Lautsprecher in den Vorraum übertragen wird, spricht vom Wetter und leitet elegant zu den Leiden obdachloser Jugendlicher über. Ihr Blick springt zwischen zwei Monitoren, ihre Finger ziehen Regler hoch und lassen die Maus über die blaue, geräuschhemmende Tischunterlage flitzen. Jazza ist so konzentriert, dass sie Vika nicht bemerkt. Im nächsten Moment wird der Beitrag über Resozialisierungsprojekte für obdachlose Minderjährige in Ludwigshafen eingespielt. Kaum erlischt die rote Lampe, blickt sie auf und winkt Vika herein.

»Hey«, grüßt sie. Jazzas Augen leuchten in dem gleichen intensiven Hellblau wie Vikas Smartphone, wenn es eine neue WhatsApp-Nachricht empfängt. Grinsend streckt sie sich Vika zur Begrüßungsumarmung entgegen. »Wir müssen unbedingt was ausprobieren.« Sie deutet auf den Rollhocker neben ihr.

»Ich wollte eigentlich nur kurz mit dir reden.«

»Kannst du gleich. Erst das hier. Und entspann dich. Es ist für einen guten Zweck.«

Zögernd nimmt Vika Platz und zieht die Kopfhörer über, die

Jazza ihr reicht. Als sie den Text auf dem Bildschirm überfliegt, den Jazza in ihre Richtung dreht, will sie protestieren, aber ihre Freundin deutet nur auf die digitale Zeitanzeige an der Wand, wo die roten Punkte den Kreis um die vier Digitalziffern bereits fast vervollständigt haben. Aus dem Kopfhörer tönen die Regionalnachrichten. Das Sound-Logo folgt. Das rote Licht über der Tür leuchtet auf. Mit einem wütenden Blick, den Jazza unbeeindruckt von sich abprallen lässt, zieht Vika den schwarzen Teleskoparm des Mikrofons näher zu sich heran.

»Hier nun die aktuellen Informationen zu Staus und Behinderungen. A5 Heidelberg Richtung Karlsruhe. Zwischen Anschlussstelle Bruchsal und Dreieck Karlsruhe zwölf Kilometer stockender Verkehr nach einem Unfall …«

»Was war daran jetzt eigentlich für einen guten Zweck?«, fragt Vika, nachdem sie für das Programm der kommenden Stunde nach Stuttgart übergeben haben. Jazzas Lachen erinnert sie an ihre eigene Unbeschwertheit vor Daniels Tod.

»Dass deine Stimme draußen im Äther gehört wird. Vielleicht sitzt er gerade im Auto, der künftige Mister Right, und denkt sich: ›Hey, die Frau zu dieser Stimme muss ich unbedingt kennenlernen!‹ Wollen wir uns ein Bier holen und warten, bis der erste Hörer anruft?«

»Du hast sie nicht mehr alle.« Vika steht auf. Wäre Jazza nicht Jazza, würde sie sich jetzt ärgern. Aber nach all den befangenen, verkrampften Reaktionen ihres weiteren Umfeldes ist sie Jazza fast schon dankbar für ihre rigorose Betroffenheitsverweigerung. Dafür lohnt es sich sogar, Jazzas Verkupplungsbemühungen zu ertragen. Oder auf die Schippe zu nehmen.

»Er hätte leider Pech, der Mister *Right*«, bemerkt sie süffisant. »Because he would soon learn that I have *left*.« Über ihr kleines

Wortspiel muss sie selbst lachen, während Jazza plötzlich ernst wird.

»Ach ja? Und was heißt das für das Halbtagspraktikum in der Nachrichtenredaktion, das ich für dich arrangiert habe?«

Vika schluckt. Die große Enthüllung ihrer Zukunftspläne hat sie sich anders vorgestellt. »Ich werde es machen. Ich fange bloß ein paar Wochen später an, weil ich übermorgen nach Japan fliege.«

»Wie bitte?« Jazzas Skepsis tänzelt im Raum wie eine westpazifische Riesenkrabbe. Vika unterdrückt das Bedürfnis, sich in langsamen Rückwärtsschritten zur Tür zu bewegen.

»Ich wollte schon immer mal hin, und jetzt … das Trostgeld meiner Eltern …« Souverän klingt anders. »Ich brauche Abstand, Jazza. Auch von meinen Eltern. Sie sollen nicht denken, dass ich nicht allein zurechtkomme.«

»Wie lange bleibst du?«

»Vier Wochen.«

Jetzt wäre der Zeitpunkt, dass Jazza beeindruckt sein könnte. Nach Japan reist schließlich nicht jeder. Es bedarf Mut und einer gewissen Welterfahrenheit, von der Vika glaubt, dass sie sich diese auf ihren Rucksackreisen durch Europa und während ihres Auslandssemesters in Buenos Aires angeeignet hat. Aber Jazza ist nicht beeindruckt. Mit einem unwilligen Gesichtsausdruck schiebt sie ihre Papiere zusammen und verstaut sie in einer abgegriffenen Kunststoffmappe.

»Was willst du so lange dort machen?«

Darüber nachdenken, ob Liebe tatsächlich den Tod überdauern kann und was Daniel wohl für sie gewollt hätte, hätte er noch die Chance, etwas zu wollen.

»Ich meine, wenn du das mit dem Journalismus weiterverfolgen willst, solltest du diese Reise nutzen. Für ein Rechercheprojekt, irgendeine Form der Berichterstattung. Mach ein Weblog auf, starte einen YouTube-Kanal. Sei kreativ. Überleg dir, was du willst.«

Ich will Daniel zurück. Mein Leben. Meine Liebe. Oder wenigstens die Zeit zurückdrehen, um meine bescheuerte Einwilligung zurückzunehmen.

Aber das kann sie Jazza nicht erzählen. Also seufzt sie nur und sagt: »Okay.«

Endlich breitet sich ein Lächeln auf Jazzas Gesicht aus.

»Cool. Vielleicht steht dir sogar der eine oder andere Samurai für ein Fotoshooting zur Verfügung. Oder für mehr, wer weiß!« Sie fährt sich mit der Zunge über die Lippen und lacht laut und wüst wie eine Naturgewalt, als Vika die Augen verdreht,

»Okay, okay, du fährst allein ans andere Ende der Welt. Schön, dass es mit dir wieder aufwärts geht. Oder fährst du gar nicht allein? Sag jetzt nicht, dass dieser Wie-heißt-er-noch? mitkommt. Der Typ hat einen Schwelbrand in den Synapsen.«

Vikas Schultern versteifen sich. Wie soll sie Jazza erklären, dass Hartmut der Einzige in ihrem Umfeld ist, der Daniel gekannt hat? Dass allein dieses Wissen so gut tut, dass es keine Rolle spielt, dass Daniel Vika zu Lebzeiten nicht mit Hartmut bekannt gemacht und auch nie von ihm erzählt hat? So wie er seinen Eltern nie von Vika erzählt hat. In Hartmuts Auto hatte Daniel den Tod gefunden. Daniels Eltern hatten ihn deshalb von der Beerdigung ausgeschlossen. Vika hatten sie die Auskunft über Zeit und Ort der Beisetzung verweigert, weil sie nicht glauben konnten, dass ihr wunderbarer, hochbegabter Sohn eine derart verantwortungslose Person geliebt hatte. Hartmut hielt Daniel lebendig, indem er seine Erinnerungen an ihn mit Vika teilte. Gewissermaßen hielt er damit auch Vika am Leben.

»Ich habe verstanden, dass du ihn seltsam findest. Ich bin trotzdem froh, dass er sich bei mir gemeldet hat.«

Jazza verzieht das Gesicht, schlüpft in ihre mit einem halben Dutzend Aufnähern verzierte Vintage-Jacke und wickelt sich einen überdimensionierten Wollschal um den Kopf. Sie verabschieden sich an der Haltestelle der Überlandstraßenbahn, mit der Vika nach Heidelberg fährt. Das Gespräch mit Jazza ist nicht ganz so verlaufen wie erhofft, aber wenn sie ihr erst ein Rechercheprojekt aus Fernost vorschlägt, wird ihre Enttäuschung über das verschobene Praktikum sicherlich verfliegen. Eine Weile überlegt sie, was für ein Projekt sie beginnen könnte. Ein Weblog über die Kirschblüte? Eine Top-10-Liste japanischer Sehenswürdigkeiten? Eine Rezensionsreihe der besten Restaurants? Dringender als das Rechercheprojekt dürfte es allerdings sein, einen Schlafplatz für die ersten Nächte zu organisieren. Sie hat gerade noch achtundvierzig Stunden Zeit, um ihre Reise wenigstens in groben Zügen vorzubereiten. Während die Regionalbahn von Mannheim nach Heidelberg zuckelt, erstellt sie gedanklich eine Checkliste, von der sie auf der anschließenden Straßenbahnfahrt nach Rohrbach-Süd und der letzten Wegetappe mit dem Bus durch die Weinberge hinauf zur Hochhaussiedlung auf dem Emmertsgrund sechzehn Unterpunkte wieder streicht, für die sie ohnehin nicht genug Zeit haben wird.

Als Vika endlich den Eingang des fünfzehnstöckigen Wohnblocks erreicht, in dem ihre Eltern vor ihrer Rückkehr aus Argentinien im vergangenen Sommer eine Ein-Zimmer-Wohnung für sie eingerichtet haben, fühlt sie sich so abgeschlagen, als läge der Zwölf-Stunden-Flug nach Tokio bereits hinter ihr. Aus dem Briefkasten fällt ihr die Benachrichtigung entgegen, dass »Aline Scheurer, 5. OG«, ihr Paket angenommen hat. Ach ja, das iPad. Vika seufzt. Aline ist ein weiteres ihrer Ghosting-Opfer. Nach ihrem Einzug hatten sie sich angefreundet, gemeinsames Kochen und Fernsehen inklusive. Kaum war Daniel in ihrem Leben, hatte Vika allenfalls noch kurz gegrüßt. Körperlich war sie anwesend, aber gedanklich und emotional lebte sie im Archipel d'Amour. Nach seinem Tod hatte es noch einmal einen Versuch der Annäherung gegeben. Aline hatte Vika nachts weinen gehört und war eines Tages mit einer Tafel Schokolade bei ihr aufgetaucht. »Männer sind Schweine«, hatte sie gesagt und ihr die Schokolade in die Hand gedrückt. Stumm hatte Vika ihr den Artikel aus dem Lokalteil der »Rhein-Neckar-Zeitung« hingehalten. Sie sah das Blatt in Alines Hand zittern. »Ich bin unfassbar«, stammelte sie in einem hilflosen Versuch der Anteilnahme. Sie schien zu merken, dass etwas mit ihrer Formulierung nicht stimmte, kam aber nicht darauf, was es war. Ihre Augen sahen aus, als würde sich ihr Blau jeden Moment auf Vikas Teppich ergießen. Am Tag danach stand Aline mit Essen vor der Tür, aber die Tatsache, dass Vika nichts anrührte, überforderte sie. Plötzlich brach es aus ihr heraus: Vika sollte froh sein, dass sie nur drei Monate mit Daniel zusammen gewesen war. So sei sein Tod doch viel leichter zu verschmerzen, als wenn sie drei Jahre miteinander verbracht hätten.

Seitdem hatten sie nicht mehr miteinander gesprochen.

Als sie jetzt vor Alines Wohnungstür steht, atmet Vika tief ein. Von drinnen hört sie den Fernseher. Auf ihr Klingeln antwortet Max mit einem unterdrückten »Wuff!«, dann öffnet Aline.

»Hey. Geht es dir besser?«, fragt sie vorsichtig. Ihr Blick bettelt um ein Ja.

Vika gönnt ihr ein Nicken. »Du hast Post für mich angenommen?«

Max schiebt seine platte Schnauze an Alines Beinen vorbei und begrüßt Vika schnaufend und fiepend, wobei seine vordere Hälfte springt und die hintere wedelt, bis der ganze Mops vor Vikas Füße kullert. Angesichts der ungetrübten Freude ihres Hundes taut Aline langsam auf. Sie lächelt zaghaft.

»Komm rein«, sagt sie und öffnet endlich die Tür ganz. Vom Sofa grüßt ihr tätowierter Olli mit einem knappen Nicken. Wie eigentlich immer sitzt er mit aufgeklapptem Laptop vor dem Fernseher. Vika wagt ein Lächeln, während Max sein Begrüßungsballett fortsetzt und Aline im Schlafzimmer verschwindet, um kurz darauf mit dem Päckchen zurückzukommen.

»Lass mich raten: Um mit dem ganzen Drama der letzten Wochen abzuschließen, hast du dir ordentlich was gegönnt.« Triumphierend schwenkt sie das Päckchen und ignoriert geflissentlich, wie Vika *bei dem ganzen Drama* zusammenzuckt.

»Ich fliege nach Japan.«

Alines Augen werden fast so rund wie die ihres Mopses.

»Wow! Das ist ja …! Wie aufregend!«

»Was willst du denn da machen?«, fragt Olli, ohne von seinem Laptop aufzusehen. Vika ist überrascht, dass er auch anders als digital kommunizieren kann. Schade nur, dass sie gerade jetzt keinerlei Wert darauf legt.

»Mal sehen. Da wird sich bestimmt was ergeben«, murmelt sie achselzuckend.

Jetzt hebt Olli den Kopf, der zwischen seinen Schultern erstaunlich klein wirkt, und scheint sie plötzlich zum ersten Mal wahrzunehmen.

»So eine Reise unternimmt man nicht, um ›mal zu sehen‹«, belehrt er sie.

»Es gibt Reiseführer und im Internet steht auch allerhand«, wiegelt Vika ab. »Außerdem ist es nicht das erste Mal, dass ich weiter weg verreise.«

Olli schüttelt den Kopf. Mit dem Fernseher im Hintergrund sieht es aus, als würde der obere Teil seines frischen Bürstenhaarschnitts die Farbe verändern. »Japan ist etwas völlig anderes. Da brauchst du Kontakte vor Ort.«

Aline nickt zustimmend, als sei genau dies schon immer ihre Rede gewesen, aber Vika zuckt erneut die Achseln.

»Theoretisch ein hervorragender Ansatz. Aber praktisch habe ich leider keinerlei Anlaufstellen in Japan. Was soll ich tun? Das Flugticket stornieren?« Sie kann nicht verhindern, dass sie patzig klingt. Mit einer einzigen, geschmeidigen Bewegung steht Olli auf und kommt auf sie zu. Er ist größer und deutlich muskulöser, als Vika von jemandem erwartet hat, der bei jeder einzelnen ihrer bisherigen Begegnungen vor dem Computer saß.

»Wirklich, ich meine das ernst«, sagt er. Schneller als sie blinzeln kann, schnappt er Vika das Päckchen aus der Hand, fischt einen Kugelschreiber aus einem Stifthalter im Flur und kritzelt einen Namen auf die Vorderseite des Päckchens. Es folgen zwei Telefonnummern, die er aus seinem Handy abschreibt.

»Ein Kumpel vom Karate. War oft in Japan. Hat auch einige Jahre dort gelebt. Ruf ihn an und frag, was er dir empfehlen kann.«

Er reicht ihr das Päckchen zurück. Aline strahlt, als hätte ihr wunderbarer Freund gerade Katzenbabys aus einem reißenden Fluss gezogen.

»Ich muss rüber«, presst Vika hervor und schlüpft aus der Tür.

»Lass von dir hören!«, ruft Aline ihr nach.

In ihrer Wohnung stellt Vika die Tüte mit der Teekanne auf den Küchentisch, legt das Päckchen daneben und wirft ihre Winterjacke über den Kleiderständer im Flur. Ihre Augen brennen, ihre Sicht verschwimmt. Seit heute Morgen hat sie mit mindestens einem Dutzend Menschen gesprochen, ohne in Tränen auszubrechen oder unverlangte Monologe über Daniel zu halten, die vergeblich die Lücke zu füllen versuchen, die er hinterlassen hat. Sie hat Dinge erledigt, ihre Meinung vertreten und Verkehrsnachrichten gelesen, bei denen sie keine Sekunde lang an Daniel gedacht hat. Jetzt spürt sie den Schmerz erneut aufsteigen. War das der Fortschritt, von dem Dr. Günther gesprochen hatte? Und wenn ja, will sie ihn? Hastig reißt sie sich die Klamotten vom Leib und schafft es gerade so unter die Dusche, bevor die ersten Tränen hervorquellen. Das warme Wasser trägt sie mit sich fort. Vika schließt die Augen und hält ihr Gesicht in den Duschstrahl. Sie hat sich angewöhnt, unter der Dusche zu weinen. Es gibt ihr das Gefühl, der Trauer nicht hilflos ausgeliefert zu sein, sondern Kontrolle zurückzugewinnen, indem sie selbst bestimmt, wann sie die Schleusen öffnet. Ihr Kopfkino zeigt zum x-ten Mal die schönsten Szenen der Romanze »Daniel & Vika« im Zeitraffer.

Sie hatte Daniel Artopé im »O'Reilly's«, dem Irish Pub auf der Neuenheimer Seite des Neckars, kennengelernt. Vika war mit den drei M's, ihren Freundinnen Mel, Magda und Marina, zur Karaoke-Nacht gekommen und hatte nach einigen Margaritas bereitwillig ihre Interpretation von »I will survive« und »Hallelujah« zum Besten gegeben. Der Alkohol und der dröhnende Applaus ließen sie schweben. Und dann war plötzlich Daniel an ihrem Tisch aufgetaucht. Das dunkle, in der Mitte gescheitelte Haar schmiegte sich von beiden Seiten an die Bügel seiner runden Brille, zeichnete die kantigen Wangen weich und zog sein schmales Gesicht noch mehr in die Länge. Seine Lippen formten ein Lächeln, das Vika für schüchtern hielt, bis sie in seine Augen sah. Noch nie hatte sie so dunkle Augen gesehen. Pupille und Iris schienen eine Einheit zu bilden. Der Blick kam aus einer Tiefe, die Vika anzog und gleichzeitig schaudern ließ.

»Du bist so schön, dass es schmerzt, dich anzusehen«, sagte er. »Noch mehr allerdings würde es schmerzen, diese Welt zu verlassen, ohne deine Stimme meine Lieder singen zu hören.«

Mel war die erste, die reagierte.

»Das soll wohl ein Witz sein? Frag sie in fünfzig Jahren noch mal. So viel Zeit muss sein.«

Aber Daniel sah nicht aus, als hätte er Mel auch nur gehört. Sein Blick blieb auf Vika gerichtet. Seine schlanke Gestalt trat in den Hintergrund, während sich seine Präsenz vor ihr entrollte wie die Landkarte eines noch unentdeckten Kontinents. Vika spürte, wie ihr Innerstes zu schwingen begann. Wer war er? Plattenproduzent? Talentscout einer zweifelhaften Casting-Show aus der baden-württembergischen Provinz? Einfach nur ein Aufreißer?

»Wenn sie gut sind«, antwortete sie schließlich in dem Versuch, sich einen Fluchtweg offen zu halten, der in Wahrheit gar nicht existierte. Daniel war der Einzige für sie und sie die Einzige für ihn. Sie waren füreinander bestimmt wie die Blume für die Biene, der Stern für die Nacht, die Erdbeere für die Marmelade.

Eine Woche später war er zu ihr gezogen. Zu diesem Zeitpunkt hatte sie schon eine Ahnung davon bekommen, was es hieß, hochbegabt zu sein. Daniel hatte als Dreizehnjähriger nur einige Wochen gebraucht, um Russisch zu erlernen, und wenige Jahre, um die Sprache zu perfektionieren. Er benutzte sie seitdem für seine Mitschriften naturwissenschaftlicher Vorträge. Auch den Text seiner »Hymne an die Fotosynthese« hatte er in russischer Sprache verfasst. Vika war froh, dass Mel nicht dabei war, als Daniel es zum ersten Mal erwähnte. Sie hätte gelacht. Dabei war die Hymne so wenig lächerlich wie alles andere, worauf Daniel sein

Hirnschmalz verwendete. Sprachen, Mathematik, verschiedene Naturwissenschaften, all das erschloss sich ihm so bereitwillig, als wäre er bereits in seinen früheren sieben Leben Forscher gewesen und hätte lediglich das Vergessen vergessen. Vika bemühte sich, den Menschen hinter der Begabung zu sehen. Sie hielt seine Hand, als er ihr anvertraute, der Wettbewerbe überdrüssig zu sein. Seit seiner frühesten Kindheit war er von seinen ehrgeizigen Eltern gefördert und gefordert worden. Wozu? In seiner Evolution hatte sich der Mensch seiner Umwelt angepasst. Dass er nun versuchte, die Umwelt an die eigenen Bedürfnisse anzupassen, konnte nichts anderes bedeuten, als dass die Evolution in eine Sackgasse geraten war. Lebewesen entwickelten Eigenschaften, die sich kurzfristig als günstig erwiesen, mittelfristig aber zum Aussterben führten. In Jahrmillionen war das immer wieder vorgekommen. Jetzt befand sich die Menschheit in dieser Phase. Daniel wollte über diese Theorie nachdenken, sich in die neuesten Erkenntnisse der Archäologie vertiefen, um nachzuspüren, wann genau die Evolution in die Sackgasse abgebogen war, aber seine Eltern waren weniger tolerant als Vikas. Als er aufhörte, Scheine in den sechs Fächern zu machen, für die er eingeschrieben war, strichen sie ihm kurzerhand die monatlichen Finanzmittel. Daniel hatte nicht protestiert. Er hatte lediglich angefangen, seine Studentenbude in der Heidelberger Altstadt tageweise über das Internet an Touristen zu vermieten. In der Zwischenzeit wohnte er in seinem zwanzig Jahre alten Opel, den er Charlie nannte, und duschte im Schwimmbad. Als Vika ihm anbot, bei ihr einzuziehen und seine Mieteinnahmen für ihren Lebensunterhalt zu verwenden, knetete er mit der rechten die Finger seiner linken Hand und blickte lange schweigend durch das Küchenfenster in die Ebene.

»Es gibt da etwas, was du wissen musst«, sagte er schließlich.

Vikas Fantasie reichte nicht, um zu antizipieren, was er ihr offenbaren würde. Dass er von unerklärlichen Krämpfen heimgesucht wurde, die für Laien nicht von epileptischen Anfällen zu unterscheiden waren, ihre Ursache jedoch nicht in einer Epilepsie hatten. Sie dauerten wenige Minuten, nach einer Dreiviertelstunde wäre er wieder ansprechbar.

»Bitte versprich mir, dass du keinen Arzt holst, wenn es passiert. Es ist schlimm genug, die Kontrolle über den eigenen Körper zu verlieren. Aber die Ratlosigkeit der Mediziner und die Nebenwirkungen von Medikamenten, die nicht helfen, sind noch schlimmer. Die Anfälle werden irgendwann von selbst aufhören, da sind sich alle einig. Es gibt keinen Grund sich zu fürchten. Und bitte sprich mit niemandem darüber. Das Letzte, was ich brauche, sind Spekulationen darüber, ob in meinem Kopf noch alles richtig tickt.«

Sie nickte. Willigte ein. Keine Fragen, keine Zweifel. Nur Vertrauen, dass sich jemand, der so intelligent war wie Daniel, nicht irren konnte. Wie um ihr Versprechen zu besiegeln, hatte er noch am selben Abend einen Anfall bekommen. Vika fing ihn gerade noch rechtzeitig auf, als er vom Küchenstuhl rutschte. Sein warmer Körper zuckte in ihren Armen, als sie mit ihm auf den Teppich sank. Tränen schossen ihr aus den Augen, als sie sich unter ihm hervorschob, ihre Hände hielten seinen Kopf, seinen kostbaren Kopf. Vorsichtig legte sie ihn hin, den Nacken durchgestreckt, und zog seine Arme näher an seinen Körper, damit die zappelnden Hände sich nicht an ihrem Bücherregal verletzten. Seine Muskeln zuckten unkontrolliert, Blut lief aus seinem Mund, in seinen Augen stand die nackte Angst. Vika fühlte die Panik, aber sie erinnerte sich auch an ihr Versprechen und zwang sich zur Ruhe. Nach exakt einer Dreiviertelstunde setzte Daniel sich auf. Benommen fuhr er sich mit der Zunge über die Lippen. Sein Gesicht verzog sich, als er schluckte.

»Du hast dir auf die Zunge gebissen«, flüsterte sie.

»Scheiße«, sagte er, stand auf und ging ins Bad. Mehr hatte er nicht dazu gesagt. Weder nach diesem Anfall noch nach einem der folgenden.

Unter der warmen Dusche tastet Vika mit geschlossenen Augen nach der Shampoo-Flasche und schäumt sich die Haare ein. Sie ist noch nicht bereit, den Film zu stoppen.

Sie erinnert sich an ihre Wanderungen. Die Anfälle kämen nicht, wenn er draußen und in Bewegung war, hatte Daniel gesagt. Sein Körper würde instinktiv spüren, wann ein Anfall ihm zur Lebensgefahr werden könnte. Vika hatte verschwiegen, dass ihr jeder Anfall lebensgefährlich erschien. Sie wollte ihn nicht beunruhigen. Sie wollte es nicht wahrhaben. Sie klammerte sich an die Magie ihrer Gefühle, den Gleichklang ihrer Gedanken und die Bilder ihrer Liebe, die sie gemeinsam schufen. Meist waren das Zärtlichkeiten und Liebesbeteuerungen, sorgfältig inszeniert vor den Panoramen ihrer Stadt, als hätte Vika schon damals geahnt, dass sie eines Tages durch diese Erinnerungen spulen würde wie durch ein Videotagebuch.

Heidelberg, 5. Dezember 2013. Grauer Frost hing seit Tagen zwischen Königstuhl und Heiligenberg im Neckartal fest, die vereisten Dächer der Altstadt schienen die ganze Last des Himmels zu tragen. Vom Balkon auf halber Höhe des Königstuhls grüßte ewig pittoresk die Schlossruine. Weiter unten spannte sich die Alte Brücke über den Fluss, der unter Nebelschwaden dahinkroch.

Vika schmiegte sich fester in Daniels Arme und nahm das Bild der winterlichen Stadt ganz in sich auf. Die Luft war erfüllt von winzigen Schneekristallen. Sie tanzten kreuz und quer und verloren sich in ihrem Atem.

»Und«, flüsterte er, »hat es sich gelohnt, hier hochzukommen?«

Sie nickte. Jedes Bild, das sich identisch in ihrer beider Erinnerungen fügte, war Teil ihrer Liebes-DNA und in Vikas Augen seine Anstrengung wert.

»Es ist wunderschön.« Sie spürte seine Beine hinter ihren und seine Finger an der Stelle, wo ihr unter der Winterjacke das T-Shirt aus der Jeans gerutscht war.

»Du bist wunderschön.« Er fasste eine Haarsträhne, die über ihre rechte Schulter fiel, und zog sie vorsichtig nach links, als öffnete er eine Schleife. Dem sachten Zug folgend drehte Vika sich zu ihm herum.

»Ich liebe dich«, flüsterte er. Ernst blickten seine tiefschwarzen Augen sie an.

»Ich liebe dich auch.« Sie küsste ihn, schlang die Arme mit aller Kraft um seinen Hals und drückte sich so fest an ihn, dass er schwankte. »Du bist mein Leben.«

Sie küssten sich das Lächeln und die Worte von den Lippen. Die Seifenblase, in der sie seit acht Wochen lebten, war groß, intakt und gefüllt mit pulsierender Wärme.

»Sie ist erstaunlich, meine Liebe für dich«, begann er, als sie auf dem Philosophenweg weiter westwärts liefen. »Sie wird immer größer, wird immer mehr zu etwas Eigenem, das ich kaum beeinflusse und noch weniger bestimme.«

»Wie meinst du das?«

»Es ist schwer zu erklären. Meine Liebe für dich fühlt sich größer an als jedes andere Gefühl, zu dem ich jemals fähig war. Sie ist etwas Eigenes geworden, etwas, das in mir, aber auch außerhalb von mir existiert. Etwas, das mich erfüllt und mich umgibt.«

»Ein Lebewesen?«, fragte Vika, den Blick abgewandt, um ihre Ratlosigkeit zu verbergen.

»Kein Lebewesen in herkömmlichem Sinne, aber doch etwas, das in der Lage wäre, auch ohne mich zu existieren.« Er blieb plötzlich stehen und fasste ihre beiden Hände. »Alles, was entsteht, verändert sich. Aber es verschwindet nicht. Wasser kann verdunsten, Feuer erlöschen. Es bleiben Wasserdampf und Wärmeenergie. Nichts geht verloren. Meine Liebe zu dir, sie wird nie verschwinden. Sie wäre immer noch da, selbst wenn ich es nicht mehr wäre.«

Sie drückte seine Hände, als könnte das seinen Redefluss stoppen. Zwischen ihren eigenen spürte sie die beiden schwachen Finger seiner Linken. Sie wollte nicht, dass er fortfuhr, aber er tat es trotzdem.

»Vika, ich würde dich noch über meinen Tod hinaus lieben. Ich möchte, dass du das weißt.«

Sie biss sich auf die Lippe und nickte hektisch.

»Du verstehst mich nicht.« Er klang resigniert.

»Doch. Deine Liebe würde weiterleben. In mir und …«

»Nicht in dir. Du hast deine eigene Liebe. Meine Liebe würde dich wiederfinden.«

Vika konnte seinen Gedanken nicht folgen, schlimmer noch, sie hatte Angst, sich auf sie einzulassen.

»Und wie würde sie aussehen, deine Liebe?«, fragte sie vorsichtig.

»Aussehen? Wie soll Liebe schon aussehen?« Er klang wie ein Nachhilfelehrer, dessen Schülerin schon wieder an den Grundrechenarten scheitert. Dann lächelte er plötzlich. »Meine Liebe würde natürlich anders aussehen als alles, was du je zuvor gesehen hast. Sie hätte Flügel, viele kleine, transparente Flügel.«

Er löste seine Hände aus ihren und machte kleine Propellerbewegungen neben seinen Schultern, was so lustig aussah, dass auch Vika lachen musste.

Sogar jetzt unter der Dusche muss sie lachen. Die Erinnerung an Daniel bringt nicht nur Tränen mit sich. Sie trocknet sich ab, cremt vor dem Spiegel ihr rosiges Gesicht ein und schlingt ein Handtuch um ihre Haare. Anschließend schlüpft sie in ihren Schlafanzug, packt ihre neue Teekanne aus und weiht sie mit einer Grünteemischung ein. Einstimmung auf Japan. Ihr Blick fällt auf das Paket, das immer noch ungeöffnet neben dem Stövchen auf dem Küchentisch liegt, und den Namen, den Olli darauf gekritzelt hat: Etienne Jeancour. Ist das nicht ein Mädchenname? Darunter eine Mobil- und eine Festnetznummer. Es scheint Olli ja mordswichtig zu sein, dass sie seinen Karatekumpel erreicht, bevor sie in das Flugzeug nach Japan steigt. Als ob sie scharf darauf ist, sich das Unverständnis einer weiteren Person zuzuziehen. Noch dazu von einer mit französischem Namen. Widerwillig reißt Vika die Verpackung auf und wirft sie in die Altpapierkiste neben der Spüle. Dann hebt sie den Deckel des mattglänzenden, weißen Kartons, atmet den Duft hochwertiger Konsumelektronik und widmet die nächsten Stunden der Installation verschiedener Apps auf dem jungfräulichen Tablet, darunter eine fotografische Schriftzeichenübersetzung und das U-Bahnnetz von Tokio.

Staus und Behinderungen

Die Luft im Trainingsraum ist schwer von den Körperausdünstungen der Pubertierenden, als Etienne das Pratzentraining beendet und die Gruppe von fünf Mädchen und drei Jungen um sich sammelt.

»Wir haben letzte Stunde darüber gesprochen, dass wir es im Karate einerseits mit Angriffs- und andererseits mit Verteidigungstechniken zu tun haben und dass uns genau diese Unterscheidung nicht wirklich hilft. Wer erinnert sich, warum?«

Sevals Finger geht nach oben, aber Lennard ruft bereits in die Gruppe.

»Weil wir alle cool sind und nicht darauf warten wollen, dass uns einer haut, wenn wir auch selbst zuschlagen können.«

»Schon klar, dass ihr lieber austeilen wollt«, amüsiert sich Etienne. »Aber wenn ihr euch Richtung grüner Gürtel bewegen wollt, solltet ihr die Rechnung lieber mit dem Gegner machen. Als wir vorhin die Abwehr geübt haben, habe ich euch gesagt, wir stellen uns vor, dass wir einen bestimmten Angriff vereiteln, indem wir ihn abblocken. Ihr fandet das uncool. Tatsächlich habt ihr recht. Der Begriff *Blocken* beruht auf einer falschen Übersetzung des Wortes *Uke*. Die *Uke*-Techniken werden fälschlicherweise als Block- und Abwehrtechniken übersetzt. Ursprünglich bedeutet *Uke*, einen Angriff *zu empfangen*. Der Angriff wird nicht blockiert, er wird umgeleitet. *Uke* ist nicht passiv. *Uke* ist so aktiv wie jede Angriffstechnik, denn idealerweise stoppt sie nicht nur den Angriff, sondern beendet den Kampf.«

Sevals muskatbraune Augen glühen in stummer Euphorie, aber

als sie merkt, dass es Etienne nicht entgeht, senkt sie den Blick und nestelt an den fest verknoteten Enden ihres Kopftuchs.

»Wir werden noch einmal die bekannten Techniken wiederholen. Seval, du führst sie bitte vor: *Soto-Uke, Uchi-Uke, Shut-Uke.*«

Seval tritt vor die Gruppe und zeigt die Bewegungsabläufe präzise und fehlerfrei. »Ich möchte, dass ihr euch zu zweit eine dieser *Uke*-Techniken aussucht und sie in dem Wissen ausführt, dass ihr einen Angriff *empfangt*. Ihr empfangt ihn, wandelt ihn um und beendet den Kampf. Seid kreativ! Lennard, du übst mit Seval. Ich will Ideen sehen, keine Standards. Hinterher zeige ich euch ein Video, wie man aus einer *Uke*-Technik heraus eine Europameisterschaft gewinnt.«

»Kann ich ihr auch das Kopftuch runterreißen?«, fragt Lennard.

»Wenn du glaubst, dass du das schaffst«, antwortet Etienne gelassen. Er hat seinen Laptop noch nicht erreicht, da schlägt Lennard schon krachend auf dem Boden auf.

Nach der Trainingsstunde packt Etienne im Büro am anderen Ende des Ganges seine Sachen zusammen. Seval stellt die Plastiktüte mit ihrem pedantisch gefalteten Karate-Gi auf den Boden neben der Tür. Ihre Wangen sind gerötet, ihr Kopftuch ist frisch gebunden.

»Danke«, murmelt sie und will schon verschwinden.

»Und das heutige Alibi?«, fragt Etienne für den Fall, dass einer ihrer Brüder später bei ihm anruft. Seval senkt den Blick, aber er hat den angriffslustigen Funken dennoch bemerkt.

»Ich habe dich zum Arzt begleitet. Zum Urologen.« Es ist nicht das erste Mal, dass ihre Alibis auf seine Kosten gehen, aber heute fragt er sich doch, ob das ihre Retourkutsche für die Kopftuchnummer von eben ist. Ihre Miene bleibt unbeweglich. Als er grinst, bedankt sie sich noch einmal und huscht hinaus.

Kurz darauf verlässt auch Etienne die Karateschule. Als auf der Hälfte der Treppe das Handy in seiner Hosentasche klingelt, ignoriert er es. Er ist nicht lebensmüde. Auch wenn Treppen wie diese inzwischen bezwingbar sind, so erfordern sie doch seine gesamte Konzentration. Auf dem Weg in den Hof klingelt es wieder. Diesmal hebt er ab.

»Nadia? Warte kurz, ich bin auf dem Sprung zur Physio und muss schnell ins Auto.« Er schließt die Fahrertür auf und wirft schwungvoll seine Sporttasche auf den Beifahrersitz. Dabei schafft er es, das Smartphone halb mitzureißen. Es schlittert geradewegs unter das Auto. *Merde!* Er brüllt Nadia zu, sie solle ihm zwei Minuten geben, hievt sich auf den Fahrersitz und aktiviert die Bluetooth-Verbindung. Die moderne Kommunikationstechnik in einen achtundzwanzig Jahre alten Citroën CX einbauen zu lassen, war ein Luxus, der sich in diesem Moment auszahlt.

»Hörst du mich wieder? Nadia?« Er dreht die Lautstärke der Freisprecheinrichtung hoch.

»Himmel, was machst du?«

»Mir ist gerade das Handy unters Auto gerutscht. Aber dank Bluetooth können wir trotzdem reden. Also, was ist los? Das ist nicht die Zeit zum Telefonieren.« Der Blick auf die Uhr sagt ihm, dass er in einer halben Stunde in Heidelberg sein muss. Vorher sollte er sein Handy wieder aufgesammelt haben.

»Du hast gesagt, ich kann dich immer anrufen, wenn es ein Problem gibt.«

Er zwingt das gestresste Wimmern zurück in seine Kehle. »Was ist passiert?«

»Ich habe Vanilleeis gegessen.« Ihre Stimme zittert. »Erst war es okay. Ich habe versucht, nicht darüber nachzudenken und zu schlucken, solange es kalt war. Als ich fertig war, hat Silvano gesagt, dass er stolz auf mich ist. Weil nämlich …« Er hört sie würgen. »… Vanilleeis mit rohem Ei gemacht wird. Ei, verstehst du?«

Natürlich versteht er. Im Gegensatz zu Silvano, diesem unsensiblen Honk. Ei ist eins dieser Lebensmittel, vor denen sich Nadia am meisten ekelt. Wie auch vor Erdbeeren, Fleisch, Schimmelkäse, Panade, dem Inneren von Tomaten, Gurken, Zucchini, Auberginen und allen Lebensmitteln mit künstlichen Farb- oder Aromastoffen. Sie denkt so lange darüber nach, woran sie Farbe, Konsistenz, Geruch erinnern, bis sie keinen Bissen mehr runterbringt. Als Etienne gerade etwas sagen will, schaltet sich plötzlich der Verkehrsfunk ein. »… zu Staus und Behinderungen. A5 Heidelberg Richtung Karlsruhe …« Hastig drückt er ihn weg.

»Was hast du heute sonst noch gegessen? Etwas von den Sachen, die ich dir geschickt habe?«

»Den Salat mit Croutons. Wie hast du das überhaupt angestellt? Plötzlich hat der Typ vom Gemüseladen geklingelt und mir den fertig zubereiteten Salat in die Hand gedrückt. Ich meine, wie kann das sein? Du bist in Heidelberg, ich in Zürich …«

»Das tut nichts zur Sache. Es ist wichtig, dass du isst.«

»Aber du würdest mich nicht zwingen, Ei zu essen.« Ihre Stimme klingt dünn.

»Natürlich nicht. Ich habe dich nie gezwungen.«

»Nein, ich weiß. Ich möchte es auskotzen, aber es war so furchtbar, den Salat zu essen, und wenn ich kotze, muss ich wieder von vorn anfangen …«

Etienne schaut auf den grauweißen Fleck Vogeldreck auf der Windschutzscheibe. Natürlich knapp oberhalb des Scheibenwischerbereichs. Seit Wochen schon verkrustet die Pampe, dem zwischenzeitlichen Regen zum Trotz. Er vermisst Nadia. »Hör zu, vergiss das Eis. Es war bestimmt industriell gefertigt. Ohne Ei. Eier sind eh viel zu teuer.«

»Aber wenn doch? Und wenn ich jetzt eine Salmonellenvergiftung kriege …«

»Dann kotzt du von selbst, Nadia. Es ist höchst unwahrscheinlich, dass in dem Eis Ei war, und dass in dem Ei Salmonellen waren, ist noch unwahrscheinlicher.«

»Es ist auch extrem unwahrscheinlich, im Schlaf von einem kanarischen Phönix überrascht zu werden.«

»Ja, ich weiß. Aber wenn es passiert, dann steht man die Folgen durch. Nadia, du bist eine kleine, starke Person. Du musst nicht die gesamte Unbill der Existenz prophylaktisch auskotzen.« Er hört sie leise schniefen. »Bitte iss heute Abend noch etwas.«

»Ich weiß nicht, was. Silvano ist unterwegs. Er isst bei Freunden.«

Etienne fährt sich durch die Haare, flucht innerlich. Was ist das mit Silvano? Warum kümmert er sich nicht? Glaubt er, er hilft ihr, wenn er woanders isst?

»Ich sehe zu, dass ich etwas organisiere.« Eine Weile ist es still in der Leitung. Ihr Atem an seinem Ohr suggeriert eine Nähe, die ihnen beiden nicht mehr gut tut. Der Anblick des Vogeldrecks auf seiner Scheibe bereitet ihm zusätzlich Unbehagen. Er wünscht, er könnte Nadia bitten, ihn wegzuwischen.

»Habibi?« Ihre Stimme ist nur ein Flüstern. Plötzlich taucht ein Mann neben seinem Auto auf. Er schimpft und gestikuliert, ohne dass Etienne versteht, warum.

»Danke«, sagt Nadia, »danke, dass es dir nicht egal ist, wie es mir geht.«

Der Mann schlägt unvermittelt mit der flachen Hand auf Etiennes Motorhaube und zeigt auf das kleine weiße Schild mit dem

Rollstuhlsymbol, das den Parkplatz eindeutig ausweist. Etienne antwortet mit einer Geste, aber das scheint den Mann nur noch wütender zu machen. Er zeigt ihm den Vogel und tritt gegen die Stoßstange des Citroën. Entnervt startet Etienne den Motor.

»Es wäre schön, wenn ich bei dir sein könnte«, flüstert Nadia. Etienne spürt, wie es ihm die Brust zusammenzieht.

»Nadia, bitte. Ich muss Schluss machen. Hier läuft ein Typ rum, der demoliert gleich mein Auto, weil ich auf einem Behindertenparkplatz stehe.«

»Vielleicht solltest du aussteigen und ihm eine reinhauen?« Sie kichert unter Schluchzern.

»Ich muss los, Nadia, ich komme sonst zu spät zu Jana, und du weißt, wie sie mich dann quält.« Er legt den Rückwärtsgang ein und schlägt das Lenkrad nach rechts. Ein Blick in den Spiegel, dann setzt er zurück. Im nächsten Moment vernimmt er ein unheilvolles Knirschen unter seinem rechten Vorderrad. Das Display im Armaturenbrett bestätigt, was er sofort befürchtet: *Ihre Bluetooth-Verbindung wurde beendet.*

Aussteigen, die Trümmer seines Smartphones aus dem Schotter auflesen und wieder einsteigen kosten ihn so viel Zeit, dass er es nicht mehr zur Physiotherapie schafft. Jana nicht einmal absagen zu können, frustriert ihn zusätzlich. Er kann nur hoffen, dass sie ihm verzeiht, wenn er sagt, dass er stattdessen Schwimmen war. Praktischerweise liegt sein Schwimmzeug noch hinten im Auto. Also fährt er nach Heidelberg und versucht nicht darüber nachzudenken, was es bedeutet, kein Notfallhandy dabei zu haben.

Das City-Bad im Darmstädter Hof ist gut besucht, aber nicht überfüllt. Im Schwimmerbecken sind mehrere Bahnen mit orange-weißen Ketten abgetrennt, im offenen Bereich daneben ziehen zwei ältere Damen ihre Bahnen, sorgfältig darauf bedacht, ihre blondierten Dauerwellen trocken zu halten. Etienne grüßt Timo, der heute den Bademeister gibt, und positioniert sich am Beckenrand. Er wartet, bis eine tätowierte Frau mit Kleinkind auf dem Arm Timo nach einer Schwimmhilfe fragt, und lässt sich kopfüber ins Wasser fallen.

Seine Arme stoßen durch die Wasseroberfläche. Ein Heer von Luftblasen wirbelt um ihn herum, prickelt auf seinen Unterarmen, seinem Hals und seinen Schultern und entlässt ihn in die schimmernde Kühle, während die Stimme des Bademeisters nur gedämpft zu ihm dringt. *Das Springen vom Beckenrand ist immer noch nicht gestattet.* Selbst unter Wasser muss Etienne grinsen. Wer ist hier gesprungen? Mit zwei, drei kräftigen Schwimmzügen taucht er unter den Trennketten hindurch und schwenkt in die äußere Bahn ein. Der frische Luftstrom, der seine Lunge im Moment des Auftauchens füllt, und das perlende Wasser auf seinem Gesicht tun gut. Er krault eine Bahn und taucht unter, um zu wenden. Abwechselnd streckt er die Arme, spürt, wie das Element sich zwischen seinen Fingern hindurchpresst und jenen gleichmäßigen, berechenbaren Widerstand an Handflächen und Unterarmen aufbaut, der ihn schon nach einigen Bahnen so zuverlässig beruhigen wird. Nadias Gesicht taucht vor seinem inneren Auge auf. Seine zimthäutige Puppenfee mit dem sanften Blick. Umgeben von Rosenwasserduft und dem Kling-Klang ihrer Messingarmreifen. Wie soll er ihr Essen organisieren, wenn sein Handy kaputt ist und er nachher zum Training zurück in die Karateschule muss? Er muss eine Lösung finden. Aber nicht jetzt. Er konzentriert sich ganz darauf, seinen Atem mit der Kraft des Elements in Einklang zu bringen. Einatmen und ausholen. Ausatmen und durchziehen. Er hat seinen Rhythmus gefunden. Seine Arme pflügen das Wasser, während der Strom seiner Gedanken immer stiller wird. Etienne schwimmt Bahn um Bahn. Als er die ersten Anzeichen von Erschöpfung spürt, zwingt er sich, die Geschwindigkeit anzuziehen. Zwei Bahnen später empfindet er es als angenehm, wieder in sein normales Tempo zurückfallen. Der große Zeiger der Uhr am Bademeisterhäuschen zieht seinen Kreis. Für die letzten Bahnen erhöht Etienne noch einmal das Tempo, drückt das Element mit tauben Armen unter sich und kämpft sich vorwärts. In seinen Ohren rauscht das Wasser, in seinem Körper das Blut. Als er wieder unter den Ketten durchtaucht und wie in Zeitlupe zum Beckenrand gleitet, fühlt er sich herrlich warm und leer.

»Hey«, sagt eine Stimme neben ihm. »Du bist ganz schön schnell.«

Etienne schiebt sich die Schwimmbrille auf den Kopf und blickt direkt in ein Paar eisblauer Augen. Zu ihnen gehören ein vor Verlegenheit leicht rosiges Gesicht und ein dünner, blonder Zopf, der nass über einer blassen Schulter liegt und seine Fortsetzung in der linken Dreiecksspitze eines gletscherweißen Bikinis findet.

»Bist du öfter hier?« Ihre schmalen, fein geschwungenen Lippen entblößen kleine, spitze Zähne. In so ziemlich allen optischen Details ist diese Frau die Antithese zu Nadia. Dort Wüstenkönigin, hier Gletscherprinzessin. Interessant, denkt Etienne, und plötzlich hat er eine Idee.

»Geht so. Nicht um diese Uhrzeit.« Als er lächelt, vertieft sich das Rot ihrer Wangen.

»Du hast echt schöne Augen, weißt du das?«, sagt sie und wird noch eine Spur röter.

»Nein, du bist die Erste, die das sagt.« Er grinst. Ob sie wohl ein Smartphone dabei hat? Mit aufgeladenem Akku? Und genug Vertrauen, um ihn mit einem Restaurant in der Schweiz telefonieren zu lassen? Die vage Hoffnung lässt ihn noch etwas wärmer lächeln.

»Ich heiße übrigens Tanja«, sagt sie. »Wollen wir gleich noch was trinken?«

Ihr Blick steckt in seinem wie der Stöpsel im Abfluss. Jeglicher Gedankenfluss ist zuverlässig blockiert, die Hormone haben übernommen. Todsicher, dass ihr außer seinen Augen und seinem muskulösen Oberkörper nichts an ihm aufgefallen ist. Er hebt die Linke aus dem Wasser und fährt sich durch die Haare. Keine Chance. Tanja kapiert nichts.

»Hast du ein Handy dabei?«

»Hm?« Ihr Näschen kräuselt sich verwundert. »Hier im Wasser nicht. Draußen im Schließfach. Wieso?«

»Okay. Wir gehen was trinken, wenn du mich kurz dein Handy benutzen lässt.« Diesmal gibt er sich etwas mehr Mühe mit seinem Lächeln. Sie kichert.

»Hast du kein eigenes?«

»Doch, aber das habe ich vorhin mit dem Auto überfahren. Dumme Geschichte. Allerdings muss ich dringend einen Anruf erledigen. Wenn ich dafür erst nach Hause fahren muss, schaffen wir es nicht mit dem Kaffee.«

Hinter ihrer glatten, niedlich gewölbten Stirn scheint sie das Risiko abzuwägen, falls er von ihrem Handy australische Verwandtschaft oder islamistische Terroristen anfunkt.

»Okay«, sagt sie schließlich, »einverstanden.«

Sie wendet sich zur Leiter und hüpft nach draußen, während Etienne zu der Stelle schwimmt, wo er sich vorhin ins Wasser fallen ließ. Dieser Teil ist der riskanteste. Wenn es schlecht läuft, kann er die Handybenutzung vergessen. Wenn es gut geht, kratzt Tanja ihm, während er mit ihrem Handy telefoniert, noch den Vogeldreck von der Windschutzscheibe. Er stemmt sich am Beckenrand hoch, zieht sich mit der Eleganz eines bleischwänzigen Walrosses aus dem Wasser und hievt sich in seinen bereitstehenden Rollstuhl. Als er aufsieht, ist die Gletscherprinzessin schockgefroren und starrt ihn an wie ein achtarmiges Seeungeheuer.

»Sorry«, sagt er mit seinem charmantesten Lächeln und einem Augenaufschlag, vom dem Nadia einmal gesagt hat, dass er unter das Betäubungsmittelgesetz fallen sollte. »Normalerweise sage ich den Leuten erst beim zweiten oder dritten Treffen, dass ich nicht laufen kann. Aber ich dachte, bei dir mache ich eine Ausnahme.«

Sie lacht. Bye-bye, Vogeldreck.